Christoph Stoll
Waldesdunkel

PIPER

Christoph Stoll

Waldes dunkel

Kriminalroman

PIPER

Mehr über unsere Autorinnen, Autoren und Bücher:
www.piper.de

Wenn Ihnen dieser Kriminalroman gefallen hat, schreiben Sie uns unter Nennung des Titels »Waldesdunkel« an *empfehlungen@piper.de*, und wir empfehlen Ihnen gerne vergleichbare Bücher.

Von Christoph Stoll liegen im Piper Verlag vor:
Forsthauskrimis:
Band 1: Waldesdunkel
Band 2: Baumsterben

Unser Versprechen für mehr Nachhaltigkeit
• Klimaneutrales Produkt
• FSC®-zertifiziertes Papier
• Hergestellt in Europa

FSC www.fsc.org
MIX
Papier | Fördert gute Waldnutzung
FSC® C083411

Originalausgabe
ISBN 978-3-492-32071-9
Mai 2024

Redaktion: Regine Weisbrod
Satz auf Grundlage eines CSS-Layouts von
digital publishing competence (München) mit abavo vlow (Buchloe)
Druck und Bindung: CPI Books GmbH, Leck
Printed in the EU

Kapitel 1

Endlich Sommerferien! Endlich raus aus dem heißen Frankfurt! Gestern noch im Lehrerkollegium den fünfzigsten Geburtstag gefeiert. Keine Chance, sich dem zu entziehen. Aber nun ist auch das vorbei.

Dafür fühlt sich heute alles entspannt an. Justus Hauer fährt in seinem dunkelgrünen Mini Clubman, der gerade zum fünften Mal den TÜV bezwungen hat, die Strecke, die er schon zigmal abgespult hat (Wiesbadener Kreuz – Blitzer – Niedernhausen-Camberg – Blitzer – Limburg, nun auch mit Blitzer). Auf dem Beifahrersitz eine Biografie des rätselhaften Malers Jacobus Vrel aus dem 17. Jahrhundert (Geschenk der anderen Kunstlehrer). Jetzt noch durch eine Stadt mit ihren Reihenhaus-Ausläufern, und dann kann er endlich Richtung Lahntal abbiegen. Vorbei an der Schaumburg mit ihrem Harry-Potter-Charme – und dann immer an der Lahn entlang, kilometerlang.

Labrador George II., bis hier regungslos im Kofferraum schlummernd (George I. war vor der dritten Hüft-OP vorsichtshalber verschieden), wird kurz munter, als er die Luft riecht, die Jagen ohne Lizenz verspricht. Das Tal – nicht zu groß und nicht zu eng, eine geotektonische Maßanfertigung für die Lahn – breitet sich im Sonnenlicht des späten Nachmittags aus. Justus genießt den Anblick und sieht die ersten Eichen des heimischen Waldstücks, das sein Kinderspielplatz gewesen und später sein Rückzugsort geworden war.

Was er in diesem Augenblick nicht sieht, nicht sehen kann: Genau in diesem Waldstück, das direkt an die Landstraße heranreicht, schwenkt das Fadenkreuz eines Zielfernrohrs mit vollkommen gleichmäßiger, langsamer Bewegung mehrere Buchen- und Eichenstämme ab, um dann einen grün gestrichenen Hochstand mit größter Präzision ins Visier zu nehmen. Danach bewegt sich das kleine, erbarmungslose Kreuz noch einmal zum Boden, um danach wieder auf der Höhe der Kanzel zum Stillstand zu kommen.

Justus Hauer sieht von der Kreisstraße aus das Auto – was heißt Auto: den Hightech-SUV seines Jagdpächters Michael von Flachau in der Einfahrt des Waldwegs zur sogenannten Mondwiese. Kein netter Typ, halt ein erfolgreicher Fondsmanager, der, nachdem er mit der Tennis- und der Golf-Society durch war, seinen Jagdschein gemacht hat, obwohl Wald für ihn früher nur eine Ansammlung von Bäumen gewesen ist. Jetzt ist sein Ego wieder top, und er kann auf seine Armbanduhr mit Büchsenlichtanzeige megastolz sein. Zahlt aber pünktlich. Die Tiere des Waldes von Dachs bis Rehbock haben eine zarte Zuneigung für ihn entwickelt. Er füttert reichlich an und trifft aber nur ganz selten.

Justus biegt kurz vor dem Ort Lahnberg von der Landstraße ab, um die enge Betonstraße mit ihren vielen Kurven zum alten Forsthaus hinaufzufahren, das nun seit zweihundertsechzehn Jahren unverändert im Schutz einer Kastanie und einer Eiche steht und seit genau der gleichen Zeit das Heim der Justus'schen Förster-Vorfahren ist. Die Balken des dunkelbraunen Fachwerks unterstützen sich gegenseitig. Das mochte Justus schon als Kind.

Der todbringende Lauf der Bockbüchsflinte schwenkt noch einmal mit unerbittlicher Geradlinigkeit von der Kanzel weg Richtung Boden, bevor er ein imaginäres Ziel in zwei Metern über dem Boden fixiert. Im Lauf eine Patrone des Kalibers 7 x 57R mit schrecklicher Wirkung: ein Teilmantelgeschoss, das sich beim Eintritt ins Fleisch bizarr verformt und dann alles zerfetzt, was sich ihm entgegenstellt.

Justus weiß, dass, wenn er gleich aussteigt, nicht nur entspannte Tage auf ihn warten, sondern auch eine heikle Mission. Sein Vater, Förster in der elften Generation und in dieser auch endlich Waldbesitzer, ist vor knapp vier Jahren gestorben. Bis zum Schluss war er im Revier unterwegs. »Bewaffneter Spaziergang« nannte er das. Bei Mutter Charlotte hat sich mittlerweile die Demenz still und leise wie ein Nieselregen im Spätsommer ausgebreitet. Ihr Zustand lässt keine andere Wahl als die Übersiedlung in das Pflegeheim Haus Odilie im nahen Nassau. Seine beiden Geschwister hat ihre Karriere ins Ausland gebracht, sie können nicht helfen. Justus hingegen ist als Kunstlehrer in Frankfurt-Preungesheim hängen geblieben. So sehen es die Geschwister. Wenn es doch wenigstens ein schickes Gymnasium im Frankfurter Westend oder in Bad Homburg geworden wäre. Das sagen seine Schwester und sein Bruder zwar nicht, denken es aber dafür umso lauter. Da ist sich Justus vollkommen sicher.

Er ist es, der sich aufgrund der familiären Lage um alles im elterlichen Forsthaus kümmern muss. Dazu gehört auch, nun seine Mutter davon zu überzeugen, dass sie in einem Pflegeheim viel besser aufgehoben ist.

Beim Ausladen der betagten Leinenreisetasche atmet er mit Blick auf die weit ausladenden Äste der Kastanie noch einmal kurz durch, befreit George II. aus seinem nicht standesgemäßen Kofferraum und schließt die Holztür mit dem kleinen, viel zu hoch angebrachten Fenster in Rautenform auf. Danach betritt er den schwarz-weiß gekachelten, wenig geräumigen Flur. Alles ist ruhig. Von irgendwoher kommt ein Luftzug. Die Gardine des Flurfensters bewegt sich leicht. Mit einem lauten Knall fällt die Tür zu. Nur einen Herzschlag später folgt ein weiterer Knall. Der Schuss hallt lange nach. Direkt am Waldrand ist das nichts Besonderes.

Kapitel 2

Justus ist aufgewacht. Exakt zur selben Zeit wie in Frankfurt. Schulzeitroutine trotz Sonntag plus Ferien. George II. schlummert derweil noch ein Ründchen.

Kurze Vergegenwärtigung: Ja, das »große« Zimmer, früher dem älteren Bruder Adalbert vorbehalten. Ein Regal, jetzt mit seinen Büchern. Von *Babar, dem kleinen Elefanten* bis Thomas Manns *Zauberberg*. Nur wenige Bilder. An der Decke schwebt immer noch das hellblaue Segelflugzeug, das er mit zehn Jahren unter Verwendung ungeheurer Klebstoffmengen aus Balsaholz zusammengebaut hatte. Die leicht angewinkelten Flügel mit der Bespannung aus Papier machen nach wie vor einen guten Eindruck. Modellflugzeug mit Motor wäre besser gewesen, war aber ebenso wie eine Fernsteuerung damals vollkommen unerschwinglich.

Bevor der mobile Pflegedienst für seine Mutter kommt, möchte er sie mit einem Frühstück überraschen. Wie viele Jahre hatte sie morgens mit einem einfachen, aber liebevoll vorbereiteten Frühstück auf ihn gewartet? Also etwas übergestreift und ab in die Küche. Das ist schnell vorbereitet. Alles – vom Brot über Butter bis zur Marmelade –

befindet sich am gleichen Platz. Seit Kindertagen. Nur Kaffee dauert länger. Der muss von Hand aufgebrüht werden. Kaffeemaschine wäre toll.

Trotzdem gelingt es ihm, fertig zu sein, bevor seine Mutter in die Küche kommt. »Hallo, Mutter!«

»Hallo ... du!«, erwidert sie mit diesem diffusen Lächeln, bei dem man nicht so recht weiß, wie freundlich es ist. Ihr Gesicht wirkt jetzt am Morgen zumindest etwas entspannter und rosiger als bei seiner Ankunft, und ihr Blick ist glücklicherweise klarer als am gestrigen Abend. Justus' Sorgenbarometer sinkt bei dieser Beobachtung. Gerade als sie ihn anschaut und dabei ihre Hand seine Hand sucht, klingelt es. Justus steht mit einem kurzen Zeichen des Bedauerns vom Küchentisch auf. Das Rennen zur Tür gewinnt aber George II.

Da man nicht sehen kann, wer vor der Haustür steht, und es auch keine Gegensprechanlage gibt – die er früher total modern gefunden hätte –, bietet jedes Öffnen eine Überraschung.

»Ah, das Forstamt persönlich, und das am Sonntag«, begrüßt Justus die Försterin.

»Hallo, Justus«, kommt es ehrlich fröhlich zurück.

Friederike Mahr ist noch von seinem Vater ausgebildet worden und kennt die Familie gut. Als Dreizehnjähriger hat er einmal versucht, die Magie der im Wald gelegenen Schinderhanneshöhle zu nutzen, um die damals zwölfjährige Friederike mit einem Kuss zu beglücken. In letzter Sekunde ließ er dann jedoch von dem gewagten Vorhaben ab und wies lieber mit schwitzigen Händen auf die Vorteile seines Pfadfindermessers (mit Blutrinne) hin. Zwei Jahre später war er an der Stelle, wo der Rotbach für eine Weile in einer Biegung tiefer und ruhiger wird, bei

Pfarrerstochter Luzia überzeugender. Ach, die Luzia … die Jugendliebe fürs Leben?

Friederike Mahr kümmert sich seit dem Tod des Vaters in forstlicher Hinsicht auch um dieses Minirevier, das viel zu klein ist, um davon leben zu können. Wenn es sich halbwegs selbst trägt, ist es schon gut. Und da ist die pragmatische Friederike genau die Richtige. Auch wenn jeder sie Frieda nennt, darf sie keiner so ansprechen.

»Ich hab dein Auto von der Höhe aus gesehen, und da wollte ich es mir doch nicht entgehen lassen, direkt mit dir zu sprechen.«

Justus ist unsicher, ob er sich darüber freuen soll oder eher nicht, und versucht sich deshalb zu konkreteren Informationen vorzuarbeiten. »Was gibt's denn?«

»Du, da sind noch ein paar Dinge, die in eurem Wald dringend gemacht werden müssen. Sorry, ich weiß auch, dass Sonntag ist, aber so häufig hab ich ja nicht das Vergnügen, dich in echt zu sehen.«

Justus denkt nur: Die sechs Wochen jetzt sollten eigentlich reichen.

Aber da legt Frieda auch schon los: »Also: Verkehrssicherungspflicht wäre das Thema für die Kurve beim Dachsbau. Die Leitern am Hochsitz an der Mondwiese und an der Kanzel am Taubenkopf sind morsch. Wenn da jemand hochklettert, kann er böse abstürzen, und du hast ein Problem. Außerdem musst du am Nordweg ein Schild anbringen, das auf die Schranke hinweist, damit keiner hineinfährt und …«

»Da soll auch keiner fahren, dafür ist die Schranke ja da«, kommt es missmutig von Justus. Nicht noch mehr Aufträge! Seine Mutter zu einem Umzug in ein Pflegeheim zu bewegen ist aus seiner Sicht schon mehr als genug. Und es ist Sonntag! Vielleicht hat sich ja auch noch der Fuchs wegen des kaputten Zauns an der Einfahrt zum Forsthaus beschwert? Aber das denkt Justus nur, um die Stimmung nicht unnötig zu belasten.

»Okay, okay«, wirft Friederike ein, »aber ich muss dir das halt sagen. Das war's auch schon.«

»Schon ist gut. Aber ist klar, ich kümmere mich darum.«

»Okay, ich muss jetzt noch zur Verwandtschaft. Tschüss, Justus!« Bei seinem Namen wandelt sich der Ton vom Formalen ins Fröhlich-Private. Die Frieda!

Kaum, dass er sich wieder an den Frühstückstisch zu seiner Mutter gesetzt hat, um vorsichtig das unangenehme Thema Pflegeheim anzusteuern, klingelt es erneut an der Eingangstür.

»Bloß keine weiteren Probleme«, mault er halblaut und öffnet die alte Tür, die auf so viel Betrieb mit einem leisen Ächzen reagiert.

Statt in die ungeregelte Natur blickt er auf adrette Ordnung. Vor ihm steht unübersehbar ein Polizist, der sich als Polizeiobermeister Werner Klau (ein Name, dem Justus nur wenig Chancen bei der nächsten Beförderung einräumt) von der Polizeistation der Kreisstadt Bad Ems vorstellt und für einen frühen Morgen ohne Kaffee viel zu direkt fragt, ob er Justus Hauer und somit der Eigentümer des Waldes in der Gemarkung 61 sei.

WIE???

Justus beantwortet nach einem Augenblick die Fragen wie eine mechanische Schreibmaschine und stellt dann doch, weil er immer noch einen kindlichen Respekt vor Uniformen hat, relativ leise die Frage: »Darf ich fragen warum?«

Polizeiobermeister Klau gibt sein amtliches Wissen preis:

»Es geht um die Kanzel am Taubenkopf ...«

»Oh, Mist!«, entfährt es Justus, was Polizeiobermeister Klau beinahe unmerklich mit einer leichten Kopfbewegung quittiert, um dann sofort zu erklären: »Also dort ist jemand ums Leben gekommen.«

Justus beißt sich auf die Lippen.

»Genauer gesagt, ein Mensch ist erschossen worden.« Normalerweise ist es doch bei der Jagd immer umgekehrt, denkt Justus in sich hinein.

»Könnten Sie bitte mit rauskommen, wir haben da vor Ort ein paar Fragen an Sie?«

»Ich darf aber mit meinem Auto fahren, oder?«, fragt Justus, dem plötzlich Bilder von TV-Krimis durch den Kopf gehen, bei denen Personen nach deren Verhaftung immer durch das Auflegen einer Hand auf den Kopf zum Einsteigen auf den Rücksitz eines Polizeiautos genötigt werden. Irgendwie beschütztes Autofahren. Dem will er unbedingt entgehen.

»Ja, natürlich!«, bestätigt Polizeiobermeister Klau betont freundlich, fügt jedoch hinzu: »Aber bitte nur bis zum Fünf-Wege-Platz. Da sind dann die Kollegen von der Mordkommission.«

Justus geht zurück in die Küche, in der seine Mutter unbeirrt sitzt und lächelt. Dann zieht sie für einen Augenblick die Augenbrauen hoch.

»Ich muss leider weg, aber die Gerda vom Pflegedienst ist«, er schaut auf die Uhr, »in fünfzehn Minuten bei dir. Bis später!«

Er geht zum Auto, was George II. als Aufforderung zum Mitkommen interpretiert.

»Na gut, du darfst mit.« Tür auf, und schon ist er hineingesprungen.

Kapitel 3

Am Fünf-Wege-Platz angekommen, sind die besonders unauffälligen Fahrzeuge der Kriminalpolizei nicht zu übersehen. Polizeiobermeister Klau ist im Gespräch mit einer Frau. Er scheint sie über den Neuankömmling zu informieren, denn als Justus aussteigt, nimmt sie schon Kurs auf ihn.

»Helliger, Kripo Bad Ems. Ich bin die leitende Kommissarin in diesem Fall.«

Justus versucht, sich einen Vornamen für sie vorzustellen. Was passt zu einer Kriminalkommissarin, die Ende dreißig oder Anfang vierzig ist, das braune Haar zu einem Pferdeschwanz zusammengebunden hat und insgesamt unübersehbar gestylt aussieht, als wäre sie gerade ihrem Insta-Account entstiegen? Jessica, Simone ...?

Justus hat nicht lange Zeit, dieses Rätsel zu lösen, denn er wird von ihr sehr bestimmt an den Ort des Geschehens geführt. Hier gibt es kein Vertun, die Lady führt Regie. Sein Blick fällt auf den Hochsitz, die einzige Kanzel in seinem Wald. Also so desolat ist die nun auch nicht. Klar, die Stufen und die eine Stütze sehen nicht richtig prächtig aus, aber so im Ganzen ...

»Was Sie jetzt sehen werden, ist nicht besonders schön«, beginnt Frau Helliger, an Justus gerichtet. Auch das klar und unmissverständlich.

Justus schaut zur Kanzel, die in Blickweite wie eh und je steht. Immerhin steht! Noch jemand, der an dem Hochsitz herummäkelt. Erst Frieda und jetzt auch noch sie. Womit hat er das verdient?

Die Kommissarin mahnt Justus auf dem Weg zur Kanzel: »Es ist ein Mord, und jetzt wird es wirklich heftig.«

Justus denkt nur, dass blutendes Fleisch sozusagen zur Grundausstattung eines Forsthauses gehört, er aber genau deswegen nicht der Förster in zwölfter Generation geworden ist. Dampfendes Blut und Lodengrün, das ist einfach nicht seins. Aber er wird damit natürlich klarkommen. Deshalb fällt es ihm leicht, sofort zu antworten: »Kein Problem!«

Direkt unter der Kanzel liegt ein Mann. Etwas beleibt. Mitte bis Ende siebzig. Der Kopf sieht nicht gut aus. Ist der Eintritt der Kugel nur ein kleines Loch, so ist die Verwüstung, die die Kugel bei dem Weg durch den Kopf angerichtet hat, jedoch immens. Überhaupt: Kopfschuss, das ist wenig waidgerecht ... Das denkt Justus aber nur. Ansonsten: kurzärmeliges kariertes Hemd, halb aufgeknöpft, braune Baumwollhose, Wanderstiefel. Aber von seiner Leiter ist der jedenfalls nicht gefallen. Da ist sich Justus sicher!

»Kennen Sie den Mann?«, fragt die Kommissarin mit strengem Unterton, wobei Justus ziemlich klar ist, dass sie, so, wie sie die Frage stellt, die Identität des Opfers bereits kennt.

»Das ist Bernd Huckner«, bejaht er die Frage.

Huckner war ein typischer »Hansdampf in allen Gassen«-Typ, wie es ihn in beinahe jedem kleinen Ort gibt.

Er kannte jeden, und jeder kannte ihn. Verdiente sein Geld als Immobilienmakler, war aber auch der Vorstandsvorsitzende des örtlichen Angelvereins und kandidierte vor drei Jahren für den Kreistag. Ansonsten verpachtete er einen Hühnerstall mäßigen Rufes und konnte günstig Kredite besorgen, wenn man etwas Land hatte und gerade klamm war. Jäger war er natürlich auch.

Und da liegt er nun. Was ist ihm wohl als Letztes durch den Kopf gegangen, bevor sich die Kugel auf ihren Weg genau dorthin, zu seinem allerletzten Gedanken, gemacht hat?

Das Blut, das am Hinterkopf ausgetreten ist, hat das Laub und das Gras gleichmäßig eingefärbt und zu einer rundlich geformten roten Fläche werden lassen, die Justus im Umriss an den Bodensee erinnert.

Es ist allerdings ein Detail, das der Szenerie einen wirklich makabren Anstrich verleiht: Ein kleiner grüner Zweig steckt im Mund des Opfers.

»Herr Hauer, haben Sie eine Idee, was das bedeuten soll?«, fragt ihn die Kommissarin, die Justus sich viel besser bei einem Mord in einer mondänen Villa vorstellen kann als hier, nur umgeben von vielen, alle das gleiche Grün tragenden Bäumen, in Gemarkung 61.

»Das ist ein jagdlicher Brauch. Wenn ein Stück Wild erlegt ist, ist das der sogenannte Bruch. Das soll die letzte Äsung, also das letzte Mahl symbolisieren.«

Wenn sein Vater dafür nach einem geeigneten Zweig suchte, wusste Justus als Kind, dass gleich der irgendwie feierliche Augenblick gekommen war. Er glaubte, bei seinem Vater dann nicht nur Freude über den gelungenen Abschuss zu spüren, nein, es war eine letzte Handlung voller Respekt für das erlegte Tier. Sein Vater streichelte zunächst das Tier am Hals, und dann platzierte er mit aller Vorsicht den Bruch, den er sorgsam ausgesucht hatte.

Justus beugt sich etwas näher zu dem Toten hinunter. »Ist hier, wenn ich mich nicht täusche, Fichte. Sonst habe ich dazu auch keine Idee ...« Mehr kann Justus nicht beisteuern.

»Mhm«, ist der Kommentar der Kommissarin. Justus denkt bei sich, dass das für die Ermittlerin mit ihrer nicht übersehbaren Professionalität keine wegweisende neue Erkenntnis sein sollte.

»Darf ich da einmal näher ran?« Justus deutet auf den Oberkörper des Toten.

»Aber nicht näher als so!« Die Kommissarin gibt ihm unmissverständlich mit der Hand den einzuhaltenden Abstand vor. Beim hellblauen Siegelring ist sozusagen Schluss.

Justus beugt sich über den Toten. Durch das teilweise aufgeknöpfte Hemd hat er etwas am Bauch entdeckt. Er versucht, es sich so genauer anzuschauen.

»Was gibt's denn?«, fragt die Kommissarin ungeduldig.

»Ich glaube, ich sehe da einen blauen Strich«, gibt Justus zögernd zu bedenken. Der Gesichtsausdruck der Kommissarin signalisiert leichte Genervtheit. Da hilft auch der sorgsam aufgetragene rosa Lippenstift nicht. Justus ist nicht beeindruckt. Er sieht ganz genau hin. Routine. Das macht er im Kunstunterricht bei den Bildbetrachtungen auch immer: Jedes Detail zählt!

»Könnten Sie vielleicht das Hemd dort am letzten geschlossenen Kopf ein wenig anheben?«

Die Kommissarin legt Gummihandschuhe an und zieht den Stoff vorsichtig ein wenig zur Seite.

Ein runder Stempel mit blauer Färbung kommt zum

Vorschein. In der Mitte des Stempels prangt in roter Schrift »Trichinenfrei«.

Ein fragender, maronenbrauner Blick der Kommissarin, den sie im gleichen Augenblick schon wieder zu bereuen scheint, trifft Justus.

»Das macht man nur bei Sauen, also bei Wildschweinen.«

»Warum?«

»Bevor das Fleisch eines Wildschweins genutzt werden kann, muss es ein Veterinärmediziner auf Trichinen untersuchen. Wenn keine Trichinen-Würmer da sind, die für den Menschen gefährlich werden können, gibt's als Belohnung dann den Stempel. Mit voller amtlicher Wucht.«

Ein nüchternes »Aha« von Kommissarin Helliger ist alles dazu. Ihr klingelndes Smartphone (Smetanas *Die Moldau,* was Justus eher atypisch für einen Kriminalprofi findet) verhindert einen weiterführenden Dialog.

Justus wird vom Tatort wegkomplimentiert. Man werde sich mit ihm in Verbindung setzen. »Wir haben später noch ein paar Fragen an Sie!« Klingt wie in einem Vorabendkrimi, findet Justus. Jetzt nur noch der Werbe-Break …

Justus geht langsam zurück und verabschiedet sich noch von Polizeiobermeister Klau, bevor er in seinen Wagen steigt.

»Der Huckner soll eine Charaktersau sein«, sagt er gedankenverloren zu George II., der ungläubig zu ihm aufschaut. Na ja, noch eine Befragung, dann sollte es für ihn erledigt sein. Es sind ja immerhin Sommerferien. Wenn schon keine Normandie dieses Jahr, dann bitte nicht so viel Formalkram. Jetzt erst einmal nach Hause. Endlich Kaffee wäre gut.

Kapitel 4

Mit schlechtem Gewissen betritt Justus das Forsthaus. Aber gut, nun ist er ja wieder da, und ausgesucht hat er sich dieses ganze Spektakel in seinem Wald auch nicht. Gerda vom Pflegedienst Mona Schwarz hat seine Mutter vor dem Fernseher geparkt. Oje. Wieder so eine süßliche Serie mit frisch geföhnten Schauspielern. Aber immerhin besser als DMAX und eine Doku über das Aufpimpen von Autos, denkt er.

Er beugt sich bedächtig zu ihr, nimmt die Fernbedienung und fährt den Ton allmählich runter, um ihn dann ganz auszuschalten.

»Sorry, musste in den Wald, aber jetzt bin ich nur noch für dich da. Was wollen wir machen?« Sein Blick schweift durchs Zimmer. »Wollen wir ein Fotoalbum anschauen?«

Seine Mutter widerspricht nicht, sondern sieht ihn erwartungsvoll an. Also steht er auf, um im Regal ein Fotoalbum auszuwählen. Sein Blick gleitet über die stattliche Anzahl. Bloß nicht das erste in der Reihe nehmen. Da sind die Fotos von seiner Hochzeit. Daran möchte er nun wirklich nicht erinnert werden. Er greift sich ein Album aus braunem (aber geprägtem!) Kunstleder, blätterte es auf und wendet das mattierte Seidenpapier mit dem Spinnwebmotiv zur Seite. Jedes Mal eine kleine Enthüllung, versehen mit einem zarten Geräusch. Die Fotos der aufgeschlagenen Seite werden sichtbar.

Er setzt sich neben seine Mutter.

Sie als junges Mädchen auf einer Schaukel. Schwarzweiß. In ältlicher Schreibschrift steht darunter: »8. Geburtstag«.

Einige Seiten weiter – ab hier in leicht verblasster Farbe – sieht man sie, die zurückhaltend schöne, schwarzhaarige Charlotte, bei der Nachfeier einer Jagd. Ihr Mann in einer angedeuteten Forstuniform, dann sie mit einem Kopftuch mit bunten Punkten, das die Haare kaum bändigen kann. Daneben zwei junge Männer – augenscheinlich Jäger, die eine junge Frau einrahmen, wobei der eine so tut, als würde er ihr mit seinem Jagdhorn ins Ohr pusten. Komiker. Auch hier gibt die Schrift – sofern man sie entziffern kann – die nötigen Informationen: »Große Jagd in Dausenau, 14.6.1967«, und unter den drei rechts außen die Namen »Bernd, Gertrud, Herbert« und – in Klammern mit Bleistift – »ein Spießbock, 150 m!«.

Lange verharrt ihr Blick auf dem Foto. Als Justus umblättern will, klingelt es wieder an der Haustür.

»Heute ist der Wurm drin«, kommentiert er mit einem Blick auf seine Mutter die ungebetene Unterbrechung und legt ihr vorsichtig das Fotoalbum in den Schoß.

Er öffnet.

»Du schon wieder?«, entfährt es ihm, als er Frieda vor sich sieht. Ihre Art, Dinge zu regeln, ist so praktisch wie ihre Kleidung. Auch am Sonntag.

»Darf ich kurz reinkommen?«

»Klar doch. Ich war zwar gerade dabei, meiner Mutter

ein wenig die Zeit zu vertreiben. Willst du dich zu uns setzen? Über dich freut sie sich immer.«

Frieda betritt zögernd den Flur, bleibt jedoch stehen, als Justus sie halblaut fragt: »Ist es wegen dem Huckner?«

»Ja, klar. Die waren bei mir im Büro und haben eine lange Liste von Leuten, die sie befragen wollen.«

»Und woran sind die interessiert?«, fragt Justus nahezu gelangweilt, um dann unmissverständlich zu betonen: »Der ist jedenfalls nicht vom Hochsitz gefallen!«

»Die Kommissarin sucht nach einem Motiv. Da hat sie offenbar keine Ahnung. Wenn die merkt, wie viele hier sauer auf den Huckner waren wegen der Umgehungsstraße.«

»Wieso Umgehungsstraße?«, kommt es als Echo von Justus.

»Na, er hat gegenüber den Besitzern der Felder um Lahnberg herum behauptet, dass sie enteignet würden, damit die Umgehungsstraße gebaut werden kann. Und da hat er ihnen ein Kaufangebot gemacht, das etwas höher lag als der Richtwert. Tja, und die Umgehungsstraße wurde dann nicht realisiert, wie du weißt, und der Huckner hat so gutes Land für wenig Geld bekommen, das nach ein paar Monaten zum Bauerwartungsland wurde. Beim anschließenden Verkauf hat er natürlich prächtig verdient. Und jetzt, munkelt man, versucht er – ich meine natürlich, hat er versucht –, mit einem Betreiber von Müllverbrennungsanlagen ins Geschäft zu kommen. Natürlich nur so informative Gespräche. Aber ich sage dir, da hätte er hier bei den Lahnbergern keine Chance gehabt.«

»Deswegen muss man den doch nicht in meinem Wald umlegen. Und dann noch der Trichinen-Stempel und der Zweig. Was hat das mit der Jagd zu tun?«

»Ich frage mich einfach, was der Grund dafür sein könnte, und wollte bei dir mal hören, ob du eine Idee hast.«

»Keine Ahnung, und bitte nimm's mir nicht übel, aber ich habe gerade ganz andere Probleme: Ich muss meine Mutter überzeugen, ins Heim zu gehen. Gerda kommt zwar dreimal täglich, aber das reicht einfach nicht. So wird zwar für die Mahlzeiten gesorgt, und sie hilft ihr manchmal auch ins Bett. Es würde ansonsten auch überhaupt nicht gehen, wenn sich nicht jeden Tag abwechselnd ihre zwei rüstigen Freundinnen aus dem Ort um sie kümmern würden. Die sind so rührend, aber zusammen auch schon einhundertvierundvierzig. Eine kommt immer am Vormittag, die andere dann am Nachmittag, eben wenn ich keine Ferien habe oder am Wochenende nicht kommen kann. Es bleibt dennoch zu viel Zeit, in der sie einfach alleine ist. In ihrem Zustand! Neulich hat sie den Telefonhörer nach dem Gespräch einfach in die Schublade gesteckt. Ich habe den richtigen Augenblick bis jetzt noch nicht gefunden, ihr das Heim schmackhaft zu machen – wie denn auch, bei dem Programm heute? Sei mir nicht böse, aber ich werde jetzt mal mit ihr einen Spaziergang durch den Garten machen, Blumen zählen.«

Justus bewegt sich Richtung Wohnzimmer.

»Alles klar!«, bemerkt Friederike, die Justus lange genug kennt, um zu wissen, dass seine Aufmerksamkeit jetzt woanders ist. Bevor sie die Haustür öffnet, setzt sie dann aber doch noch nach: »Was hältst du von der Kommissarin?«

Aber da ist Justus schon bei seiner Mutter und damit außer Hörweite. Frieda bleibt nichts anderes übrig, als das Forsthaus ohne diese Erkenntnis zu verlassen.

Kapitel 5

Justus hat seine Mutter zu Bett gebracht und genießt ein gut gekühltes Bier auf der kleinen Wiese unter der Eiche direkt neben dem Forsthaus. Er blickt in die Bäume und horcht, ob er die Vielzahl an Lauten irgendwelchen Vögeln zuordnen kann und ob die Fledermäuse heute pünktlich vorbeischwirren. Justus entspannt sich. Für einen Menschen, der sich nicht unbedingt mit Menschen treffen muss und für den ein Wald ohne Jäger der ideale Wald ist, ist es ein guter Augenblick.

Als er das leere Bierglas ins Haus tragen will, erschüttert ein Schuss, gefolgt von einem – nicht erwarteten – zweiten Schuss, die Abendruhe rund um Justus. Und jetzt ein Doppelmord, denkt er, und ihm erscheint plötzlich neben Kriminalkommissarin Helliger ihre Zwillingsschwester. War vielleicht doch ein Bier zu viel …

Dann doch lieber Bett. Soeben hat er das Licht ausgeknipst, da hupt es zweimal kurz vor der Tür.

Justus rappelt sich relativ unkoordiniert aus dem Bett, findet keine Schuhe, na, dann halt barfuß, und macht sich auf den Weg zu Tür, wobei er es gerade noch hinbekommt, nicht über George II. zu stolpern.

Nachdem er die Haustür mühsam aufgeschlossen hat, um sie dann endlich zu öffnen, schaut er direkt in zwei gleißende Scheinwerfer. Jetzt auch noch Aliens oder ein Ufo? Mit dem schützenden Arm vor den Augen erkennt er dann den Umriss eines Autos. Der Mercedes-SUV verrät es Justus: Es ist Herr von und zu Flachau.

»Was gibt's?«, und ein fragender Blick. Zu mehr ist Justus nicht fähig.

Michael von Flachau kommt zu Justus und zeigt ihm ein Eichenblatt, auf dem vier kleine Blutstropfen zu sehen sind.

»Ja, und?«

Der Jagdpächter nimmt einen gedanklichen Anlauf für eine umfangreiche Erklärung, um dann jedoch nur zu sagen: »Ich hab getroffen, aber wohl nicht so richtig.«

Nicht mal richtig vorbeischießen kann der, denkt Justus in sich hinein und fragt dann aber: »Wen getroffen?«

»Einen Keiler! Ja, und der ist jetzt ab in die Büsche, und ich kann ihn nicht finden. Ich hab das Nachtsichtgerät und die Maglite benutzt, aber: nichts. Ich muss mir unbedingt mal ein Wärmebildgerät besorgen.«

Warum nicht gleich eine AWACS-Maschine der Bundeswehr kommen lassen, hätte Justus gerne ergänzt, aber für Ironie ist er jetzt einfach zu müde. »Also Nachsuche«, konstatiert er. »Wo?«

»Gemarkung 60 unterhalb des Hochsitzes an der Kant-Senke.«

»Okay, geben Sie mir fünf Minuten, George, komm!«

An der Abschussstelle angekommen, ist es stockfinster. George II. wird an der Stelle, an der Blutstropfen zu sehen sind, abgesetzt. »Und such!« Die schwankenden Lichtkegel zweier Taschenlampen illuminieren die Szene mehr schlecht als recht.

Was nun folgt, sieht so aus: ein Hund, der sich für alles

interessiert, aber nicht für seinen Auftrag. Dominanz durch Ignoranz. Immerhin hat George II. trotz Dunkelheit prächtige Walderdbeeren gefunden, die er, mit permanentem Hunger ausgestattet, genüsslich frisst. Jede einzeln. Dann ein Jagdpächter, der aus sicherem Abstand vollkommen unnötige Kommentare abgibt, und Justus, der auf allen vieren dem Hund vormacht, wie eine gründliche Nachsuche aussieht.

Nach einer Stunde geben alle auf. George II. hat sich schon vorher zum Auto bewegt.

»Sprechen Sie morgen früh mal den Vorsitzenden vom Hegeverein an, und fragen Sie ihn, ob er es noch mal mit seiner Dachsbracke probiert.« Die hat es immerhin auf das Titelblatt von *Wild und Hund* geschafft. Das zählt wirklich was in Jägerkreisen.

Michael von Flachau ist das unangenehm, und am nächsten Morgen hat er anderes vor, aber so sind nun mal die jagdlichen Regeln. Er erinnert sich deshalb jetzt eher ungern an das entsprechende Kapitel in *Sicher zum Jagdschein.*

Justus freut sich nur auf sein Bett. Möge es in der Nacht ruhig bleiben, sind seine letzten Gedanken, bevor er die Augen schließt. Im Traum erscheint ihm ein Dackel als wild gewordener Rächer eines blutgefärbten Keilers, der plötzlich auf Dino-Größe anwächst und sich auf Justus stürzt. Jetzt besser aufwachen …

Kapitel 6

Justus steht auf. George II. findet das super, aber er fängt sich von Justus nur ein ironisches »Du Bluthund!« ein. George II. scheint zu verstehen, dass er im Augenblick nicht auf die Gunst seines Herrchens zählen kann, und macht sich unsichtbar, das heißt, er kriecht hinter die bodenlange Gardine des Wohnzimmers und rollt sich zur Sicherheit noch ein wenig darin ein.

Justus unternimmt einen erneuten Versuch, vor dem Pflegedienst einen guten Eindruck zu machen, und hilft seiner Mutter aus dem Bett, kämmt ihr inzwischen graues Haar, das auf die Hälfte zusammengestutzt ist. Wer sagt alten Menschen eigentlich, dass ihnen kürzere Haare besser stehen?, fragt sich Justus. Gerda ist heute spät dran. Somit kann Justus auch noch das Frühstück vorbereiten, das er mit ein paar Gänseblümchen schmückt.

»Wie geht es dir, Mutter?«, fragt er und streichelt ihren Arm. Sie schaut ihn mit einem glücklichen Gesichtsausdruck an, der so viel zu bedeuten scheint wie: Du bist hier. Dann geht's mir gut.

Irgendwie nicht die richtige Ausgangsbasis, um die

Heimunterbringung in einem Gespräch auf die Zielgerade zu bringen.

Das Fotoalbum liegt noch aufgeschlagen auf dem Teewagen mit den kleinen Gummirollen, die inzwischen nicht mehr so ganz rund laufen. Justus bemerkt den auf das Fotoalbum gerichteten Blick seiner Mutter. Also weiter mit dem Fotoalbum aus den Sechzigerjahren. Vorsichtig schlägt er die nächste Seite auf, und hier kommen die Fotos zum Vorschein, die zeigen, wie das Forsthaus vor seiner Zeit eingerichtet war. Sehr spärlich! Und einige Seiten später halten sich zwei Fotos trotz sich lösender Fotoecken wacker auf der Pappe.

Das obere Foto zeigt seine Mutter hochschwanger in einem nahezu eleganten Umstandskleid aus blau-rot gestreiftem, einfachem Leinenstoff, den ihre Hände sanft an die Wölbung ihres Bauches drücken. Ihr Lächeln hat eine einzige Botschaft: Freude. Darunter steht »Unser Erster kommt: Adalbert«. Das ist das Schicksal der Erstgeborenen im Hause Hauer. Der erste Junge hieß und heißt immer Adalbert. Da ist er schon ganz froh, erst die Nummer zwei zu sein. Justus fällt beim Weiterdenken auf, dass es für erstgeborene Töchter in der försterigen Hauer-Familie keine Tradition gibt, niemals gab. So konnte er für seine Tochter auch vollkommen frei den Namen Rebecca wählen, oder war es vielleicht doch eher seine Damals-Frau Esther ...?

Unter dem Foto mit der mit Adalbert schwangeren Charlotte Hauer hält sich wacker ein zweites Foto. Es zeigt sie zusammen mit einer anderen Frau. Diese ist anscheinend etwas jünger, aber gleichermaßen hochschwanger, und blickt mit hochgesteckten blonden Haaren und einem leicht gesenkten Kopf sehr ernst in die Kamera. Justus entziffert die handschriftliche Ergänzung: »März 1968 – Ich und Gertrud (Zwillinge!)«.

Justus' Mutter nickt kurz mit dem Kopf, bevor sie Justus ein Zeichen mit der Hand gibt, doch die nächste Seite aufzuschlagen. Sein Vater, seine Mutter mit Sehr-klein-Adalbert auf den Armen vor dem Stolz der ganzen Familie: einem VW Käfer in einem Blau, wie es heute nur noch an Schwimmbecken von Freibädern zu finden ist.

In dem Augenblick betritt Gerda vorsichtig klopfend das Wohnzimmer. Selbstverständlich besitzt sie einen Schlüssel, der an ihrem großen Schlüsselring nur einer unter vielen ist: »Na, Frau Hauer, ist denn der Herr Sohn nett zu Ihnen?«

Keine direkte Antwort. Seine Mutter lächelt.

Justus' Handy klingelt im Harfensound. Es ist Kriminalkommissarin Helliger, die fragt, ob sie am späten Nachmittag vorbeikommen könne, wenn sie vom Tatort käme. Sie habe da noch ein paar Fragen.

»Ja natürlich«, antwortet Justus und lässt die Bemerkung »Das hat jetzt gerade noch gefehlt« lieber in den Null-Dezibel-Bereich gleiten.

Kapitel 7

Und tatsächlich, gegen 17:30 Uhr arbeitet sich ein sehr grauer Audi die Betonstraße zum Forsthaus a. D. hoch und parkt selbstbewusst direkt vor der dunkelbraun gebeizten Eingangstür.

Bevor der Besuch klingeln kann, öffnet Justus bereits die Tür. George II. schaut ungläubig. Sonst ist die Reihenfolge doch immer eine andere?

»Hallo, Herr Hauer, schön, dass Sie kurz Zeit für mich haben«, kommt es ein wenig automatisch aus ihrem Mund. Heißt sie mit Vornamen vielleicht doch eher Alexa?

Da Gerda gerade dabei ist, seine Mutter bettfertig zu machen, fragt Justus die Kommissarin, ob sie auch am Tisch auf der kleinen Wiese hinter dem Haus sprechen könnten. Er ist kurz unsicher, ob ein amtliches Gespräch nur dann amtlich ist, wenn es in einem Büro oder zumindest in einem Raum stattfindet. Er geht in die Küche, um etwas zu trinken zu holen. Durch das Küchenfenster kann er Frau Helliger beobachten, wie sie unter der Eiche mühsam ruhig am Tisch sitzt. Aus der Ferne sieht sie eigentlich gar nicht so unsympathisch aus. Jeans und eine weiße

Bluse sind ein unaufdringlicher Stil, den er an Frauen mag. Sonst mag!

Er balanciert das Tablett über den gepflasterten Weg, nicht ohne vorher noch einmal mit den Fingern durch die Haare gefahren zu sein. Jetzt wird's ernst.

»Schön haben Sie es hier!«, eröffnet die Kommissarin unvermutet persönlich das Gespräch. Als wäre das nicht genug, kommt noch ein Blick dazu, der die Forsthauskulisse abwandert. Damit hat Justus nicht gerechnet. Ist aber wahrscheinlich nur so eine Floskel, sortiert er die Bemerkung weg.

»Aber vielleicht ein wenig einsam.«

Justus antwortet mit einer Gelassenheit, die er von sich in dieser Situation nicht erwartet hätte: »In der Stadt fühle ich mich einsamer.«

Die Kommissarin scheint für eine Millisekunde nicht zu wissen, ob sie nun darauf einsteigen soll oder ob das nur vertane Zeit ist, denn sie ist ja zur Arbeit hier. Sie entscheidet sich mit einem flüchtigen Blick auf den Baum, unter dem sie sitzen, für ein fragendes »Ja?«, um dann aber zielgerichtet den leuchtenden Pfad der vor ihr liegenden Arbeit zu betreten.

»Herr Hauer, ist Ihnen am Abend vorgestern etwas aufgefallen?«

»Ich war ja gerade erst hier angekommen, als der Schuss fiel. Den habe ich natürlich mitbekommen.«

»Und das fanden Sie nicht, sagen wir, auffällig?«

»Das gehört hier so nah am Wald einfach dazu. Das ist bei Ihnen natürlich anders«, kann Justus sich nicht verkneifen anzumerken.

»Haben Sie irgendjemanden in diesem Zeitraum hier im Wald gesehen?«

»Ich war ja gerade ins Haus gegangen, als der Schuss

fiel. Danach war ich erst am späteren Abend wieder draußen, genau hier unter dem Baum.«

Justus' Blick wandert am Baum nach oben. Die Baumkrone ist sein Zeuge.

»Haben Sie eine Waffe?«

Justus zuckt innerlich etwas zusammen. Er hat keine Waffe. Waffen mag er nicht. Aber müsste er jetzt angeben, wo seit seiner Kindheit das Luftgewehr und das noch ältere Flobertgewehr aufbewahrt werden, mit denen ihr Vater sie spielerisch an das Waidmannshandwerk heranführen wollte? Hunderte Schießscheiben hatten sie dabei munter durchlöchert.

Er entscheidet sich für ein klares »Nein!«, so, wie er es schon mehrfach erfolgreich bei der Verkehrskontrolle auf die Frage »Haben Sie etwas getrunken?« eingesetzt hat.

»Also noch einmal: Ist Ihnen irgendetwas aufgefallen, und wenn es nur ein Detail ist?«

Details mag Justus. Gerade bei Gemälden kann er, der Kunstlehrer aus Leidenschaft, sich über einen langen Zeitraum in der Suche von Hunden, Kindern, Fenstern oder Ähnlichem in Bildhintergründen mit Begeisterung verlieren. Aber so etwas ist hier nicht gefragt. Das ist ihm schon klar. Er durchkramt sein Gedächtnis. Doch, er kann eine Information anbieten: »Als ich auf dem Weg hierher war, habe ich das Auto unseres Jagdpächters gesehen. Es stand am Weg zur Mondwiese.«

Na, da habe ich jetzt aber Frau Helliger glücklich gemacht, denkt er vergnügt.

Das gibt auch sofort einen Ausschlag auf der Interessensskala: »Um wen handelt es sich dabei?«

»Michael von Flachau.«

»Da sind Sie sich ganz sicher?«

»Er ist vielleicht zu übersehen, aber nicht sein gestylter XXL-Geländewagen!«

»Haben Sie ihn seitdem noch einmal gesehen?«, kommt es wieder sehr schnell von ihr.

»Äh ja, gestern Nacht.«

Ihr Puls steigt, vermutet Justus.

»Wieso?«

»Er hat mir ein Eichenblatt mit Blut gezeigt« – zusammengekniffene Augen bei Frau Helliger –, »aber wir konnten trotz viel Blutverlust das Schwein nicht finden.«

Erhöhte Durchblutung im Gesicht der Kommissarin.

»Ich meine den Keiler, den er nur angeschossen hatte.«

Frau Helligers Blutdruck erreicht innerhalb einer Sekunde wieder den Normalwert.

»Okay, dann könnten Sie mir bitte mal seine Telefonnummer geben?«

»Ja, natürlich!«, kommt es betont freundlich von Justus zurück, denn er denkt, dass damit das Gespräch erledigt sein müsste.

»Gibt es sonst noch jemanden, der regelmäßig in Ihrem Wald ist?«, setzt Kommissarin Helliger jedoch unbeeindruckt nach.

»Der Einzige, der mir noch einfällt, ist der Wendelin Hohlleber«, krönt Justus seine mühsame innere Recherche.

»Und was macht der im Wald?«, fragt die Kommissarin nur mäßig interessiert im Routinesound nach.

»Ach, der umarmt Bäume, streichelt die Steine am Bach und hört den Fichten bei ihrer nächtlichen Unterhaltung zu.« Kommissarin Helliger schaut ungläubig.

Justus versteht und ergänzt: »Ja, der macht im Wald so Seminare wie ›Der Baum als Begleiter deiner Seele‹ oder ›Von der Wurzel bis zur Krone – so wächst dein Ich‹ und so weiter. Da kommen dann ein paar Frauen in veganem Filz oder Biowolle, aber auch Männer aus dem mittleren Management im gepflegten Outdoorlook sind dabei. Scheint so eine Art Seelenmassage für gestresste Städter zu sein. Das kann man auch auf seinem Facebook-Account sehen. Ich glaube, der verdient ganz gut dabei, und in der Talkshow bei Markus Franz war er auch.«

»Und Sie erlauben das?«

»Der tut ja keinem weh. Nicht mal den Bäumen, glaub ich. Also, ich habe kein Problem damit.«

Frau Helligers Handy klingelt (tatsächlich Smetana). Sie unterbricht das Drehen einer braun melierten Strähne zu einer Locke mit dem linken Zeigefinger und meldet sich maximal kurz angebunden: »Kathrin Helliger, was gibt's?«

Endlich der Vorname zur Kommissarin! Kathrin! Auf diesen Vornamen wäre Justus nie gekommen, das muss er einräumen. Der Name ist sehr viel netter als die Kommissarin Helliger, die da vor ihm sitzt, findet er.

Irgendetwas Wichtiges lässt sie eilig aufbrechen.

»Ich muss nach Bad Ems!« Kathrin Helliger rückt dabei energisch den aus Ästen zusammengesetzten Holzstuhl zum Aufstehen nach hinten.

»Schade«, meint Justus – nicht wirklich ernst gemeint.

Und sie, schon beim Aufstehen in der Drehung, hält kurz inne: »Ja, schade. Finde ich auch.« Noch bevor Justus einordnen kann, ob das ironisch gemeint oder dem Umstand geschuldet ist, dass sie noch ein paar dienstliche Fragen auf der Agenda hat, verabschiedet sie sich mit einem »Bis bald!«, was zusätzliche Fragezeichen in Justus mobilisiert.

Sie geht zu ihrem Auto, lässt aber, bevor sie um die Ecke des Forsthauses zur Tür biegt, noch einmal einen

Blick auf die von einer Hainbuchenhecke umrahmte Wiese mit Eiche, verwaistem Stuhl und Justus Hauer gleiten. Dann hört man das Türschlagen, das Anlassen des Motors und ein abfahrendes Auto. Danach: Stille. Das gefällt Justus am besten. Er ruft George II. zu sich. Er braucht jetzt was zum Kraulen.

Kapitel 8

Die Zeit im Forsthaus tut ihm gut. Besonders im Sommer. Es jeden Tag zu sehen – die roten Holzläden, das schiefergedeckte Dach mit den drei Gauben, die sich den Blick ins Lahntal erkämpft haben, und all die Stauden und Blumen, die es versuchen einzurahmen –, das sind für Justus trotz der Alltäglichkeit kostbare Augenblicke, und sie stoßen immer wieder Erinnerungen an. Dieses Jahr blühen die Rosen im hinteren Beet besonders schön. Alle! Das war nicht immer so. Diese Rosen wurden von Justus' Mutter liebevoll gehegt. Vielleicht, weil es die einzigen Blumen waren, die nicht aus dem Wald kamen und somit städtisches Flair mit sich brachten. Als Justus neun Jahre alt war, gab es in den Sommerferien ein besonderes Erlebnis, das sich auch auf die Rosen seiner Mutter auswirken sollte. An einem heißen Sonntag klingelte es am Nachmittag an der Forsthaustür. Das kam häufiger vor. Manchmal wurde schlicht nach dem Weg gefragt, oder ein Körbchen voller Pilze wurde Justus' Vater entgegengestreckt mit der Bitte, zu entscheiden, was davon essbar und was giftig sei. Hier wurden dann schon mal Leben gerettet.

Als Justus jetzt öffnete, sah er sich einer Familie gegenüber. Der Vater trug ein Baby im Arm, an der freien Hand ein Mädchen ungefähr in Justus' Alter. Dahinter die Mutter mit einem Kinderwagen auf hohen, schmalen Speichenrädern. Sie wünschten, den Förster zu sprechen. Als Justus' Vater kam, war seine Überraschung mehr als groß, als er gebeten wurde, einen Blick in den Kinderwagen zu werfen. Darin lag weiß gepunktet ein Kitz. Die Familie erklärte voller Stolz, dass es ganz alleine auf einer Wiese unter einem Baum gelegen habe und bestimmt von seiner Mutter verlassen worden sei. Das arme Bambi! Deshalb hätten sie es gerettet und brächten es zum Forsthaus. Förster Hauer schluckte seinen ersten Ärger, unbemerkt von der Familie, herunter und erklärte dann mit ruhiger Stimme, dass Kitze häufig alleine lägen. Das sei eine Vorsichtsmaßnahme der Natur, damit sie nicht die Aufmerksamkeit auf sich ziehen, und diene somit dem Schutz der kleinen Kitze. Im Gegenzug blieben die Kitze, so ziemlich egal, was passiert und welche Bedrohung gerade heraufzieht, regungslos liegen und fiepten nur manchmal, um ihrer Mutter ihren Standort zu signalisieren. Gerade wenn sie noch sehr klein sind, ist dieses Rufen kaum vom kehligen Schrei eines Vogels zu unterscheiden.

Ein Zurückbringen des Kitzes schied aus, denn nach so vielen menschlichen Kontakten würde die Mutter es nicht mehr annehmen. Die nächsten Wochen waren daraufhin mit der Pflege des Neuzugangs mit den staksigen Beinen ausgefüllt. Hier mussten alle drei Hauer-Kinder mithelfen, teilweise im Stundentakt. Nach einer feierlichen Taufe auf den Namen Else wurde ein Stück Wiese am Waldrand mithilfe der Waldarbeiter eingezäunt, um für einen sicheren Auslauf zu sorgen. Im nächsten Frühjahr konnte es dann in die Freiheit des Hauer'schen Reviers entlassen werden. Aus Dankbarkeit kam Else allerdings häufiger wieder, am liebsten, wenn die Rosen feine Knospen ausgetrieben hatten. Die, und nur die, wurden alle ganz schnell weggesnackt, zum großen Ärger von Justus' Mutter.

Immer wenn er sich das Forsthaus ohne seine Mutter vorstellt, beginnen seine Gedanken zu schlingern.

Was würde es bedeuten, wenn das hier alles aufgegeben werden müsste? Die Geschwister in weiter Ferne, die Mutter im Pflegeheim und er dann nur noch in Frankfurt?

So viele Probleme am Morgen auf einmal im Haus bedenken, das kann Justus nicht. Zu viele Wände. Er streift sich seine dunkelgrüne Wachstuchjacke über; es ist genau die Jacke, bei der George II. weiß, dass er mit von der Partie ist. Kluges Tier. Ein kurzer Kontrollblick ins Wohnzimmer. Charlotte Hauer macht einen kleinen Schlummer im Sessel. Warum sollte er sie jetzt wecken?

Er muss hinaus in den Wald. Da hat er etwas Abstand, und das freie Denken sollte ihm vielleicht besser gelingen. Der Weg ist anfangs auf beiden Seiten von Farn begrenzt. Justus fällt ein, dass es vor Millionen Jahren Wälder gab, die aus Farnen bestanden, die so groß waren wie Bäume. Da hätte er jetzt ausgesehen wie der kleine Junge im schwedischen Kinderbuch *Hänschen im Blaubeerenwald.* Wie von einem inneren Kompass geleitet, läuft er zur Mondwiese. Die Wiese ist leicht abschüssig, und die nächsten Buchen sind vielleicht hundert Meter entfernt. Deshalb steht nichts einem weiten Blick entgegen. Schon als Kind war ein Felsblock auf der Wiese sein Ziel. In seinem Schutz ließ es sich prächtig sitzen und stundenlang einfach nur schauen, horchen und riechen, was die von Bäumen eingefasste Wiesenwelt zu bieten hatte. Ab und zu verirrte sich auch einmal ein Gedanke in diesen besonderen Zustand, aber das kam nicht häufig vor. Vielleicht so häufig, wie sich ein interessiertes Insekt in sein Hosenbein verlief. Einmal sah er neben dem Felsblock – gut, es waren schon zwei Meter Entfernung – sogar eine Kreuzotter, also in der Erlebniswelt eines Kindes: echte Lebensgefahr!

Doch jetzt ist die Mondwiese nur eine grüne Kulisse für graue innere Planspiele. Mutter muss ins Pflegeheim, aber warum kann er nicht das Forsthaus halten? Klar, seine Lehrerstelle (Studienrat!) in Frankfurt spricht dagegen. Doch wenn es für ihn eine andere Möglichkeit gäbe, eine Möglichkeit hier vor Ort?

Die Wohnsituation ist nach der Scheidung auch nicht gerade super. Die Fünf-Zimmer-Altbauwohnung in Frankfurt war da für ihn alleine nicht mehr bezahlbar.

Benisha Kumari, die indische Leiterin einer Frankfurter Privatschule, die er von einer Vortragsreihe zum Thema »Was kann die Schule bei der Berufswahl leisten?« kannte, hatte dann glücklicherweise eine praktische Zweieinhalb-Zimmer-Einliegerwohnung in ihrem Haus frei. Keine Inserate, keine Telefonate, keine Vorstellungstermine, das passte gut für Justus. Zusammen mit ihrer Lebenspartnerin teilt sie sich das Haus, das Geldverdienen, die Hausarbeit und das Austragen der gemeinsamen Kinder. Sehr überzeugend, findet Justus, auch wenn es erst einmal neu für jemanden war, der in Lahnberg groß geworden ist.

Es ist nicht mehr wegzudiskutieren, dass vielleicht nicht nur seine Mutter das Problem ist. Er hängt da mit dran. Justus löst nicht gerne Probleme, was nicht damit zu verwechseln ist, dass er Lösungen voller Energie und Tatkraft umsetzen kann. Nur das, was davor steht, das ist nicht so hundertprozentig seins.

Die Gedanken beginnen zu treiben, und so beschließt

Justus, wieder Grund unter die Füße zu bekommen und nach Hause zu gehen. Unverrichteter Gedanken. Ein kurzer Pfiff. George II. kommt sogar.

Aus purer Nostalgie macht er noch einen kleinen Schlenker, der ihn am alten Waldarbeiterwagen vorbeiführen soll. Dazu biegt er auf einen zum größten Teil zugewachsenen Weg ab. Was für ein Erlebnis, wenn er als Kind im Winter dort im Wagen vor dem Kanonenofen saß und die Waldarbeiter, die Mittagspause vom Holzfällen machten, ihm aus dem heißen Topf mit einem verbogenen Suppenlöffel Linsensuppe in seinen Blechteller schöpften.

Merkwürdig: Der Wagen sieht aus wie immer, aber irgendetwas scheint doch verändert zu sein. Sein Blick streift über den Wagen, der wie ein kleiner Bauwagen auf Ferien aussieht. Nur eben grün gestrichen. Ansonsten versuchen zwei größere Räder und ein kleineres Rad unter der Anhängervorrichtung, dem Gefährt schon seit längerer Zeit Halt zu geben. Die Räder sind dabei über die Jahre tief im Boden eingesunken.

Sieht eigentlich aus wie immer, oder täuscht er sich da? Justus beschließt, einmal wiederzukommen und sich den schon seit ewigen Zeiten nicht mehr genutzten Wagen von innen anzuschauen.

Als er den seit Jahren nicht mehr forstlich genutzten Weg zurückgeht, bemerkt er einen Lichtpunkt, der durch die Spiegelung eines Sonnenstrahls hervorgerufen wird. Er sucht nach der Lichtquelle und findet sie in ungefähr vier Metern Höhe am Stamm einer Birke, die an der Abbiegung zum Wanderweg steht. Es ist, und da ist er sich sofort sicher, die Linse einer Wildkamera. Als er näher zur Birke kommt, bemerkt er, dass er richtiggelegen hat, denn die Kamera ist aufgrund der Tarnfarbe so gut wie nicht zu sehen, dafür aber die Befestigung mittels der um den Baumstamm geschwungenen Nylonbänder. Der alte Hightech-Jäger Flachau, denkt Justus. So etwas mag er nicht. In seinen Augen ist das ein unlauterer Wettbewerb gegenüber den Tieren im Wald. Wo bleibt denn da die Chancengleichheit?

Neben der Tür des Forsthauses parkt der weiße Kleinstwagen des Pflegedienstes mit der violetten Aufschrift »Pflegedienst Mona Schwarz – immer für Sie da«. Warum müssen sich die Pflegerinnen immer in diese Spielzeugautos quetschen?, fragt sich Justus. Das Auto signalisiert unzweifelhaft, dass Gerda bei seiner Mutter ist. Sie ist mit der Mittagsrunde so gut wie fertig, als Justus sie begrüßt. Gerda, auf die er sich Tag für Tag verlassen kann. Was würden sie ohne ihre Unterstützung machen? Ohne ihre Tatkraft und Energie? Er kann sich überhaupt nicht vorstellen, ihr zu kündigen, wenn seine Mutter ins Heim käme. Obwohl Gerda nicht groß ist und eine eher kompakte Figur aufweist, fallen Justus heute zum ersten Mal ihre zarten Handgelenke auf, als er ihr den Becher seiner Mutter abnimmt. Sie kommen in ein Gespräch darüber, was seiner Mutter im Augenblick besonders guttun würde.

»Es muss nicht immer Fernsehen sein«, findet Justus. Er zeigt Gerda ein paar alte Bilderbücher, die seine Mutter ihm vor Jahrzehnten vorgelesen hatte. »An den Bildern hat sie Freude, und die Geschichten sind auch nicht zu aufregend.«

Gerda nickt.

»Sie können ihr auch gerne mal ein Fotoalbum hinlegen. Darin zu blättern, das liebt sie.«

Er greift das braune Album auf, das vom Tag zuvor noch auf dem kleinen Tisch liegt, und schlägt es auf. »Das ist zwar alles schon ewig her, aber für meine Mutter steckt in den Erinnerungen ganz viel Leben. Das tut ihr gut.«

Gerda nickt noch einmal. »Mach ich gerne.« Im gleichen Augenblick ist sich Justus unsicher, ob Gerda es nicht mehr genießt, mit der Fernbedienung etwas Nettes für seine Mutter im Fernsehen zu finden. Noch zwei Handgriffe und ein Wegräumen ihrer Utensilien, und schon geht sie wieder zur Tür, nicht ohne Charlotte Hauer unübersehbar zu winken.

Justus setzt sich zu seiner Mutter. Sprechen will er nicht viel. So nimmt er einfach nur ihre Hand. Ihre Reaktion: »Mir geht es so gut.«

Justus muss für heute die Waffen strecken.

Kapitel 9

Justus faltet die Zeitung auf. Inzwischen ist der Mord in seinem Wald vom Titelblatt auf die Seite drei gerutscht.

Gibt's was Neues? Ein Polizeisprecher äußert, dass die Ermittlungen im vollen Umfang liefen. Das Projektil habe identifiziert werden können, nicht aber die Waffe, aus der es abgeschossen wurde. Einen dringend Tatverdächtigen gäbe es derzeit nicht, aber die Befragungen seien auch noch nicht alle abgeschlossen. Auch das Motiv liege dementsprechend noch im Dunkeln. Ein Jagdunfall könne aber zum derzeitigen Zeitpunkt ausgeschlossen werden. Die Bevölkerung wird nach wie vor darum gebeten, verdächtige Beobachtungen zu melden. Es folgen eine Mail-Adresse und eine Telefonnummer.

Zum Glück ist es trotz des Medienrummels in seinem Wald wieder ruhiger geworden. Kaum noch Fahrzeuge mit fremden Nummernschildern und Neugierige aus der Umgebung. Auch die Journalisten tummeln sich längst wieder an anderen Orten, die nun für mehr Aufsehen gut sind. Ob er den Hochstand, unter dem das Mordopfer gefunden worden war, jetzt eigentlich reparieren dürfte? Er beschließt, sich die Kanzel noch einmal anzuschauen, um den Aufwand der Reparatur besser einschätzen zu können. Doch als er sich auf den Weg machen will, unterbricht ihn das leise Harfen seines Handys. Es ist Friederike Mahr. »Hallo, Justus, hast du einen Augenblick?«

»Für dich doch immer«, kommt es leidenschaftslos zurück.

»Ich will mal deine Meinung hören.«

»Wegen was?«

»Der Hegering Lahnberg ...« – ein pazifistisch angehauchtes Wort für einen Verein von Waffen tragenden Jagdbegeisterten, geht es Justus durch den Kopf – »... will die im Winter wegen der Unwetterwarnung ausgefallene Treibjagd doch wie geplant am ersten August abhalten. Es ist das hundertjährige Jubiläum, deshalb wollen die das jetzt unbedingt nachholen, auch wenn da die Ricken und Kitze noch Schonzeit haben. Ab September finden dann wieder viele Treibjagden hier in der Gegend statt, die auch schon fest terminiert sind. Da ist der August, auch wegen des Schwarzwilds und des Schadens, den es verursacht, nicht verkehrt. Nach dem Mord haben die das verständlicherweise erst einmal auf Eis gelegt, denn der Huckner war da auch langjähriges Mitglied. Aber jetzt habe ich die offizielle Anfrage von der Jagdleitung bekommen. Das heißt im Klartext: Die wollen die Treibjagd. Deshalb frag ich: Findest du, das ist eine gute Idee?«

Schweigen bei Justus. Ihm ist das egal. Es gehört irgendwie zur Lahnberger Tradition, und da kann er keinen Zaun um seinen Wald ziehen, das würde doof aussehen.

»Ich seh nicht, was dagegenspricht.«

»Wirklich?«, kommt es noch einmal fragend von der Försterin.

»Ja, solange die nur auf Tiere schießen und nicht auf Treiber, ist mir das egal.«

»Okay, dann ist ja alles klar. Ich wollte das noch mal mit dir besprochen haben, nachdem die Polizei auch nichts dagegen hat.«

Justus muss an seine frühen jugendlichen Versuche, bei Friederike zu landen, denken. Da gab es ihrerseits auch immer so viel zu besprechen …

Und heute? Justus mag Friederike und ist sich sicher, dass es umgekehrt genauso ist. So schön unkompliziert ist das.

Nachdem das Jagdthema geklärt ist, schnappt er sich George II. und einen Zollstock, um zur Kanzel am Taubenkopf zu marschieren. Da er Zeit hat, nimmt er nicht den kürzesten, direkten Weg, sondern versucht, möglichst viele Lieblingsplätze, Lieblingsbäume und Lieblingsaussichten bei dem Gang zu streifen. George II. ist das sehr recht. Merkwürdig, dass er nie auf den Gedanken gekommen ist, diese Plätze zu malen. Aber so ist es nun mal bei ihm: Früher, wenn er ein neues Bild begann, stellte er nach kurzer Zeit fest, dass es so etwas Ähnliches schon viel besser von einem Caspar David Friedrich, William Turner oder Vincent van Gogh gab. Das ging ihm nicht nur bei Landschaftsmotiven so, sondern die Liste ließ sich für Porträts, Stillleben und andere Genres sogar noch erweitern. Also blieb es beim Sehen. So wurde er aus voller Überzeugung Kunstlehrer. Nein, für ein verhindertes Malgenie hatte er sich nie gehalten.

Auf halber Strecke kommt er an einer der wenigen Stellen vorbei, wo hauptsächlich Tannen stehen. Nur die ersten waren wahrscheinlich einmal vor sehr langer Zeit gepflanzt worden. Seither vermehren sie sich nach eigenen Regeln. Obwohl Justus' Vater sich eher einer preußischen Ordnung verpflichtet fühlte, ließ er an dieser Stelle des Waldes der Natur freien Lauf. So steht hier nun ein Mix von Minitannen bis zu wirklich stattlichen Exemplaren und keine einheitliche Normkultur, bei der alle Bäume gleich aussehen und exakt den gleichen Abstand voneinander haben. Jedes Jahr am vierundzwanzigsten Dezember nahm sein Vater ihn und die beiden Geschwister nach dem Mittagessen mit ins Revier, und zwar genau hierhin. Es ging darum, einen Weihnachtsbaum für die Tiere zu schmücken. Dazu wurden leicht missratene Strohsterne mit unterschiedlich langen Zacken oder andere Motive aus Goldpapier, bei denen kleine und größere Ungenauigkeiten bei der Arbeit mit der Schere passiert waren, in den Rucksack befördert. Zusätzlich waren ein paar verschrumpelte Äpfel mit rotem Nähgarn zum Aufhängen in den weihnachtlichen Adelsstand erhoben worden. Was konnte Besseres aus einem Äpfelchen mit Runzeln werden, das im Forsthausgarten groß geworden war? In den meisten Fällen war der Weg wegen des Schnees recht mühsam. Dieser sollte allerdings auch seine Zeit brauchen, damit – und das war der elterliche Plan dahinter – die Mutter zu Hause freie Bahn hatte, »zusammen mit dem Christkind den Baum zu schmücken«. Da hätte die neugierige Brut im Forsthaus natürlich gestört. In der Schonung gab es dann jedes Jahr aufs Neue Diskussionen darüber, welcher Baum mittlerer Größe der geeignetste wäre. Jedes Kind hatte das gleiche Vorschlagsrecht, und wie nach einer geheimen Absprache wurde dann immer der Baum genommen, den die Jüngste, Schwester Tabea, ausgesucht hatte. Das begann schon, als sie erst drei Jahre alt war. Darauf durfte sie gerne stolz sein. Dann ging es an das eifrige Verbiegen der Äste, um die Aufhänger über die Nadeln zu streifen. Natürlich ganz vorsichtig. Er erinnerte sich sogar noch an einige Streifen Lametta, die die Großmutter im Hochsommer immer bügelte, damit sie beim nächsten Weihnachtsfest wieder benutzt werden konnten, und die sie mitnehmen durften. Damals musste er noch sehr klein gewesen sein, denn dies war später nicht mehr möglich, da grundsätzlich auf Lametta aus Stanniol wegen des Bleigehalts verzichtet wurde – in etwa zu der Zeit, als die andächtig tropfenden Wachskerzen durch elektrische Kerzen ersetzt wurden. Das war bestimmt sicherer, aber auch schöner? Den Abschluss bildete stets die Suche, was aus dem Weihnachtsschmuck des letzten Baums geworden war. Da sah man dann, etwas höher gewachsen, die verblassten Überlebenden des letzten Winters, was in Justus jedes Mal ein seltsames Gefühl erzeugte, ohne zu wissen warum.

Der Brauch wurde auch im erwachsenen Alter weitergeführt, manchmal zum Erstaunen von Passanten, die nicht so recht verstanden, was dort mit so viel Freude mitten in einer Schonung getrieben wurde.

Justus kann es sich jetzt nicht verkneifen, vom Weg aus ein paar Schritte in die Schonung zu gehen. Und tatsächlich, er findet die zuletzt dekorierte Tanne ohne Mühe. Es stellt sich das gleiche Gefühl ein wie in seiner Kindheit.

Nach einer knappen halben Stunde erreicht er die Kanzel. Es ist kaum noch zu sehen, welche Betriebsamkeit vor gerade mal drei Tagen hier geherrscht hat. Ein paar abgebrochene Äste mit Resten von Absperrband, ein paar kahle Stellen im Gras und Reifenspuren von Einsatzfahrzeugen auf dem Weg. Das ist's aber auch schon.

Die Kanzel aus Holz, deren Sitzfläche grün (er würde es als Moosgrün mit einem Hauch Mauve bezeichnen, Fachmann!) gestrichen ist, der man allerdings die vielen Regengüsse, Frostnächte und heißen Sommer an jedem Brett ansieht. Zunächst inspiziert er im Selbstversuch die Sprossen der Leiter. Gut: Acht Sprossen müssen ersetzt werden (siebzig Zentimeter sollten reichen). Das kann er selbst machen.

Beim Hochklettern schaut er immer wieder prüfend zur Verstrebung, die die Plattform der Kanzel mit dem Boden verbindet. Hier schwankt's gewaltig. Zum Glück ist die Kanzel direkt an einen Baum gelehnt, sonst wäre sie vermutlich schon längst ein dankbares Opfer der Schwerkraft geworden. Also hier muss tatsächlich etwas passieren. Er kann Frieda mal fragen, welcher Waldarbeiter aus einem ihrer Reviere das nach Dienstende für ihn erledigen könnte.

George II. wird unruhig, da er trotz enormen Labrador-Willens die Leiter nur hochschauen, aber nicht hochklettern kann. Als Welpe hat Justus ihn noch getragen, aber das ist lange her.

Die Kanzel selbst ist spartanisch eingerichtet. Eine Bank, zwei Aussparungen als Fenster, aber keine richtige Tür zum Verschließen. Das Dach eher für Schatten gut denn als Schutz gegen Regen geeignet. Aber es bleibt für ihn der besondere Hochsitz im Vergleich zu den anderen, die letztlich nur Leitern mit einem angebauten Brett als Sitz sind. Die Kanzel war das Hauer'sche Wohnzimmer im Wald. Hier hat er oft mit seinem Vater bei der Jagd gesessen und – nicht immer erfolgreich – gegen den Schlaf angekämpft. Erstaunlich, wie anders alles aussieht, wenn man nur ein paar Meter über dem Boden ist, denkt Justus wieder einmal. Daran hat sich nichts geändert.

Nun beschäftigt ihn aber nicht so sehr die Beschaffenheit des Bodens oder der Grad der Verrostung der beim Bau benutzten Nägel, sondern er ertappt sich, durch die Fensteröffnung schauend, bei der Frage, von wo der mörderische Schuss hätte abgegeben werden können. Es war ein Kopfschuss. Somit ist klar, wo sich Huckner im Augenblick des Getroffenwerdens befunden haben muss, denn damit macht man keine großen Schritte mehr. Justus lässt den Blick schweifen.

Direkt unterhalb der Kanzel stehen ein paar kleine Buchen, vielleicht drei bis vier Meter hoch. Dann kommt eine leicht unebene Wiese, ungefähr dreißig Meter breit und wahrscheinlich zwischen einhundert und zweihundert Meter lang mit einem kleinen Bachlauf, der aber im Sommer meist ausgetrocknet ist. Eingefasst ist die Lichtung von einem jungen Fichtenbestand auf der rechten Seite und von altem Mischwald mit vielen Buchen auf der linken Seite wie auch direkt gegenüber der Kanzel.

Merkwürdig, denkt er, die Bäume um den Hochsitz machen einen Schuss von ebener Erde aus schlicht unmöglich. Selbst über eine kürzere Entfernung – von einer langen ganz zu schweigen. Da ist zu viel Blattwerk dazwischen. Andererseits gibt es keine Erhöhung, von der aus man hätte zielen können. Nur viele hohe Bäume. In der Mitte sowie links und rechts, von denen aus die Kanzel sichtbar ist.

Justus findet nach einer Weile, dass er sich schon zu lange mit dieser Frage beschäftigt hat. Ebenso scheint es George II. gesehen zu haben, der auf Privattour abgerückt ist. Mist, denkt Justus, als er merkt, dass nun wieder das Warten angesagt ist, bis der Hund irgendwo gesehen wird. Das ist meist dort, wo es etwas zu fressen gibt. Er nimmt noch schnell Maß an drei Bodenbrettern, die dann allerdings morscher sind, als es beim oberflächlichen Betrachten den Anschein hatte. Beim Herunterklettern denkt er, dass er beim nächsten Treffen mit der Kommissarin auch mal eine Frage stellen könnte, nämlich, was die Ballistiker gesagt hätten …

Kapitel 10

Und jetzt liegt Kommissarin Kathrin Helliger in seinem Bett! Ein zweiter Blick: Doch, sie ist es, wirklich! Der erste Gedanke: Hoffentlich hat's keiner gesehen, dass sie hier ist. Damit ist vor allem seine Mutter gemeint, Reflexe aus sehr vergangenen Tagen.

Gleichermaßen genießend und staunend, spult er Stunde für Stunde zurück: ein Gang durch den Wald, verliebte Blicke, alles um sich vergessen, Blick auf die Sterne, ein letztes Glas Wein unter der Eiche, Blicke, die sich mehrfach ausdauernd treffen, ihr angenehm dezentes Parfum ...

Dann wacht er auf.

Und das alles nur, weil sie heute noch einmal am frühen Nachmittag vorbeikommen will und ihn gebeten hat, etwas Zeit mitzubringen?

Als Erstes unternimmt er mit George II. einen Spaziergang. Er biegt dazu am Haus links ab und kommt über einen kurvigen, leicht ansteigenden Trampelpfad auf einen größeren Weg, der ihn in einen Hochwald führt. Buchen und Eichen stehen hier in loser Anordnung, und der Boden ist an vielen Stellen mit Grasflecken belegt. Für die passende Akustik sorgen Amseln und ein aufgeregter Eichelhäher, der ihn sofort verpetzt.

Er liebt es, an alten Bäumen, die abgestorben seit Jahren am Boden liegen, zu sehen, wie eine Moosschicht für einen grünen Überzug sorgt, aus dem im Herbst sogar Pilze sprießen. Früher hätte das unter Forstleuten als unordentlich und ungepflegt gegolten.

George II. ist so gut wie unsichtbar, denn seine Begleitung hat etwas Satellitenhaftes: Nicht zu nah, um bei seinen Interessen nicht gestört zu werden, und nicht zu weit weg, damit Justus nicht auf die Idee kommt, ihn herbeizurufen.

Der Gang hat Justus gutgetan, und so betritt er gelöst und entspannt das Forsthaus, über die Wiese kommend, durch den Seiteneingang. Die Tür sollte außen mal wieder neu gestrichen werden. Er mag keine Baumärkte.

Seine Mutter sitzt im Wohnzimmer und wirkt nervös und irritiert. Gerda packt beinahe fluchtartig ihr Pflegeequipment zusammen und verabschiedet sich nur knapp. Sie wirkt gehetzt beim Verlassen des Hauses. Irgendetwas stimmt nicht, beschleicht es Justus, ohne dass er eine konkrete Idee hat.

Er setzt sich bewusst langsam und behutsam neben seine Mutter und fragt leise: »Was ist los?«

Sie sieht ihn irritiert an.

»War irgendwas mit Gerda?«

Sie schüttelt den Kopf und vermittelt dabei eine Traurigkeit, die äußerst selten ihre Gesichtszüge verdunkelt. Justus merkt, dass er so nicht weiterkommt. Er schaut sich um. Alles ist an seinem Platz: die Henkeltasse, die Stoffserviette, der leere Frühstücksteller mit dem Blumenmotiv, alles liegt da wie immer.

»Was hat Gerda gemacht?«

Seine Mutter zeigt auf das aufgeschlagene Fotoalbum. Es zeigt das Foto von ihr als Schwangere zusammen mit ihrer Freundin Gertrud, das Justus aufgrund des häufigen Durchblätterns des Albums inzwischen vertraut geworden ist. Also auch hier nichts Besonderes, denkt er und gibt es auf, die Situation verstehen zu wollen. Er wird Gerda einfach beim nächsten Mal fragen. Vielleicht hat sie sich auch nur in der Zeit vertan und musste dringend zum nächsten Pflegefall.

Er bringt den Gedanken zu Ende und macht sich auf, eine der klassischen CDs in den betagten CD-Player einzulegen. Das Gerät bringt es fertig, die CD mit vielen Geräuschen, die der ausgeklügelten Mechanik der Siebzigerjahre huldigen, in sein Inneres zu saugen, und dann, nach einem kurzen Hochgeschwindigkeitsflirren, beginnt es: Vorspiel der Streicher, Beethovens *Klavierkonzert Nr. 5*, der zweite Satz. Das mag hoffentlich etwas Ruhe und Harmonie ins Wohnzimmer bringen. Schon nach den ersten getragenen Takten des Orchestervorspiels bemerkt er mit Genugtuung, dass seine Mutter wieder gelassener schaut. Er packt das Geschirr auf ein Tablett, um es in die Küche zu bringen. Das Klaviersolo beginnt mit einer weit ausladenden Oktave in der Melodie.

Kommissarin Helliger steht robust pünktlich um vierzehn Uhr vor der Tür, heute mit schwarzer Jeans und einer karierten Bluse, die Landleben elegant vorgaukelt, und ist dennoch mit bemerkenswert festem Schuhwerk ausgestattet. Die Sonnenbrille mit stark verdunkelndem Glas entzieht ihre Augen Justus' Blick.

Justus möchte sie hereinbitten, doch die Kommissarin äußert den Wunsch, mit ihm noch einmal zur Kanzel am Taubenkopf, also dem Tatort, zu gehen. Bevor Justus sich den Autoschlüssel vom Schlüsselbrett holen kann, das aus dem dekorativen Gehörn eines Rehbocks besteht und erst nach dem Tod seines Vaters diese Funktion erhalten hat, durchkreuzt die Kommissarin seinen Plan.

»Lassen Sie uns bitte zu Fuß gehen!«

»Darf ich fragen, warum?«, erkundigt sich Justus unsicher.

»Das will ich Ihnen gerne sagen, Herr Hauer. Zeigen Sie mir doch bitte einmal den Weg, und zwar nicht den Weg über bestehende Waldwege, sondern wie Sie direkt von der Landstraße da vorne«, sie zeigt auf einen Punkt mit einer kleinen Ausbuchtung, »zum Taubenkopf kommen, und zwar querfeldein.«

Justus staunt, merkt aber, dass er jetzt nicht noch eine Frage stellen kann, und geht somit zusammen mit ihr zum Ausgangspunkt abwärts und von da aus Richtung Tatort wieder aufwärts. Das fühlt sich alles sehr formell an. Deshalb musste George II. auch zu Hause bleiben.

Nun geht Justus voraus. Es verunsichert ihn, dass er ihr Gesicht nicht sehen kann. Und dann ist sie bestimmt auch noch bewaffnet. Ja, ist er denn der Einzige, der ohne irgendwelche Bewaffnung im Wald unterwegs ist? Da er das Gelände seit Kindertagen kennt, wählt er nicht den Weg wie mit einem Lineal gezogen. Er weiß zum Beispiel, dass nach der Stelle mit den hochgewachsenen Fichten eine junge Fichtenkultur kommt, wo die Bäume eng zusammenstehen und zudem die Brombeeren ihr Unwesen treiben. Genauso verhält es sich mit dem Bachlauf. Der schnellste Weg würde bedeuten, die kleine Schlucht an der steilsten Stelle zu durchqueren. Das lässt sich mit einem Miniumweg von nicht einmal vierzig Metern vermeiden.

Frau Helliger stellt keine Fragen, schaut sich alles dafür aber umso genauer an, inzwischen ohne Sonnenbrille.

Das ist das Schöne am Wald: keine Sonnenbrillen, die den Blick rauben. Bei einem Baum mit einem unheimlichen Wuchs bleibt sie unvermittelt stehen. Der Stamm wächst vollkommen verdreht und erreicht dabei kaum Höhe. Die mächtigen Äste wachsen teilweise zum Boden zurück oder umwinden sich gegenseitig. Sie wirft Justus, der ebenfalls stehen geblieben ist, einen fragenden Blick zu: »Das sieht ja merkwürdig aus.«

»Mich erinnert es immer an die berühmte Laokoon-Gruppe.« Justus ist sich aber gewiss, dass hier nicht der Kunstlehrer, sondern der Förstersjunge gefragt ist. Deshalb ergänzt er: »Das ist eine Süntelbuche. Als Kind habe ich beim Metzger einmal mitbekommen, wie die alte Metzgerin einem Kunden erzählte, dass es im Wald beim Forsthaus eine ›Teufelsbuche‹ gäbe, die daran zu erkennen sei, dass sie total verdreht wächst. Ihr sei erzählt worden, dass es früher einmal Brauch war, dass sich Frauen, die keine Kinder bekamen, eine Nacht unter diesen Baum setzen mussten, dann wären sie in kurzer Zeit schwanger geworden. Nachdem ich das meinem Vater erzählt habe, führte er mich am nächsten Tag hierher und zeigte mir den Baum. Diese Buche wird übrigens auch ›Hexenholz‹ genannt.«

Das Informationsbedürfnis der Kommissarin scheint mit seinen Ausführungen gestillt zu sein. Aber falls es einmal zu Schwierigkeiten mit dem Kinderkriegen kommen sollte, dann hätte Frau Helliger jetzt ja eine zusätzliche Option. Justus weiß: schlechter Scherz, der deshalb auch unausgesprochen bleibt.

Sie ist ziemlich sicher und fix im Gelände unterwegs. Immer wenn er sich nach ihr umschaut, ob sie folgen kann, ist sie näher bei ihm als erwartet. Hat er ihr so gar nicht zugetraut. Sie stoßen genau dort auf die Lichtung am Taubenkopf, wo es Justus geplant hat. Noch zwei dicht wie Zwillinge nebeneinander stehende gleich hohe Eschen, dann wird die Kanzel in der Ferne sichtbar.

Nun dreht er sich zu Frau Helliger um. Sein fragender Blick verfängt sich für einen Augenblick in ihrem Gesicht.

»War das so okay für Sie?«, was natürlich bedeutet: Was machen wir hier eigentlich?

»Ja«, sagt sie und ergänzt: »Zunächst einmal vielen Dank. Ich will Ihnen auch gerne erklären, warum ich Sie gebeten habe, abseits der Wege zu gehen.«

Ein dankbares Kopfnicken ist Justus' einzige Reaktion.

»Wir haben, und das ist wirklich selten, keinerlei Spuren gefunden, die uns zum Tatort führen. Kein Fußabdruck, keine Reifenabdrücke und noch nicht einmal irgendwelche Merkmale an Bäumen wie abgeknickte Ästchen – von sonstigen Requisiten des Alltags einmal ganz abgesehen. Deshalb hat mich interessiert, wie sich ein Ortskundiger der Kanzel nähert, wenn er Waldwege vermeiden will, um so garantiert nicht gesehen zu werden.«

Justus fällt auf, dass die Kommissarin zwei Lachfältchen um die Augen hat. Aber darum geht es nicht. »Wissen Sie, was ich nicht verstehe?«

»Was?«, kommt es sehr schnell von Frau Helliger.

»Wie hat der Schütze so genau treffen können, wenn um den Hochsitz noch Bäume und Büsche sind und er eigentlich nur von einer extrem hohen Position den Kopf so genau hätte seitlich treffen können?«

»Chapeau, Herr Hauer, das ist genau die Frage, die sich unsere Ballistikerin stellt.«

Weiteres aus der Ermittlungsarbeit will sie nicht preisgeben, da ist er sich sicher. Justus möchte jedoch behilflich sein, denn sie kann ja nichts dafür, dass die Ermittlungen nicht so laufen, wie er es ihr gewünscht hätte.

Deshalb fragt er: »Haben Sie denn schon mal mit dem Jagdpächter gesprochen?«

»Michael von Flachau? Ja, den habe ich getroffen«, gibt sie zurück, und Justus fragt sich insgeheim, ob die beiden nicht gut zusammenpassen würden.

»Haben Sie ihn mal nach seinen Wildkameras gefragt?«

»Nein, ich wusste ja gar nicht, dass er welche hat. Er hat mir nichts davon gesagt. Aber das ist ein guter Punkt! Danke.«

»Wollen wir zurückgehen?«, fragt Justus.

»Ja, aber jetzt mal den normalen Weg, einfach nur so.«

Ein »einfach nur so« passt in Justus' Einschätzung nicht zu Kathrin Helliger. Bei ihr ist alles immer so zielgerichtet, die Worte, die Bewegungen, die Einschätzungen. Er selbst ist da eher das Gegenteil, findet Justus. Was das bessere Lebensmodell wäre, da will er sich nicht festlegen.

Kathrin Helliger scheint auf dem Rückweg zum Forsthaus bewusst keine Fragen stellen zu wollen, die sich nach Kommissarinnenfragen anhören könnten. So unterhalten sich Justus und sie über Unverfängliches (obwohl Justus sich nie ganz sicher ist, ob es das bei ihr gibt – bei dem Beruf!). Er nimmt jedoch aus diesem Gang mit, dass Kathrin Helliger von einem Bauernhof stammt und nach dem Abitur beschlossen hatte, etwas von der Welt zu sehen. Da bot sich – Landleben ade – der Job als Stewardess an. Nach einem Rückflug von London nach Frankfurt kam es beim Aussteigen der Passagiere zu einer spannenden Verhaftung inklusive Verfolgungsjagd auf dem Rollfeld. Daraufhin bewarb sie sich bei der Polizei, denn sie hatte Blut geleckt. Ein gutes Bild, findet Justus.

Erstaunlich, wie sie offenbar gerne seine Fragen beantwortet, ohne aus der Beantwortung das Recht abzuleiten, eine ähnliche Gegenfrage zu stellen. Bei privaten Fragen – wie zum Beispiel, ob sie wichtige Entscheidungen alleine trifft – muss sie keinen Augenblick zu lange nachdenken, um etwa etwas wegzufiltern. Da kann sie stehen bleiben und Justus ins Gesicht schauend wissen lassen: »Ja klar treffe ich die alleine, aber ehrlich: nicht immer gerne.«

Justus ist froh, dass er auf einige private Punkte nicht angesprochen wird. Da gäbe es viel Erklärungsbedarf. Erklärungen sind umständlich. Als sie kurz vor dem Forsthaus sind, beginnt er den Gang zu genießen. Als ob er alleine unterwegs wäre.

Kapitel 11

Zurück zu Hause. Als Erstes schaut Justus nach seiner Mutter. Sie sitzt im Sessel, aufrecht. Ihr Blick geht zum Fenster hinaus. So sieht es zumindest aus. Justus erzählt ein wenig von dem, was er gerade mit der Kommissarin im Wald erlebt hat. So muss er sich nichts Spezielles ausdenken, und er ist sicher, dass hier weniger das Geschehene als vielmehr das Zuwenden und der Erzählton wichtig sind. Dennoch ist er froh, als er die Ankunft von Gerda bemerkt, die exakt nach der erwarteten Zeit dann auch das Zimmer betritt. Als sie Justus wahrnimmt, stockt sie in ihrer Bewegung.

»Alles okay? Wie geht es Ihnen, Gerda?«, fragt Justus, denn natürlich rätselt er noch wegen ihres Verhaltens am Vormittag, als sie das Haus sehr hastig und ungewohnt angespannt verlassen hat.

Gerda antwortet nicht. Es sind anscheinend zu viele Gedanken gleichzeitig in ihrem Kopf. Ihre Gesten sind schneller, fahriger als sonst. Das kennt Justus nicht an ihr. Sie geht einen Schritt auf Justus' Mutter zu. Es bleibt bei einem flüchtigen Gruß, ohne sie anzuschauen. Nicht ihr gilt das Interesse. Das Interesse gilt anscheinend dem

Fotoalbum. Sie bewegt die Hand bedächtig auf es zu und fragt stumm, indem sie Justus anblickt, ob es für ihn in Ordnung sei, wenn sie es nimmt. Ihr Handeln steht, so sein Eindruck, nicht direkt in Zusammenhang mit seiner Mutter. Er lässt sie gewähren. Sie legt einen Bildband über Rosen und das Bilderbuch von der Gans *Petunia* vorsichtig auf dem Teewagen zur Seite, nimmt das Fotoalbum und beginnt zu blättern. Sie scheint etwas Bestimmtes zu suchen. Schließlich stoppt sie bei dem Foto, das seine Mutter und die ebenfalls schwangere Freundin zeigt. Ihr Blick geht kurz zu Justus. Sie streckt den Zeigefinger der rechten Hand aus und bewegt ihn auf die Freundin und dann auf ein Schmuckstück, das diese trägt. Justus muss sich nach vorne beugen, um zu erkennen, was Gerda zeigen möchte. Er sieht bei genauem Hinschauen eine Brosche in der Form eines Blatts. Wahrscheinlich Silber, zumindest silberfarben. Er rückt jetzt sein Gesicht noch näher an das Foto. In der Mitte des Blatts ist ein kleiner, rötlicher, runder Stein platziert. Kein sehr großes Schmuckstück, aber groß genug, dass man es auf dem nur noch blass farbigen Foto mit dem geriffelten Rand gerade noch erkennen kann. Justus versteht nicht, verhält sich aber so ruhig, dass diese Ruhe von seinem Gegenüber als Aufmerksamkeit wahrgenommen werden kann. Nun schiebt Gerda langsam die linke Hand nach vorne und dann ein Stück weiter nach oben in Richtung von Justus' Kopf. Er bemerkt, dass die Hand zur Faust geballt ist. Jetzt dreht sie den Arm und öffnet die Hand in einer gleichmäßigen Bewegung der Finger. Auf der Handinnenfläche liegt eine Brosche. Eine Brosche, die derjenigen auf dem Foto zugegebenermaßen ähnlich ist. Justus lässt seinen Blick immer wieder zwischen Foto und Brosche hin- und herwandern. Er versucht, sich dabei nicht durch Gerdas

Anspannung beeinflussen zu lassen. Aber es spricht mehr dafür als dagegen, dass diese Broschen gleich gearbeitet sind. Ob sie identisch sind, das lässt sich so natürlich nicht sagen.

Justus nimmt vorsichtig die Brosche aus Gerdas Hand, dreht sie behutsam und schaut sich auch die Unterseite an. Hier bemerkt er einen eingravierten Buchstaben: »G«, sehr klein und sehr unauffällig, und ein Datum: 12.3.1968. Das ist alles.

Justus' Mutter Charlotte scheint zu bemerken, dass sich die augenblickliche Situation von vielen anderen alltäglichen Begegnungen zu dritt unterscheidet. Das ist zumindest Justus' Eindruck. Wieso kommt es dazu? Wenn Eindrücke zu Fragen führen, so lassen sich diese schwer beantworten, findet Justus. Er möchte nun das allgemeine Schweigen in eine neue, leichtere Atmosphäre überführen. Er könnte natürlich fragen, woher Gerda die Brosche hat, aber dies scheint ihm nicht zuzustehen. Deshalb äußert er nur ein »Verrückt!«, woraufhin sich Gerda die Brosche wieder aushändigen lässt, um sie in ihrer Utensilienbox zu verstauen.

Sie sieht Justus an. »Entschuldigen Sie das mit heute Morgen, aber ich hoffe, Sie können mich jetzt ein wenig verstehen. Doch nun ist Ihre Mutter dran. Frau Hauer, wie fühlen Sie sich denn, alles in Ordnung?« Charlotte Hauer lächelt und nickt langsam mit dem Kopf, wie Menschen es tun, die einem Gedanken nachhören.

Justus ist sichtlich froh, dass es kein wirkliches Problem gibt, und findet im Nachherein die Reaktion von Gerda doch etwas heftig, aber es ließ sich ja alles aufklären.

Kapitel 12

Ein neuer Morgen. Es regnet. Dass der Mülleimer in der Küche immer genau dann entleert werden muss, wenn es gerade regnet? Dieses Naturgesetz, das auch im Lahntal hemmungslos zur Anwendung kommt, verursacht bei Justus nicht unbedingt gute Laune. Aber er bringt den Müll unerschrocken und natürlich ohne Regenbekleidung raus. Auf dem Rückweg fingert er die Post aus dem Briefkasten, die er gestern vergessen hat mit hineinzunehmen. Mit Briefkastenschlüssel wäre es allerdings einfacher gewesen. Immerhin hat er an den Nachsendeantrag für die Ferienzeit gedacht.

Aber dann auch das: Seine Versicherung gratuliert ihm zum fünfzigsten Geburtstag und bietet ihm im selben Schreiben eine Sterbegeldversicherung an. Die Entscheidung, ob er das als geschäftstüchtig oder geschmacklos betrachten soll, wird unterbrochen, als er sieht, dass auch ein Schreiben des Pflegeheims Haus Odilie in Nassau in der Post schlummert. Er staunt über den blumigen Namenszusatz Wohn- und Pflegeresidenz – Stern des goldenen Lebensabends. Der Inhalt ist leider weniger poetisch: Für seine Mutter gäbe es Ende August einen freien Platz.

Die Entscheidung zur Annahme muss allerdings bis Mitte August, also innerhalb der nächsten drei Wochen erfolgen, sonst ist das Zimmer weg, und ein nächstes Angebot für ein Zimmer sei nicht sicher planbar.

Schade, dass seine Mutter noch keinen Schimmer hat, dass es diese Einrichtung für ältere Menschen überhaupt gibt. Heute Abend haben er, seine Schwester Tabea und sein Bruder Adalbert ein Skype-Gespräch geplant. Da wird er das thematisieren und gleichzeitig eingestehen müssen, dass er da noch keinen Schritt weitergekommen ist. Unangenehm, sogar sehr unangenehm!

Bevor er Gelegenheit hat, sich mit der Vorbereitung des Skype-Gesprächs zu beschäftigen, meldet sich sein Handy. Die beruhigende Wirkung des Harfen-Klingeltons ist heute notwendiger als sonst. Der Pflegedienst! Gerda habe einen Termin bei einem Amt, der sich verzögert hat. Deshalb werde nun die Vertretung kommen, und zwar eineinhalb Stunden später. Justus möge bitte verzeihen. Im Verzeihen ist er eigentlich ziemlich unkompliziert, aber jetzt empfindet er schlicht Druck. Ihm wird unmissverständlich klar, dass er derjenige ist, der sich, egal, was er sonst vorhat, jetzt um seine Mutter kümmern muss.

Als er ihr erklärt, dass Gerda heute Morgen nicht kommen wird, schaut Charlotte Hauer weder erstaunt noch traurig. Klar: Er ist ja da. Dann ist alles geregelt. Das Haus Odilie ist auf der anderen Seite der Weltkugel.

Endlich kommt die Vertretung von Gerda, ein junger Mann, der sich vermutlich deshalb viel Mühe gibt, weil er noch in der Ausbildung ist. Seine Mutter nimmt's gelassen.

Wieder sein Handy. Es ist Waldguru Wendelin Hohlleber, der in seinem Baumversteher-Singsang, den er sich während irgendeines Klangschalenkurses abgeschaut haben muss, erklärt, dass er neulich im Wald wieder den Waldarbeiterwagen gesehen habe. Nun will er wissen, ob er ihn nicht auf eigene Kosten herrichten darf, um ihn für seine Waldseminare nutzen zu können. Dann sei er unabhängiger vom Wetter.

Das verschafft Justus die Möglichkeit, sich bei der nächsten Gelegenheit in den Wald zu verabschieden, denn er will sich den Wagen vorher dann doch noch einmal anschauen und sehen, ob das überhaupt einen Sinn ergibt. Als George II. mitbekommt, dass Justus keine Leine dabeihat, schließt er sich unauffällig an.

Da er sich einer Aufgabe verpflichtet fühlt, geht Justus für seine Verhältnisse ziemlich zielstrebig durch den zugewachsenen Weg zum Waldarbeiterwagen. Die Frage, wie viele Jahre der schon so rumsteht, kann er sich nicht beantworten. Es ist etwas zwischen vielen und sehr vielen Jahren.

Die Reifen sind natürlich platt. Die dunkelgrüne Farbe scheint an manchen Stellen das dem Wetter ausgesetzte Holz regelrecht zusammenzuhalten. Der braune Laden, der das einzige Fenster verschließt, ist dagegen in einem annehmbaren Zustand. Über die Qualität des Dachs wird wohl der Innenraum Auskunft geben. Der schwarze Schornstein für den Kanonenofen hat immer noch seine aufgesetzte spätromanische Spitze aus Eisen, die das Eindringen von Wasser und Schnee zumindest erschweren soll.

Der Schlüssel zur Eingangstür, die man jetzt ohne Treppe erreichen muss, da sie sauber zerfallen auf dem Waldboden liegt und Asseln und Ameisen als Deckung dient, sollte schnell geholt sein. Er liegt in einem leicht ramponierten Beton-Nistkasten, der nur zwanzig Meter entfernt an einer Birke hängt. Die Frage, ob Beton heute überhaupt für Nistkästen erlaubt wäre, da dieses Material nicht der natürlichen Umgebung entspricht, geht ihm durch den Kopf, als er, ohne genau zu sehen, wo er hingreift, nach dem Schlüssel langt. Wie gut, dass man sich auf manches einfach verlassen kann, denkt Justus, als er den in Ehren angerosteten Schlüssel in der Hand hält.

Er betritt den Wagen. Es ist dunkel, bis auf einige verräterische Lichtstrahlen, die zeigen, wo das Holz gesprungen ist. Es riecht wie anzunehmen, nämlich leicht modrig mit einer Note Schimmel. Mit seinem Handy leuchtet er auf das Fensterglas. Klar, den Laden kann er nur von außen entriegeln. Also hangelt er sich noch einmal hinaus, um auf Zehen stehend den Laden zu entsichern und mit aller Vorsicht aufzudrücken, um die Holzwürmer nicht zu sehr zu erschrecken. Wieder im Wagen flutet nun mildes Laubwaldlicht das Innere. Justus empfindet das erste gute Gefühl des Tages.

Er lässt den Blick gleiten. Er ist ewig nicht mehr hier gewesen. Bestimmt zehn, wenn nicht sogar fünfzehn Jahre. Sein Blick findet bei dem einfachen Kleiderhaken aus gebogenem Eisen seinen ersten Halt; es folgt der Ofen mit der dicken Metallherdplatte, die so unglaublich rot leuchten konnte, wenn das Holz nur lange genug im Ofen brannte, und dann sind da noch die einfachen Fichtenholzbänke, unverrückt seit Jahrzehnten. Ansonsten gibt es noch einige grob gehobelte Bretter als Regale und einen Haken für die Öllampe an der Decke. Ist sogar noch vorhanden. Doch stopp! Er wendet den Kopf schnell wieder zurück und ein wenig nach unten.

Etwas stimmt nicht. Da ist er mit einem Mal ganz sicher. Sicherer als beim letzten Mal, als er Ähnliches nur beim Vorbeigehen gedacht und das auch nicht weiter ernst genommen hat. Auf dem Boden unter dem Tisch liegt etwas. Es glänzt metallisch. Im ersten Augenblick denkt er, der silbrig glänzende Gegenstand ist vielleicht ein verloren gegangenes Geldstück, das einem Waldarbeiter aus der Tasche oder dem Brotbeutel gefallen war. Er bückt sich und zieht es mit rundem Rücken unter der Bank hervor. Aber nun, nachdem er es vor Augen hat, sieht er, dass es kein Geldstück, sondern eine runde Batterie ist. Klar gab es in seiner Jugend auch Batterien. Wuchtige Monozellen, die gerade mal für anderthalb Volt gut waren und von denen man auch meist gleich mehrere brauchte, doch das hier sieht irgendwie sehr neu und technisch aus, befindet Justus. Es erinnert ihn vom Metall und von der Form her an die flache Batterie, wie er sie in seiner Uhr hat, nur eben etwas größer. Ob der Hohlleber hier schon mal unbemerkt eine kleine Inspektion gemacht hat, bevor er ihn fragte? Nein, urteilt Justus, davon ist nicht auszugehen. Dennoch: Plötzlich ist die Situation vollkommen anders. Eben noch ein Hauch von Jugenderinnerung und nostalgischen Reminiszenzen, und jetzt regieren ohne Vorwarnung sachlich orientierte Gedanken voller Misstrauen. Alles ist nur wenig erklärbar und wirkt unheimlich. Zu viele Fragen für einen Justus, alleine in einem Waldarbeiterwagen im Wald. Noch einmal sieht er sich um. Doch ihm fällt nichts weiter auf. Klar, er ist lange nicht hier gewesen. Sehr intensiv gerät die Suche jedoch nicht. Das Maß der Verunsicherung ist nun wirklich genug für Justus.

Er steckt die Batterie in die Hemdtasche und überwindet die Höhe zwischen abzuschließender Tür und grasbewachsenem Waldboden sportlich schwungvoll. Noch kurz den Laden verriegelt, und dann kommt der Schlüssel wieder zurück an den gewohnten Platz im Nistkasten.

Auf dem Rückweg geht er an der Distelwiese vorbei. Da

dort aber auch noch einige andere Feldblumen wachsen, beschließt er, für seine Mutter einen Strauß zu pflücken und ihn fachmännisch mit einem geknoteten Grashalm zusammenzubinden.

Zu Hause angekommen, sucht er eine passende Vase, um den Strauß im Wohnzimmer aufstellen zu können. Egal, auch wenn Feldblumen nicht lange halten und sie die Gewohnheit haben, sich bereits am zweiten Tag von Farbe und Blüten zu trennen, wird es seiner Mutter Freude machen. Vielleicht schafft das ja auch eine gute Atmosphäre, um das Pflegheimthema ansteuern zu können.

Kapitel 13

Der Strauß scheint bei seiner Mutter etwas auszulösen. Was genau, das verbirgt die Demenz hinter einer Milchglasscheibe. Ihr genicktes »Danke« erreicht ihn dennoch direkt. Das ist seine Beziehung zu ihr. Er stellt die Vase aus braunem Steingut so, dass sie die schönsten Blüten des Wiesenstraußes gut sehen kann.

Da es mit Worten vielleicht schwieriger ist, entschließt Justus sich, mit ihr im Hochglanzprospekt des Pflegeheims zu blättern. Er fragt, wie sie einige Fotos und Motive findet, und liest aus der Beschreibung solche Sätze wie »Lichtdurchflutete Räume, versehen mit einem unaufdringlich stilvollen Dekor, schaffen eine Atmosphäre von zugewandter Behaglichkeit« et cetera vor, merkt aber, dass er sich schon auf seinen Tonfall konzentrieren muss, um nicht in eine ironische Färbung zu verfallen. Als sie mit dem Prospekt durch sind, klappt er ihn behutsam zu und fragte sie: »Wie findest du das?«

Charlotte Hauer entgegnet: »Ja ... schön!«

Justus setzt nach: »Ja?«

»Aber ich brauch das nicht. Ich bin ja hier, und du bist auch da.«

Einstürzende Innengeräusche bei Justus. Für heute kann er nicht mehr. Er hat es immerhin versucht! Da ist er schon stolz auf sich.

Am Nachmittag kommt zum Glück Gerda wieder. Endlich wieder Normalität! Bis zu diesem Augenblick, als es plötzlich leise am Türrahmen von Justus' Arbeitszimmer klopft. An seinem Schreibtisch sitzend, wendet sich Justus mit einer Drehung des Oberkörpers Gerda zu. Gibt es etwas zu besprechen?

»Lieber Herr Hauer, bevor ich gehe, muss ich Ihnen leider noch etwas sagen.«

Justus schaut abwartend.

»Ich habe bei dem Pflegedienst gekündigt.«

Justus reagiert zunächst erstaunt. Dann steigert sich der Effekt ins moderat Panische. »Arbeiten Sie dann für einen anderen Pflegedienst?«, fragt er in der Hoffnung, dass Gerda trotz eines Wechsels des Pflegedienstes dennoch weiterhin für seine Mutter sorgen kann.

»Nein, ich höre ganz auf.«

Justus hat keine Frage mehr parat. Er ist von der neuen Situation in Geiselhaft genommen. Vollkommene Lähmung im Denk- und Sprachzentrum. Ihm ist nicht einmal bewusst, dass Gerdas Dienste bei einer Übersiedlung ins Haus Odilie gar nicht mehr vonnöten wären. Aber glaubt er daran, oder hat diese Veränderung vielleicht doch noch nicht die Klippe der Vorstellbarkeit übersprungen?

Gerda scheint zu merken, dass das jetzt ein günstiger Zeitpunkt ist, wieder auf den Flur zu treten, um zur Haustür zu gelangen. So weit kann Justus zumindest das noch beobachten. Pause, Leere.

Beim Anziehen eines Pullovers meldet sich das Fundstück aus dem Waldarbeiterwagen wieder, das in der Brusttasche seines Hemds still und nicht weiter bemerkt sein Dasein gefristet hat. Justus merkt, dass er damit umgehen muss. Vorbildlich im Baumarkt entsorgen? Wäre zu schön und zu einfach. Soll er die Kommissarin darüber informieren? Wegen einer kleinen Batterie? Wäre das nicht unter Umständen ziemlich peinlich?

»Und das nächste Mal informieren Sie mich, wenn Sie irgendwo eine Einkaufswagenmarke im Wald gefunden haben?«, macht es sich in Justus' Ohren breit.

Justus ist nicht entscheidungsstark. Manchmal hilft es aber, dass er Dinge schnell vom Tisch bekommen möchte. Also sucht er die Visitenkarte von Kommissarin Helliger und wählt ihre Mobilnummer. Es folgt der Anrufbeantworter (oder besser Anrufbeantworterin, wie es neulich im Kurs »Gendergerechtes Kommunizieren« diskutiert worden ist). Jetzt muss er während der Mailboxansage schon wieder eine Entscheidung treffen. Das Piepzeichen rückt unerbittlich näher. Justus' Gedanken sind im besten Pendelmodus. Nach dem Piep sagt er nur: »Liebe Kathrin Helliger, könnten Sie mich bitte mal anrufen, ich wollte Ihnen da etwas sagen.« Danach legt er auf. Als er das innerlich sozusagen noch einmal zurückspult, bereut er, angerufen zu haben. Er hat sie mit Kathrin Helliger angesprochen (okay, steht ja so auf der Visitenkarte) und ist dann auch noch so vage geblieben. Denkt die jetzt, ich will privat mit ihr sprechen? Am liebsten würde er die Mitteilung löschen. Geht aber nicht. Einsetzende leichte Rötung auf Justus' Gesicht. Aber wahrscheinlich ist sie gerade beim nächsten Mord, beim Schießtraining oder sonst wo.

Keine fünf Minuten später meldet sie sich bei ihm.

»Hallo, Herr Hauer, Sie hatten versucht, mich zu erreichen?«

Was jetzt kommt, ist entscheidend, denkt Justus. Ein

»Um was geht es bitte?« (ganz schlecht) oder »Was ist denn der Grund Ihres Anrufs?« (mittel) oder »Ich bin gerne für Sie da« (nett). Wie reagiert sie jetzt auf seinen etwas verunglückten Text?

»Ich habe mich gefreut, von Ihnen zu hören.« Noch netter als nett, denkt Justus, und somit besser als erwartet. Glück gehabt!

Justus hofft, dass er jetzt wieder normal denken und hoffentlich auch sprechen kann.

»Liebe Frau Kommissarin«, entweicht es ihm sehr formell, wahrscheinlich, um das »Kathrin« wieder auszugleichen, »ich wollte Ihnen nur sagen, dass ich heute im Waldarbeiterwagen eine Batterie gefunden habe.«

»Sagen Sie doch, Herr Hauer, was ist denn so bemerkenswert daran?« Zum Glück setzt sie nach: »Ich möchte das verstehen.«

Er muss sich angehört haben wie ein Dreijähriger, der seinen Eltern aufgeregt mitteilt, dass er auf der Straße ein Auto gesehen hat. Hilft nichts. Da muss er jetzt durch.

Justus versucht deshalb, so kurz und so sachlich wie möglich zu erklären, was der Hintergrund seiner Schilderung ist. Kommissarin Helliger stellt keinerlei Fragen. Warum nicht? Was bedeutet das?, irrlichtert es während seiner Beschreibungen gleichzeitig durch sein Denkzentrum.

Am Ende seiner Ausführungen hört er Kathrin Helligers feste Stimme sagen: »Herr Hauer, können wir uns das am Montag einmal gemeinsam ansehen? Und sagen Sie, können Sie mir von der Batterie mal ein Foto machen und schicken? Angefasst haben Sie sie ja wahrscheinlich.«

Im letzten Satz klingt eine leise Geringschätzung durch, dass sie es auf der anderen Seite wohl nicht mit einem auch nur ansatzweise detektivischen Profi zu tun hat. Die Leute schauen doch so viele Krimis im Fernsehen …

Justus bejaht die Frage. Allerdings keineswegs kleinlaut. Wenn er die Batterie nicht aufgehoben hätte, dann wäre sie ja auch nicht da. Basta!

Sie verabreden sich gleich für den Montag um 11:15 Uhr. Vom Forsthaus wollen sie zu Fuß zu dem Wagen gehen. Wieder ein Spaziergang mit der Kommissarin. Das soll aber bitte eher keine Gewohnheit werden, versucht sich Justus einzureden.

Kapitel 14

Pünktlich zum Wochenbeginn steht Kathrin Helliger zu der vereinbarten Zeit vor der Tür. Sie schaut mehr nach Helliger als nach Kathrin aus: Jeans, breiter Ledergürtel, graues T-Shirt, ergänzt durch einen energischen Gesichtsausdruck. Alles sehr zielgerichtet, jeder Blick, jede Bewegung. Auch gut, findet Justus. Ist ja Arbeit, also ihre Arbeit. Auf dem Weg zum Waldarbeiterwagen begegnet ihnen Försterin Friederike in ihrem Auto. Sie stoppt vorsichtig auf der Höhe der beiden. Die Scheibe an der Fahrertür gleitet nach unten. »Hallo, Justus, guten Tag, Frau Kommissarin!«

George II. ist begeistert, denn die Stimme verspricht, dass auch seine begehrte Dackeldame Elvira in der Nähe sein muss. Das ist für ihn unproblematischer, als eine weite Strecke zu ihr zu laufen, um dann wieder von seinem Herrchen mit Kommentaren wie »Denk dran: Zum nächsten Tierheim sind es weniger als fünf Kilometer!« in Empfang genommen zu werden. Zu Justus gewandt, sagt sie mit hundert Prozent Freundlichkeit in der Stimme: »Ich war eben noch einmal an der Kurve beim Dachsbau.

Die sollte wirklich dringend gemacht werden. Das rutscht alles immer weiter ab.«

Justus hört nur den Subtext: Er soll sich im Wald um die wichtigen Dinge kümmern, anstatt hier mit einer Frau munter herumzulaufen.

»Danke! Du hast recht! Ich gehe das sofort an.«

»Super!«

Ihre kurze Verabschiedung von Justus und der Kommissarin findet zeitgleich mit dem Hochfahren der Scheibe statt. Ein kurzes Winken aus dem Auto, und Friederike Mahr ist wieder im Dienst des Waldes unterwegs.

Justus und die Kommissarin kämpfen sich nun über den seit Jahren allmählich und nahezu unbemerkt zuwachsenden Weg zum Waldarbeiterwagen. Sperriger Ginster, sich entrollender Farn, mutige Hainbuchentriebe und eine Ansammlung von Minitannen bilden immer wieder neue kleine Hindernisse. Justus hält beim Vorausgehen vorsichtig die jungen Äste vom Trampelpfad fern, sodass Frau Prinzessin Helliger ohne Beeinträchtigung weitergehen kann. Als sie kurz davor sind, den Wagen in voller Pracht zu sehen, klingelt das Telefon der Kommissarin. Handyklingeln im Wald mag Justus nicht, aber hier sind ihm natürlich die Hände gebunden.

Nach einem kurzen Gespräch lässt sie das Handy in die Tasche ihrer Jeans gleiten und dreht sich zu Justus.

»Das war unsere technische Abteilung in Mainz. Die Batterie ist sehr besonders. Sie wird hauptsächlich bei industriellen Fernsteuerungen benutzt. Aber das behalten Sie bitte für sich, und ich nehme das Teil ja nachher sowieso auch mit.«

Justus hört erstaunt zu. Aber schon wird er aufgefordert, den Schlüssel für den Waldarbeiterwagen zu holen.

Er ist im Nistkasten und liegt da genauso wie seit Jahrzehnten und seit gestern.

Nach dem Entriegeln des Ladens klettern beide zur Tür, und Justus widmet sich genau wie am Tag zuvor dem rostigen Schloss. Als er gerade die Tür öffnen will, hält ihn Frau Helliger am Arm fest. Da er kein Hemd, sondern nur ein kurzärmeliges Poloshirt trägt, ist er erstaunt, ihre Hand auf seiner Haut zu fühlen. Er mag Menschen nicht, die ihm ohne sein ausdrückliches Einverständnis körperlich zu nahe kommen. Noch unangenehmer sind ihm Berührungen, die sozusagen von ihm Besitz ergreifen.

»Wie weit ist es von hier bis zum Hochsitz, also bis zum Tatort?«

»Luftlinie sind das vielleicht zweihundert, höchstens zweihundertfünfzig Meter.«

Kathrin Helliger ändert abrupt ihren Plan und sagt mit gedämpfter Stimme: »Nein, hier muss die Spurensicherung rein. Wir werden hier jetzt nicht mehr hineingehen.«

Okay, denkt Justus und macht sich innerlich einen Spaß daraus, sich vorzustellen, welche Spuren er gestern wohl hinterlassen hat.

Die beiden machen sich auf den Rückweg.

An der Mündung des zugewachsenen Wegs hätte Justus der Kommissarin die Wildkamera zeigen können, die ihm neulich an der Birke aufgefallen war. Doch selbst wenn er daran gedacht hätte, wäre das unerheblich gewesen. Sie ist nicht mehr an ihrem Platz.

Am Forsthaus angekommen, geht die Kommissarin zum ersten Mal mit ins Haus, denn sie will noch die Batterie mitnehmen, bei der es sich, wie Justus inzwischen gelernt hat, um ein Hochleistungsteil handelt. Er bittet sie, mit in sein Arbeitszimmer zu kommen. Auch wenn die Kommissarin sehr dezent vorgeht, ist es doch nicht zu übersehen, dass ihre Blicke versuchen, so viel wie möglich zu scannen. »Berufskrankheit«, entschuldigt sie sich, als sie bemerkt, dass Justus sie von der Seite beobachtet. Er bugsiert eine braune, runde Bakelit-Dose, in der in früheren Zeiten die Farbbänder von Schreibmaschinen aufbewahrt worden waren, aus der Schublade des Eichentischs, der jetzt eine Vielseitigkeitsprüfung als Computertisch, Ablageort für zu erledigende Schreiben und Stapelplatz für Klarsichtdosen mit gefundenen Libellen ablegt. Ein Opinel-Messer und zwei sehr gebrauchte Teetassen runden die Installation wider Willen ab. Kathrin Helliger zieht Gummihandschuhe und eine Plastiktüte aus der vorderen Jeanstasche, um das Corpus Delicti aus der Dose aufzunehmen und sachgemäß zu verstauen.

Sie schaut sich nun noch einmal offen in Justus' Arbeitszimmer um. Ihr Blick bleibt zunächst bei einem Foto – Justus: »Mein Vater und ich.« – und einem Druck, nein, einer richtig gemalten Version eines Van Gogh'schen Sonnenblumenstraußes hängen. Sie nickt staunend, was Justus zu dem Kommentar verleitet: »Haben Sie hier jetzt den röhrenden Hirsch erwartet?« Nicht sehr nett, findet er dann auch rasch selbst. Deshalb gibt er zu, dass er das gemalt hat. Nicht als Fälschung – das muss bei einer Kommissarin wohl sicherheitshalber betont werden –, sondern als Übung.

»Mir gefällt's«, äußert sie offen und hält den Blick auf Justus gerichtet.

Beim Hinausgehen bemerkt sie Justus' Mutter, die in ihrem Lieblingssessel sitzt und das fremde Frauenwesen sorgsam von oben bis unten mustert.

»Das ist meine Mutter«, erklärt Justus kurz und will direkt weiter zur Haustür gehen. Die Kommissarin bittet jedoch darum, sie begrüßen zu dürfen, »wo ich schon mal bei Ihnen eingedrungen bin.« Sie gibt ihr die Hand und stellt sich vor:

»Kathrin Helliger. Ihr Sohn hat mir bei meiner Arbeit geholfen. Das ist sehr nett von ihm.«

Justus ist gespannt, wie seine Mutter reagieren wird. Er kann der Kommissarin ja nicht in ihrer Anwesenheit erklären, dass diese auf den ersten Blick umgängliche, nette ältere Dame ziemlich dement ist.

Charlotte Hauer findet das richtige Lächeln, schaut die Kommissarin an und sagt: »Ich freue mich sehr, Sie kennengelernt zu haben. Ich freue mich auch für Sie.«

Das waren ziemlich viele Sätze, verglichen mit sonst, findet Justus.

Ein abschließendes Nicken deutet unmissverständlich an, dass für sie damit die Unterhaltung beendet ist. Frau Helliger zieht sich dann auch höflich zurück und steuert auf die Haustür zu. Justus hätte erwartet, dass von ihr eine Nachfrage kommt. Sie berührt Justus – nun schon zum zweiten Mal, wie dieser schon sehr erstaunt bemerkt – am Arm, was aber in diesem Fall wohl eher beruhigend gemeint ist. »Mein Vater auch.« Genauso unvermittelt wechselt sie nun Tonart und Thema: »Die Spurensicherung nimmt sich morgen den Wagen vor. Bis dahin bitte nicht mehr hingehen. Ich denke, Sie verstehen das.«

Endlich einmal etwas, was Justus direkt versteht.

Kapitel 15

»Sag mal, ist dir in letzter Zeit etwas in der Gemarkung 54, da beim alten Waldarbeiterwagen, aufgefallen?« Mit dieser Frage konfrontiert Justus Frieda, die ihre Ankündigung wahr gemacht hat und bei ihm in der Tür steht.

»Da war ich ewig nicht mehr. Man kann da ja auch gar nicht mit dem Auto fahren. Wir haben in der Nähe vor ungefähr zwei Jahren in der Abteilung 18 noch etwas Ahorn gefällt, aber ansonsten liegt die Ecke der Gemarkung auch etwas seitab. Warum fragst du?«, will sie es jetzt dann doch genauer wissen.

»Ach, die Kommissarin interessiert sich dafür.«

»Ja, ihr seid ja wirklich häufig gemeinsam im Wald unterwegs«, meint daraufhin Frieda mit einer Betonung, bei der nicht ganz klar ist, ob das ein Scherz sein soll oder doch eine ernstere Würdigung mitschwingt. Justus entscheidet sich fürs Ignorieren.

»Übrigens haben die im Hegering noch einmal gesprochen. Die Treibjagd ist jetzt fest verabredet, und der Termin steht: am ersten August. In deinem Wald kommt nur der Streifen zwischen Mondwiese und Landstraße zum Einsatz.«

Da haben es die Treiber denn wieder einfach, denkt Justus. Können ihre Autos an der Landstraße parken und direkt loslegen.

»Bist du eigentlich noch da, wenn die Jagd stattfindet?«, fragt Friederike in ihrer Funktion als zuständige Försterin.

»Ja, ich bin die ganzen Sommerferien hier. Aber nicht bei der Treibjagd. Da bin ich nicht einmal als Ordner dabei. Denk das nicht mal!«, zeigt sich Justus nun einmal prophylaktisch störrisch. Kann er auch, aber nur sehr selten. Eine andere Reaktion hat Friederike wohl auch nicht erwartet. Sie kennt ihren Justus.

»Ist denn der von Flachau auch dabei?«

»Ja, klar!«

»Dann ist es für die Tiere einfacher«, macht sich Justus Luft.

»Er hat dieses Mal auch eine Begleitung angemeldet.«

»Treibjagd allein reicht wohl nicht. Jetzt wird das also auch noch zu einem gesellschaftlichen Event. Ich glaub's nicht.«

Friederike verzichtet auf einen Kommentar. »Noch kurz eine Sache.«

Bitte nicht wieder die Kurve, denkt Justus unwillig.

»Gestern habe ich eine Anfrage von einem Elternverein hier aus der Gegend bekommen. Die suchen eine Fläche für einen Waldkindergarten. Soll ich ihnen deine Telefonnummer geben, oder soll ich's gleich absagen?«

»Nein, die können mich schon anrufen«, antwortet Justus, ohne im Weiteren darüber nachgedacht zu haben, vielleicht auch, weil er sein Aufbrausen gegenüber Frieda wegen der Treibjagd wieder ausgleichen möchte. Beim Thema Telefonieren fällt ihm ein, dass er den Waldguru noch wegen der Renovierung des Waldarbeiterwagens anrufen muss. Na ja, das kann auch bis morgen warten.

George II. hat das Geplauder schamlos ausgenutzt und tollt mit Dackelin Elvira über die Wiese am Haus. Ein ungleiches Paar, aber sie mögen sich, denkt Justus.

Nachdem Friederike Elvira eingefangen hat – sie kann ihre Schlappohren beim Gerufenwerden sehr effektiv auf Durchzug stellen –, findet auch George II. mit melancholisch gesenktem Haupt zu seinem Herrn zurück und begleitet ihn ins Haus.

Vom Flur aus sieht Justus, dass seine Mutter wach im Sessel sitzt. Er rückt einen Stuhl neben sie und fragt: »Magst du vielleicht einen Tee?« Ihre Antwort ist ein Achselzucken. Justus steht auf, bereitet einfach einen zu und stellt ihn auf den Teewagen. Hier müsste man auch mal aufräumen, befindet er, ohne es laut zu sagen.

Gesagt, getan. Er packt alte Zeitschriften und Fernsehzeitungen, Reste von Schokolade in aufgerissenen Aluminiumpapieren und nicht mehr benötigtes Geschirr auf ein ovales braunes Tablett, um es wegzutragen. Da er sich seiner Mutter noch etwas zuwenden möchte und nicht gleich wieder nur Nützliches tun will, nimmt er das Fotoalbum mit dem abgegriffenen Kunstledereinband und blättert im Stehen darin. Er merkt, dass sich der Blick seiner Mutter auf den Band richtet. Also setzt er sich nah zu ihr, um einige Seiten vorsichtig aufzuschlagen und die abfallenden Fotoecken, die bei jedem Blättern ihren Halt verlieren, gleichzeitig einzusammeln. Bei dem Bild der zwei schwangeren Frauen sagt seine Mutter unvermittelt, wenn auch sehr leise: »Die Gertrud, die hatte es schwer.«

Justus überlegt kurz, ob er die Bemerkung – immerhin mal eine Äußerung von ihr – aufgreifen soll. Er sieht sie an und fragt mit interessiertem Gesichtsausdruck: »Warum, Mutter?«

»Die Kinder!«

»Was war mit den Kindern, waren es Zwillinge, wie unter dem Foto notiert?«

»Ja, Bub und Mädchen.«

»Ja und?«, will Justus es nun genauer wissen.

»Weg.«

Justus spürt, dass sich das Thema jäh und ungünstig auf die Stimmung seiner Mutter auswirkt. Er blättert deshalb ein paar Seiten weiter. Das klassische Bild des ersten Schultags bei ihm. Ja, der Stolz, wenn er an den großen Augenblick denkt, als die kleine Schiefertafel mit der Holzeinfassung für ihn gekauft wurde. Daran war ein kleiner gelber Schwamm mit einer gedrehten Kordel aus weißen und roten Fäden befestigt. Er durfte bei diesem so bedeutungsvollen Kauf dabei sein. Ja, dieser Stolz ist noch genau in der Erinnerung spürbar.

Kapitel 16

Am nächsten Morgen fühlt sich Justus voller Energie. Genug Energie, um den wichtigsten Auftrag der Försterin anzugehen. Länger sollte er ihre Nachsicht nicht herausfordern. Also beschließt er, gleich nach dem Frühstück nach Bad Ems zu fahren und beim Bauunternehmer Körner, einem Freund seines Vaters, nachzufragen, ob – wenn es mal passt und auf dem Weg liegt – einer seiner Trupps die Kurve beim Dachsbau ausbessern könne. Seine Mutter kann er für den Moment alleine lassen, da Gerda spätestens in einer halben Stunde kommt. Er wäre dann spätestens eine halbe Stunde, wenn sie wieder weg war, wieder zurück. Timing!

Auf der Landstraße ist nur wenig Verkehr. Einzig ein Auto aus dem Fuhrpark des Pflegedienstes ist in der gleichen Richtung unterwegs. Da Justus heute voller Schwung ist, überholt er den automobilen Winzling, muss dann aber wegen einer Kurve sehr schnell wieder auf die rechte Seite wechseln. Er kann immerhin so viel erkennen, dass es Gerda ist, die hier fährt. Er hat den Eindruck, dass sie nicht alleine ist, aber wahrscheinlich hat sie wieder einmal eine andere Pflegekraft oder einen Auszubildenden dabei. Er hat jetzt ein wenig ein schlechtes Gewissen wegen seines ungestümen Überholvorgangs unter Zeugen, aber noch mehr beschäftigen ihn die Gedanken, wie hoch die Kosten für die Ausbesserung des Wegs bei der Kurve sein könnten. Vielleicht doch lieber den Wald verkaufen? Diese Frage stellte sich bei jeder nicht vorhersehbaren finanziellen Belastung durch den Wald immer wieder sofort. Bisher konnte Justus aber nicht anders, als den Gedanken an den Verkauf genauso schnell wieder zu verwerfen. Er weiß, dass er mit Fragen dieser Art nicht allein ist. In Deutschland gibt es Zigtausende Miniwald-Besitzer, die häufig nur kleine Waldstreifen ihr eigen nennen, eben da beim Vererben der Waldbesitz immer wieder geteilt wurde. Aber selbst wenn es nur ein paar wenige Hektar sind, so stellen sich nach der anfänglichen Freude, erstmalig Besitzer eines Waldes zu sein, häufig ganz neue Probleme. So liegt ein kleiner Waldstreifen kurz hinter dem Ortsende von Lahnberg. Er gehört seit ungefähr zwei Jahren der Familie Blankenburg, die seit mehreren Generationen die örtliche Bäckerei betreibt. Im Winter wurden auf einer Lichtung nahe der Landstraße mehrere Kanister gefunden, deren Inhalt teilweise ausgelaufen war. Irgendjemand hatte da seinen gefährlichen Müll schlicht weggeworfen. Die Blankenburgs mussten daraufhin Bodenproben entnehmen lassen, um herauszufinden, ob es zu einer ernsthaften Verschmutzung des Erdreichs gekommen war. Das Nehmen der Proben, die Analyse, der Abtransport der kontaminierten Erde und das Wiederauffüllen hat sie dann zehntausend Euro gekostet. Klar, das waren alles Spezialunternehmen. Die Versicherung war entgegen der anfänglichen Hoffnung bedauerlicherweise nicht zuständig. Da müssen viele Brötchen verkauft werden, um das wieder einzuspielen. Da kann sich die romantische Freude, der Hüter eines Stück Waldes zu sein, ganz schnell in sehr konkrete Sorgen und Belastungen wandeln.

Ein anderes Beispiel aus der jüngsten Vergangenheit ist die Familie Nommsen. Die Familie wohnte mit ihren zwei Kindern in der Innenstadt von Wiesbaden. Bei der Eröffnung des Testaments der Tante erfuhren sie zu ihrer großen Überraschung, dass zum Erbe auch ein Waldstück gehörte. So etwas kennt man eigentlich nur aus englischen Romanen des 19. Jahrhunderts. Also fanden sie heraus, wo es sich befindet, und unternahmen einen Wochenendausflug dorthin. Ihr neuer Besitz lag nordwestlich von Lahnberg, vollkommen eingeschlossen in einem größeren, geschlossenen Waldgebiet, und nur ein kleiner Weg führte zu ihm. Es war deshalb gar nicht so leicht zu finden. Alle waren auf Anhieb begeistert. Hier gab es Brombeeren zu pflücken, die Kinder hörten zum ersten Mal einen Eichelhäher und konnten ausschwirren, ohne auf irgendwelche Autos achten zu müssen. Und es war immerhin so groß, dass man an die sechshundert Meter gehen musste, um es diagonal zu durchqueren. Also kam man schnell zu dem Entschluss, hier im eigenen Wald eine kleine Hütte zu bauen. Da wurden in den Sommerferien die nötigen Materialien wie Holzbalken, Bretter und kiloweise Nägel beschafft, und nach gut vier Wochen war die kleine Holzhütte mit der Hilfe aller tatsächlich ziemlich weit fertiggestellt. Sie bot Platz für vier Schlafplätze, einen runden Tisch – nicht ganz stilecht aus Kunststoff –, vier Stühle und eine einfache Kochfläche, die den kleinen Eisenofen abschloss. Das Dach war mit schwarzer Dachpappe belegt, und nur noch die zwei Fenster, für die man sich auf der zur Wiese deutenden Seite entschieden hatte, fehlten. Die Hütte war außen bereits unter tatkräftiger

Mithilfe der Kinder in einem ansprechenden dunklen Braun gestrichen. Dann kam das Schicksal in Form von Friederike Mahr. Nach ihrem Urlaub bemerkte sie eher zufällig die nett gestaltete Holzhütte. Sie musste der Familie leider mitteilen, dass der Bau nicht rechtens war und es leider auch keine Sondergenehmigung dafür geben könne, eben weil keine forstliche Nutzung zugrunde lag. Die Hütte müsse deshalb wieder abgebaut werden. So, wie Justus Frieda einschätzt, hat sie es bei den mahnenden Worten bewenden lassen und auch eine eher lange Frist dafür eingeräumt.

Auch wenn Justus weiß, dass das natürlich alles richtig war, so kann er einfach nicht anders, als irgendwo doch eine Sympathie für die Familie zu empfinden, denn direkter als mitten im Wald lässt sich die Natur nun einmal nicht erleben. Nach einer langen und am Morgen kalten Nacht zu erwachen und beim ersten Blick aus dem Fenster nur einen Wunsch zu empfinden: hinauszugehen, um möglichst viel zu sehen und mit wie bei einem Fuchs gespitzten Ohren zu hören. Ja, selbst der Geruch ist jeden Morgen – je nach Temperatur, Luftfeuchtigkeit und natürlich Jahreszeit – verschieden. Das reicht dann von moosig-feucht bis zu einem sonnenangereicherten Pflanzen-Erde-Mix. Gut, dies alles natürlich erst nach einem heißen Kaffee oder einem kräftigen Tee. Das ist einfach unvergleichlich, aber auch nur wenig mit Worten beschreibbar.

Vielleicht hat die Familie danach dort wenigstens einmal gezeltet, tröstet sich Justus.

Sein Handy attackiert das Gitarrensolo einer gefühlvollen Ballade im Radio. Also das Radio ausschalten. Frau Helliger:

»Hallo, Herr Hauer, ich rufe an, weil ich noch sagen

wollte, dass wir einen DNA-Test von Ihnen brauchen. Es gibt drei verschiedene DNAs im Waldarbeiterwagen. Da müssen wir sicher sein, welche DNA-Spuren von Ihnen sind. Nicht, dass wir den Falschen verhaften.«

Superscherz, denkt Justus genervt.

»Mein Kollege, der Herr Klau, den kennen Sie ja schon, der wird sich bei Ihnen melden. Das dauert nur ein paar Minuten. Ich wollte es Ihnen aber selbst sagen.«

»Alles klar, vielen Dank.«

Er hätte gerne noch die Frage »Und sonst?« angeschlossen, aber dafür ist Frau Helliger heute hörbar mit zu hohem Arbeitstempo unterwegs. Außerdem benötigt Justus nun seine Aufmerksamkeit, um von der waldigen Höhe kommend den steilen und kurvenreichen Weg zum alten Zentrum von Bad Ems beulenfrei zu meistern. Als Kind hatte er sich immer vorgestellt, welch tolle Geschwindigkeit er bei der Steigung von sechzehn Prozent mit seiner selbst gebauten Seifenkiste erzielen könnte. Selbst Porsches hätte er so lässig überholen können. Heute hat er Glück und findet einen Parkplatz direkt am Kurpark.

Lange ist er nicht in Bad Ems, immerhin die Kreisstadt, gewesen. Wenn man bedenkt, dass selbst der Zar hier in der Sommerfrische war. Besonders gefällt ihm aber die Geschichte vom Komponisten Jacques Offenbach. Eine seiner Opern hatte hier Premiere. Nach den ersten Klängen der Ouvertüre ließ er sich an der Kasse seine Tantiemen für die Aufführung auszahlen. Noch ehe der mächtige Schlussakkord erklang, hatte er das ganze Geld in der Spielbank vor Ort auch schon wieder verspielt.

Heute wirbt die Stadt mit dem Titel »Great Spa Town of Europe«, was Justus schon etwas verzweifelt findet, aber klar, Kaiser und Zaren gibt's schon lange nicht mehr.

Er lässt sich im überschaubaren Kurpark treiben. Irgendwie wie Baden-Baden in Klein, befindet er. Das Wort »lustwandeln«, das er nie verstanden hat, nistet sich für einen Augenblick ein, als er vor der tapfer sprudelnden Römerquelle steht. Gab es früher in diesem Kurort die ehrliche Trinkkur mit Heilwasser, so wird jetzt auch Ayurveda angeboten. Lieber weiterschlendern, immer an der Lahn und den historischen Gebäuden entlang. Trotz allen Alleen, schönen alten Bäumen und umsichtig angelegten Rasenflächen, die von adretten Beeten gesäumt werden, übt für ihn eine Eiche, die sich seit ungezählten Jahrzehnten auf einer versteckten Waldwiese behauptet, eine größere Faszination aus. Manchmal reicht ihm für seine Bewunderung auch nur ein einzelner Ginsterbusch mit seinen gelben Blüten an der Böschung eines Waldwegs.

Aber: Es ist schön, draußen zu sein. Das liegt auch an dem angenehmen Wind, der die Pappeln zum Zappeln bringt. Diese vielen kleinen Blätter, die sich immer sofort nach jedem Windhauch richten müssen. Eigentlich sollte man bei manchen Menschen auch nicht von *Pappenheimern,* sondern *Pappelnheimern* sprechen. Immer nervös, immer schnell zu beunruhigen.

Morgen Abend wird er wegen der Lagebesprechung für die bevorstehende Treibjagd Stunden in der Jagdhütte des Hegerings verbringen müssen. Nur durch Frieda wird das etwas erträglicher, denn so ist er nicht allein von bewaffnetem Lodengrün umringt. Sie hat genau den richtigen Abstand zu denen, die nur ans Schießen denken, und ein wohlmeinendes Auge auf die Jäger, die es beim Abschuss mit Geduld und Überlegung angehen. Klar, jemand, der sein Abschussziel erreichen muss und nur ab und zu aus der Stadt kommt, der wird natürlich schneller den Finger krumm machen als ein Jäger, der vor Ort lebt, häufiger ansitzen kann und deshalb viel genauer weiß, welches Stück Wild am besten für den Abschuss geeignet ist.

Nachdem Justus beim Junior der Firma Körner sein Anliegen vorgebracht hat, ist er erstaunt, wie nett man ihm begegnet. Und das alles nur aus der noch immer anhaltenden Wertschätzung für seinen Vater. Das ist der Grund, ohne Zweifel. Sein zu vergebender Auftrag ist ja eher klein und lästig, als dass er ernsthaften Gewinn abwerfen wird. Aber er ist zufrieden, dass man ihm zuhört, und kann sogar eine Zusage für den Auftrag mit nach Hause nehmen.

Mission erfüllt!

Auf der Rückfahrt ereilt ihn der Anruf des Elternvereins in akustischer Gestalt seiner Vorsitzenden, Dr. Ulrike Lobsam. Man verabredet sich für den Donnerstagabend der nächsten Woche. Ja, gerne auch bei ihm im Forsthaus. Da könne man in Ruhe über den Waldkindergarten sprechen.

Kurz vor der Haustür erreicht ihn ein zweiter Anruf der Kommissarin. »Darf ich Sie was fragen, wann hätten Sie denn noch einmal kurz Zeit für mich?«

Justus reagiert nicht sofort.

Deshalb führt sie, nachdem Justus ein kurzes Schlucken zu hören glaubt, weiter aus: »Ich habe das Gefühl, auf der Stelle zu treten.« Pause. »Sie kennen sich hier gut aus, haben aber auch den nötigen Abstand. Deshalb wäre es schön, wenn wir uns noch einmal zusammensetzen könnten. Es reicht in ein paar Tagen. Wann immer es für Sie passt.«

Justus überlegt kurz. Für die Kommissarin ist sie ziemlich unkonkret.

Egal, er wechselt in den Terminmodus. Mit deutlich ansteigender Freude.

»Okay, am ersten August ist die Treibjagd, dann gerne am Montag danach.«

Sie sagt zu. Merkwürdig, denkt Justus immer noch.

Kapitel 17

Das gelbe Post-it am Computerbildschirm ist unerbittlich: »Beerdigung 15 Uhr«. Ausrufezeichen.

In einem Ort wie Lahnberg gibt es da kein Entrinnen: Justus muss sich heute auf den Weg zum Friedhof machen. Und das in seinen Sommerferien!

Bei schönstem Sonnenschein nähern sich die Trauernden der alten Friedhofskapelle, die sich an den Hang duckt. Manche schauen unterwegs bei den Gräbern ihrer Angehörigen vorbei. Womöglich versuchen sie, bei ihren Doppelgräbern zu übersehen, dass auf dem Grabstein eine Zeile freigelassen ist. Lieber weitergehen. Am Grab seines Vaters, das im »Neubaugebiet« liegt, ist heute zu viel los. Er wird noch einmal vorbeischauen, bevor er wieder nach Frankfurt zurückmuss. Für so eine Zwiesprache braucht er einfach Ruhe. Am besten, wenn ihn nicht einmal jemand dabei beobachtet.

In der Friedhofskapelle ist es selbst Ende Juli steinkalt. Links ist der Sarg aufgebahrt, daneben ein sympathisches Foto des verstorbenen Bernd Huckner mit Trauerflor drapiert. Auf der rechten Seite das Rednerpult für Pfarrer oder Trauerredner. Hier zeigt sich, wer seine Kirchensteuer bis zum Schluss gezahlt hat.

Alle wissen, dass im Sarg nicht nur ein Toter, sondern ein Mordopfer liegt. Das ist bitter. Für den Toten ist das wahrscheinlich unerheblich, denkt Justus.

Justus sitzt mit seinem zu hellen Mantel in der letzten Reihe. Harte Bänke. Er schaut sich um, soweit das aus dieser Position möglich ist. Vor ihm eine Wand aus schwarz verhüllten Rücken. Er versucht, anhand der Haltung die Intensität der Trauer zu erschließen. Ist das möglich? Ob die Kommissarin auch da ist? Kann ein Begräbnis überhaupt als ein dienstlicher Grund gelten?

Gedämpftes Gemurmel füllt inzwischen die kleine Friedhofskapelle. In der ersten Reihe steht jemand auf. Unvermittelt. Es ist die Witwe Huckner. Mit gebeugter Haltung geht sie die wenigen Schritte zum Sarg. Dort angekommen, senkt sie den Kopf und legt die Hände übereinander. Wortlose Trauer vor dem Abgrund. Dann sucht sie wieder ihren Platz in der Kirchenbank und setzt sich. Ein Familienmitglied nimmt ihre Hand.

Die Orgel beginnt mit ihren leicht verstimmten Holzpfeifen das Präludium.

Justus mag, dass hier noch Orgel gespielt wird. In vielen Städten wird Musik häufig nur via Lautsprecher eingespielt. Besonders schlimm wird es oft, wenn Angehörige die Musikauswahl vorgenommen haben. In den Top Ten *Time to Say Goodbye*, ganz vorne dabei auch *My Heart Will Go On*, ja sind wir denn auf der *Titanic*?

Die junge Pfarrerin kündigt das erste Lied an: *So nimm denn meine Hände*. Justus ist ihr dankbar. In ihrer Predigt findet sie den richtigen Mix zwischen allgemeinen theologischen Aussagen und der persönlichen Biografie des Toten. Dass er eines gewaltsamen Todes starb, setzt ein weiteres Fragezeichen unter den ganz großen Strich. Justus merkt, dass er der Predigt gefolgt ist.

Das Postludium der Orgel beginnt mit knarzenden Pedalgeräuschen. Der Auszug beginnt, vorneweg der Sarg. Außerhalb der Kapelle hält der Orgelklang nur einige wenige Meter durch. Justus bemerkt, dass sich die Tonart vom traurigen Moll zu einem hoffnungsvollen Dur wendet. Schlussakkord. Fermate. Stille. Es übernimmt die Totenglocke.

Die Trauergemeinde nimmt langsam und unerbittlich Kurs auf das offene Grab. Der Sarg schlingert dabei wie ein kleines Holzboot in unruhiger See. Justus bemerkt, dass er die meisten Trauergäste nicht kennt. Er bleibt deshalb nach einer Weile mit etwas Abstand stehen. Er vermeidet es, Menschen ins Gesicht zu schauen. Das möchte er in so einer Situation auch nicht erleben. Justus Hauer beschließt zu gehen. Am besten sehr unbemerkt durch die kleine Tür im Zaun. Heute keine letzten Worte und auch kein Streuselkuchen im Gemeindehaus. Nein danke!

Als er auf den Kiesweg Richtung Seiteneingang abbiegt, bemerkt er neben einer Hecke die Silhouette der Kommissarin, die von zwei jüngeren Männern flankiert wird. Sieht aus wie im Krimi. Er hebt kurz die Hand in ihre Richtung. Sie nickt dezent. Justus ist erleichtert, als er endlich sein Auto aufschließen kann.

Zu Hause angekommen, wird er bereits von Polizeiobermeister Klau im Polizeiauto erwartet. Gut, dass hier so gut wie nie Leute vorbeikommen. Ein Polizeiauto vor dem Haus, das will eigentlich niemand haben. Der Polizist scheint gute Laune zu haben. Wahrscheinlich konnte er hier einfach mal unbemerkt ein kleines Päuschen machen. Deshalb erwähnt er wahrscheinlich auch nicht, dass er wegen eines vereinbarten Anliegens hier ist.

»Hallo, Herr Hauer«, geht der Polizist nach dem Aussteigen optimistisch grüßend auf Justus zu.

Justus gehen hundert Dinge durch den Kopf, die aber allesamt keinen Besuch der Polizeigewalt zwingend nach sich gezogen hätten. Nach einer Begrüßung per Handschlag, was seit Corona ja wirklich eher selten ist, fährt der Polizeiobermeister fort: »Die Frau Helliger wird Ihnen ja schon gesagt haben, dass ich noch einmal zu Ihnen komme.«

Justus erinnert sich an einige Dinge, die die Kommissarin ihm gesagt hat, und an eine Menge an Dingen, die ihm Kathrin Helliger gesagt hat. Im Angesicht der adretten Uniform macht sich aber nichts aus der Erinnerung auf den Weg.

Es schlägt deshalb wieder die Stunde ordnender Einflussnahme durch einen Vertreter der Exekutive, und Polizeiobermeister Klau fasst zusammen: »Die DNA-Probe. Es geht auch ganz schnell.«

Worte, die Justus schon häufiger bei seinem Zahnarzt gehört hat. Das macht ihn nervös. Da aber auch mentale Gegenwehr sinnlos ist, bittet er den Polizeibediensteten ins Haus und bugsiert ihn in sein Arbeitszimmer, ohne dass seine Mutter den Amtsträger zu sehen bekommt, denn sonst würde es bestimmt heißen: »Junge, hast du was angestellt?« Das will er sich unbedingt ersparen.

Das Röhrchen mit dem Wattestäbchen darin wird vorsichtig geöffnet. Herr Hauer, der vor dem Tester Platz genommen hat, wird instruiert: »Wenn Sie bitte den Mund aufmachen könnten, ich muss nur an vier Stellen ein wenig Speichel entnehmen.« Beim Kinderarzt hätte es früher danach ein Bonbon gegeben. Damit ist hier nicht zu rechnen. Insgesamt betrachtet ist der Vorgang dennoch angenehmer als ein Coronatest, bei dem Justus immer mit Würgeanfällen der übelsten Art zu kämpfen hat.

Dennoch bleibt ein merkwürdiges Gefühl, als die Probe, kurz amtlich beschriftet, den Weg in ein verschließbares Tütchen gefunden hat, das nun seinen vorläufigen Platz in der Brusttasche der dienstlichen Polizeijacke findet. Nach erfolgreicher Mission verabschiedet sich Polizeiobermeister Klau beinahe schon redselig. Justus begleitet ihn zur Tür. Appetit hat er nun keinen mehr.

Kapitel 18

Der große Tag: die Jagd anlässlich des hundertjährigen Bestehens des Hegerings Lahnberg. Jagdhörner werden ausgepackt und mit dem Mundstück einsatzfertig gemacht. Gästelisten werden abgehakt, Jagdscheine kontrolliert, Standkarten ausgeteilt. Alles läuft äußerst routiniert ab. Die größten Feinde der Hunde sind ihre Leinen.

Alle Jäger und inzwischen auch Jägerinnen kommen mit ihren Autos, die lokalen Jäger mit Jimnys oder Dusters, die von weiter her mit Mercedes- oder BMW-SUVs. Die gemähte Wiese vor der Jagdhütte des Hegevereins ist gut gefüllt. Die Abdrücke der Allradreifen hinterlassen im Matsch ein Bild wie mit zu dick aufgetragener Ölfarbe gemalt.

Treiber werden von Helfern mit neonbunten Warnwesten ausgestattet. Der Jagdleiter hält eine kurze Ansprache. Am Schluss erklingt aus fünfzig Kehlen ein »Waidmannsheil«. Justus weiß nicht, was er dümmer finden soll: das »Heil« im Gruß oder die Tatsache, dass es Frieda gelungen ist, ihn hierherzulocken. Gegen seinen Willen. Ihr Forstassessor liegt mit Sommergrippe im Bett, und sie benötigt jemanden, der ihr bei den verschiedensten Aufgaben hilft, die ihr wie immer von der Jagdleitung übertragen wurden. Nur die Jäger und Jägerinnen zu ihrem Platz oder Hochsitz zu bringen, da hätte er nicht mitgemacht oder hätte sie wahrscheinlich woandershin geführt, wo sie kein Blutbad unter den Tieren des Waldes anrichten konnten. Aber so ist es okay. Justus kann einfach zu schlecht Neinsagen. Das mag Friederike an ihm, wie es sie aber auch stört. Heute allerdings nicht.

Gerade als Justus dabei ist, eine aktuelle Karte des Jagdgebiets an die Jäger auszuteilen, auf der alle Positionen vermerkt sind, bemerkt er aus dem Augenwinkel, wie sein Jagdpächter von und zu Flachau einen grandiosen Auftritt mit seiner getunten Mercedes G-Klasse zelebriert. Der mächtige Sound des Motors kommt zum Stillstand. Tatsächlich ist er nicht allein. Das kann Justus durch die Frontscheibe sehen. Nein, das kann doch nun wirklich nicht sein, fängt Justus gerade an zu denken, als sich im nächsten Augenblick als lebendiger Beweis die Beifahrertür öffnet. Es entsteigt Kommissarin Helliger, in dem Fall wohl eher Kathrin Helliger, in Lodenjacke und eleganten Lederstiefeln mit Profilsohle. Fehlt nur noch das Dirndl. Aber immerhin, eine hellgrüne Leinenbluse hat sie schon an. Steht ihr wie eine gelungene Verkleidung, findet Justus. Er ist verwirrt. Als Friederike Mahr routinemäßig die Papiere von Michael von Flachau prüft, bemerkt dieser Justus' Anwesenheit. Er steuert ihn sofort an und schüttelt ihm die Hand.

Als sie sieht, dass die beiden Männer einander begrüßen, kommt nun auch Kathrin Helliger dazu.

»Ich muss euch ja wahrscheinlich nicht vorstellen«, leitet der smarte Michael die Begrüßung ein. In diesem Augenblick – wahrscheinlich, um weiteres verbales Unheil zu verhindern – ergänzt Kathrin Helliger: »Ich war noch nie bei einer Treibjagd, und Herr Flachau«, ah, auf das »von« verzichtet man schon, denkt Justus insgeheim, »war so nett, mich einzuladen, als er mir die Wildkameras zeigte.«

Justus darauf eher kurz: »Ja, das weiß ich natürlich nicht, wo die Kameras hängen.« Und zu Michael von Flachau gewendet, ergänzt er schmallippig: »Die einzige, die ich kenne, habe ich neulich an der Abbiegung zum Holzpfad gesehen, Sie wissen, von dem man zu dem alten Waldarbeiterwagen abbiegt. Hübsch hoch montiert, echt sportlich!«, redet sich Justus in Fahrt. Noch während sich Justus über seine eigenen Worte wundert – warum ist er so gereizt? –, schaut von Flachau ihn fragend an: »Wo soll das sein?«

»An der Abbiegung vom Lahnblick-Wanderweg zum alten Holzweg. Okay, der ist jetzt ziemlich zugewachsen, aber genau da, an der Birke«, doziert Justus.

Wohl, um nicht als dämlich dazustehen, wendet sich Michael von Flachau an seine Begleitung und konstatiert kühl: »Definitiv, da habe ich nie eine Kamera montiert. Würde doch so hoch auch gar keinen Sinn machen.«

Frau Kommissarin scheint es zu glauben. Justus hat keine Lust mehr auf das Thema und im Besonderen auf die Gesprächskonstellation, deshalb sucht er eine Möglichkeit zum Exit aus der Situation. Sein Auge fällt auf den Kaffeespender zwei Bierbänke weiter. Was Geeigneteres gibt's leider nicht.

»Okay, dann wünsche ich nun eine erfolgreiche Jagd!« Im Vorbeigehen bemerkt die Kommissarin noch zu Justus:

»Heute bin ich mal unbewaffnet«, und mit Blick von der Seite zum Jagdpächter fügt sie hinzu: »Ich bin hier nur privat.«

Michael von Flachau zeigt ein breites Zahnweiß-Lächeln.

Justus braucht jetzt definitiv Schonzeit und strebt magnetisch dem Kaffeespender zu.

Nachdem sich alle aufgemacht haben, um ihre vorgegebenen Positionen einzunehmen, wofür sie exakt fünfundzwanzig Minuten Zeit haben, eröffnet das Hornsignal »Jagd anblasen« – für einige auch per WhatsApp übertragen – den Beutezug durch den Wald. Es dauert gut fünfzehn Minuten, bis die ersten Schüsse durch das Grün hallen. Aber welches Wild ist getroffen? Oder ist wieder einmal ein armes Treiberlein dabei, das eine Ladung Schrot abbekommen hat? Das wird man erst nach und nach erfahren, wenn die Strecke am Nachmittag nach den strengen Gesetzen der Zunft gelegt wird. Derzeit ist es eher still, abwechselnd übernehmen Hundegebell, Treibergeräusche und vereinzelte Schüsse mit Nachhall den akustischen Hintergrund.

Kapitel 19

Die Jagd ist vorbei. Selbstverständlich wird das auch wieder mit dem entsprechenden Hornsignal »Jagd vorbei« verkündet. Justus findet wieder einmal: Was ist schlimmer als ein Jagdhorn? Zwei Jagdhörner! Aber immerhin spielen so grün gewandete Menschen ein Instrument, die wahrscheinlich nach der Blockflöte in der Grundschule nie mehr selbst Töne produzieren mussten.

Justus sieht zufriedene Jägerinnen und Jäger. Auch bei den Treibern ist man bestimmt froh, denkt er. Keiner angeschossen. Ein Jagdhund ist nicht zurückgekehrt, aber dank dem umgehängten GPS-Sender sollte das bald geregelt sein. Wenn das so weitergeht, kommen bestimmt demnächst GoPros und Minisirenen zum Einsatz, denkt Justus, während er einen Weimeraner, den er einmal im Wald aufgefunden hat, am Hals krault.

Die Strecke mit den erlegten Tieren – wieder kommen die Jagdhörner zum Einsatz –, Reden, Überreichen der Brüche: Alles folgt den einzuhaltenden Regeln der Gesellschaftsjagd. Der Name würde auch andere Beute nahelegen als nur Tiere. Wann würden sich die Tiere endlich bewaffnen, denkt Justus für einen kurzen Augenblick. Ihm gefällt die Vorstellung. Auch wenn's nur ein stattlicher Hirsch mit einer Monsterzwille zwischen seinem Geweih wäre.

Er unterstützt Frieda bei der umfangreichen Dokumentation und beschließt, noch ein Würstchen zu essen und ein Bier zu trinken, um nicht als ungesellig entlarvt zu werden. Zumindest am »Schüsseltreiben« mit Gegrilltem, Kartoffelsalat und Bier nimmt Justus teil.

Außerdem will er schon sehen, wie es mit seinem Jagdpächter und seiner Kommissarin weitergeht. Das gesteht er sich sogar ein. Kathrin Helliger ist umgänglich, spricht mit vielen Jagdgästen und macht einen sehr entspannten Eindruck.

Mit zunehmender Dunkelheit setzt sich die Jagdgesellschaft um ein großes, prasselndes Feuer, während bei der Strecke der erlegten Tiere selbst nur noch zwei Fackeln ihren einsamen Dienst ableisten.

Justus hat es sich auf einem Baumstamm vor dem Feuer gemütlich gemacht. Kathrin Helliger sitzt auf der anderen Seite des großen Feuers. Justus prostet ihr mit dem erhobenen Bierglas zu. Mutig! Er ist sich aber nicht sicher, ob sie es gesehen hat.

Der Halbmond gibt sein Bestes, und die Sterne malen den Himmel mit feinen Punkten aus. Justus hat sich vorgenommen zu fahren, wenn der erste Jäger sein erlegtes Wild aufnimmt und sich auf den Weg nach Hause macht. Das fällt dann weniger auf.

Keiner in der Jagdgesellschaft, die so herrlich entspannt um das Feuer sitzt, bemerkt ein leises Brummen. Eher ein Surren als ein Brummen, das seinen Weg über den Bäumen direkt über den Baumkronen findet. Immer die Höhe der jeweiligen Baumkrone anpassend. Ruhig. Das ungewöhnliche Geräusch senkt sich erst, als es das Feuer erreicht. Und nun ist die Ursache für das Brummen zu sehen – zumindest für diejenigen, die gute Augen haben und diese mit ihrem Gehör zu kombinieren wissen.

Justus schaut genervt auf das Flugobjekt, vermutlich eine dieser lästigen Drohnen. Und hier gibt es definitiv auch kein Kitz, das vor dem Mähen eines Getreidefelds ausfindig gemacht werden muss. Inzwischen haben viele Jagdgäste das fliegende Objekt ausgemacht und sehen neugierig in seine Richtung. Das merkwürdige Flugobjekt nähert sich dem Feuer bis auf ungefähr zehn Meter.

»Und jetzt die Landung!«, sieht der Jagdleiter das Geschehen voraus. Aber nein. Das Objekt steht in der Luft und schwenkt dann vom Feuer drei Meter zur Seite Richtung Jagdhütte. Zwei Treiber stehen nun auf, um es sich aus der Nähe anzuschauen. Wie als Reaktion macht die Drohne eine schnelle, präzise Ausweichbewegung. Dieses Mal um rund fünf Meter in die andere Richtung und zieht dabei auch zwei Meter in die Höhe. Jetzt steht die Drohne wieder in der Luft. Unbeweglich. Und dann: ein Schuss, ein einsamer, gar nicht mal so lauter Schuss. Deutlich ist das Mündungsfeuer zu sehen.

»Alle weg hier, sofort!«, hört Justus die energische Stimme von Kathrin Helliger. »Haut ab!«, setzt nun auch Friederike Mahr nach. Die ganze Gruppe kommt in Bewegung. Egal ob Jäger, Treiber, Ehefrauen, Begleiter. Alle laufen, nein rasen und hasten auf die Hütte zu, nur Justus flüchtet ins Dunkle des Waldes, der ihn sofort verschluckt. Keiner achtet mehr auf die Drohne, die wie ein Ufo wieder in den Himmel aufsteigt.

Das Feuer brennt unbeeindruckt ruhig weiter, begrenzt von der dunklen Mauer des Waldrands. Die Baumstämme, die als Bänke gedient haben, liegen nun verlassen und unnötig davor.

In der Jagdhütte ist es brechend voll. Köpfe drehen sich um, Wortkaskaden füllen jeden Winkel.

Ein Jäger wagt es, durch das kleine Fenster zu schauen, das den Blick auf das Feuer freigibt.

»Da liegt jemand!«

Sofort dreht sich alles nach dem Jäger um.

»Hat jemand ein Fernglas?«, hört man Kathrin Helligers Stimme aus der Tiefe des Raums. Nach endlosen zwei Minuten kommt der Sohn des alten Wambach mit einem Fernglas an. Er reicht es dem erfahrenen Jäger am Fenster, Lothar Braubach, der es ansetzt, um es leicht hektisch Richtung Feuer auszurichten.

»O Gott, der Eisel«, hört man ihn leise sagen, bevor er das Fernglas absetzt. Sein Blick ist versteinert.

Kathrin Helliger organisiert so etwas wie einen Spähtrupp zur Rettung des Jägers. Der Jagdleiter sichert das Kommando. Zahnarzt Dr. Kump wird in seiner Funktion als Arzt mitgenommen, und Kathrin Helliger, die kurz erklärt hat, wer sie ist, führt den Trupp an. Als sie bei dem bewegungslos im Gras liegenden Körper angekommen sind, ist eigentlich alles klar. Blut tropft aus einer Wunde am Hals. Dr. Kump versucht in gebückter Haltung, den Puls zu messen. Er wendet den Blick auf zu den anderen Mitgliedern des Spähtrupps, aber nur, um durch ein knappes Schütteln des Kopfes anzuzeigen, dass hier gar nichts mehr zu machen ist. Kathrin Helliger ordnet an, dass alles so bleiben soll, wie es ist, und sie bewegen sich zügig in leicht vorgebeugter Haltung zurück zur Jagdhütte.

Justus beobachtet aus seinem Waldversteck die Szenerie. Nun sieht er, wie Kathrin Helliger vor der Hintertür der Jagdhütte das Telefon ans Ohr setzt. Justus ahnt, dass es jetzt dauern wird. Die Jagd war einfach nichts für ihn. Er wartet noch einen Augenblick und geht dann ruhig und sich immer wieder umschauend auf die Jagdhütte zu. Als er die Tür öffnen will, bemerkt er neben der Türeinfassung Michael von Flachau, der hektisch das Display seines Handys bearbeitet. Justus ist klar, er muss, ob er will oder nicht, ins Gedränge der Hütte.

Die Kollegen vom Morddezernat und die Spurensicherung sind angerückt. Sie sichern den Auffindeort und untersuchen die direkte Umgebung nach allen Regeln der Kriminalzunft. Anstatt eines romantischen Lagerfeuers bestimmen nun mächtige Halogen- und LED-Scheinwerfer die Szenerie. Für die Jagdgäste liegen bereits präzise Listen vor. Auch die Treiber sind wegen des Versicherungsschutzes in separaten Listen aufgeführt, wie auch die Helfer zur Sicherung im Protokoll akribisch notiert sind. Es fehlen also nur die Ehefrauen sowie sonstige Familienmitglieder und Begleiterinnen und Begleiter.

Justus und Friederike sind als Offizielle ebenfalls im Protokoll verewigt. Als was wohl die Kommissarin geführt wird, fragt sich Justus, ist aber zu müde, um die Listen durchzugehen. Nachdem um kurz nach zwei Uhr nachts die Daten vollständig aufgenommen sind, können endlich alle an der Jagd Beteiligten auf einem mit einer grünen Plastikfolie vorgegebenen Trampelpfad bis zur Kreisstraße gehen. Dort lassen sich viele abholen, denn ihre Autos müssen sie an Ort und Stelle lassen. Die Jäger aus Lahnberg laufen und wanken über die Kreisstraße nach Hause. Halali.

2:45 Uhr morgens. Justus ist zu Hause. Endlich.

Kapitel 20

Am nächsten Morgen fragt sich Justus nach dem dritten Kaffee, ob Kathrin Helliger sich immer noch mit ihm treffen will, so, wie sie das vor ein paar Tagen ausgemacht haben. Sie ist bestimmt wegen des zweiten Mordes im Stress, mutmaßt er. Deswegen fällt auch fragen seinerseits irgendwie aus.

Zusammen mit George II. will er die Stimmung seiner Mutter etwas auffrischen und sich dadurch auch selbst etwas ablenken, was er sich natürlich nicht eingesteht. Gerda ist schon da gewesen.

Justus setzt sich neben seine Mutter und erzählt von Erlebnissen aus gemeinsamen Ferien und versucht dadurch, hinter die Demenz im Gedächtnis zu kommen. Sie hört ihm zu, in ihrer Form der Aufmerksamkeit. Auf einfache Fragen gibt sie Antworten, die immer auch etwas passen könnten. Gerne würde er ihr noch ein paar besonders schöne Urlaubsfotos zeigen, doch er kann das Fotoalbum nicht finden. Das liegt doch sonst immer auf dem Teewagen? Merkwürdig. Seine Mutter signalisiert ihm, dass sie jetzt etwas ruhen will. Justus sorgt für ein zusätzliches

Kissen und geht dann leise aus dem Wohnzimmer und in sein Büro.

Neben Mails von Baum-Guru Hohlleber – oh, der wartet immer noch auf eine Antwort – und einer Nachfrage des Hauses Odilie, wann denn nun seine Mutter einziehen werde, ist auch gerade eine Mail von Kriminalkommissarin Helliger eingetroffen. Zu seiner Verwunderung bestätigt sie das Treffen am Abend, jetzt nicht mehr um achtzehn Uhr, sondern so gegen zwanzig Uhr. Ob das okay sei?

Antworten: *Okay!* Enter.

Tatsächlich, kurz nach acht brummt der Audi der Kommissarin den Betonweg auf das Forsthaus zu. Parkplatz, wie jetzt immer, an der Ligusterhecke.

Obwohl Justus sie natürlich gesehen hat, wartet er, bis sie klingelt, und öffnet dann nach einer wie auch immer berechneten Pause die Tür. Sie sieht nicht besonders frisch aus. Das schwarzbraune, halblange Haar ist zu einem Zopf verarbeitet, der mit einem unspektakulären Gummiring zusammengehalten wird. Das Gesicht angespannt. Eine hellblaue Leinenbluse zu hellen, ausgewaschenen Jeans und ein Paar weiße Sneakers. Nach diesem Screenshot überlegt Justus, was er ihr anbieten kann. Doch eher Kaffee oder lieber Wasser? Sie entscheidet sich, nach einem kurzen Ruck, für ein Bier, »wenn das machbar ist«. Justus nickt, lächelt und schwirrt ab in den Keller. Hoffentlich ist da noch eins.

Es sind sogar zwei da, die letzten Überlebenden eines Kastens, und Justus kommt mit beschwingtem Schritt aus dem Keller zurück.

»Wollen wir hier drinnen sprechen oder draußen – oder ist das zu viel Wald?«, versucht er die Stimmung etwas aufzulockern. Die Kommissarin lächelt müde. Ob wegen der Bemerkung oder der allgemeinen Abgespanntheit ist für Justus dabei nicht auszumachen.

»Danke, dass Sie Zeit für mich haben.«

Justus lauscht stumm. Er schenkt ihr seine ganze Konzentration. Das ist jetzt sein Kosmos, in dem er sich von ihrer Stimme geführt vorsichtig bewegt.

»Ich wollte Sie eigentlich bei ein paar Punkten um Ihre Einschätzung, um Ihren Blick auf die Dinge bitten. Aber jetzt nach dem zweiten Mord ist alles anders. Der Druck ist auf einmal riesengroß. Die vielen Presseanfragen sind dabei noch das Wenigste.« Nach einer kurzen Pause ergänzt sie: »Darf ich offen sein?«

Justus bejaht es, indem er sie ohne jegliche Bewegung anschaut, um dann für einen kurzen, ruhigen Augenblick die Augen zu schließen. Ehrlicher kann er nicht sein.

»Wenn es so weitergeht, dann bin ich den Fall los.« Sie ist spürbar selbst erschrocken über das Vertrauen jemandem gegenüber, den sie erst ein paarmal getroffen hat.

Justus honoriert insgeheim ihre Offenheit. Aber was kann er tun? Er nimmt einen großen Schluck. Sie tut es ihm nach. Da sind sie wieder, ihre Lachfältchen, die sich für einen Augenblick der Angespanntheit entziehen.

»Gut«, sagt Justus in ruhigem Ton. »Kann ich irgendwie helfen?«

George II. verkriecht sich mit einem deutlichen Brummen gelangweilt unter den Tisch.

»Ich verlasse mich auf Ihre Vertraulichkeit, ja?«

»Ja, unbedingt!«, kommt es von Justus erneut als Bestätigung. Dieses Mal nun offen ausgesprochen. Manche können es aber auch kompliziert machen, denkt er dabei. Vertrauen braucht keine Worte!

»Mir fehlen die Zusammenhänge«, startet sie. »Wir haben so viele Fakten und Beobachtungen zusammengetragen, aber sie ergeben keinen Sinn. Nichts kann man daraus ableiten. Ja, okay, ein wenig schon, aber wo ist der Grund für diese brutal raffiniert daherkommenden Morde zu finden? Also: Was und damit natürlich auch wer steht hinter diesen Morden? Da blicken wir nicht durch. Da ist eine Mauer dazwischen.«

Justus denkt nur: Warum ich? Was kann ich denn tun? Ratlosigkeit breitet sich bei ihm aus. Er hört dennoch weiter interessiert zu und wagt nicht, einen weiteren Schluck Bier zu trinken.

»Wir haben zwei Morde in kurzem zeitlichem Abstand. Beide Opfer sind Männer aus demselben Ort, beide aus stabilen Familienverhältnissen, beide waren, jeder auf seine Weise, im Ort aktiv, sie kannten sich seit Jahrzehnten. Auch gibt es keinerlei polizeilichen Auffälligkeiten. Herrn Huckner standen aufgrund seiner – sagen wir mal geschäftlichen – Aktivitäten einige Bewohner kritisch gegenüber, manche hassten ihn sogar, aber andererseits war man ja aus demselben Ort. Da reguliert sich vieles. Von Herrn Eisel hört man – zumindest nach den ersten Recherchen – eigentlich nur Positives. Er galt als außerordentlich hilfsbereit und hat als Organist in den letzten zwanzig Jahren wahrscheinlich sämtliche Taufen und Hochzeiten des Orts musikalisch begleitet.«

»Kannten Sie ihn denn besser als den Huckner?«

Justus' Gedanken sind, während sie über Herrn Eisel spricht, in ein Paralleluniversum geglitten. Für ihn ist das zwar auch immer »der Herr Eisel« gewesen, aber in seiner Erinnerung kennt er nur den Familienvater Eisel, den Vater der Freundin seiner Schwester Tabea, Bianca. Der Herbert Eisel, von dem die Kommissarin spricht, trägt zufällig den gleichen Namen, ist aber keine Ansammlung an Informationen, sondern eine lebhafte und leibhaftige Gestalt in seinen Gedanken. Gut, er konnte manchmal etwas aufbrausend sein, wenn der Lärm im Haus zu groß wurde und ihn bei seiner Musik störte, aber ansonsten war ihm kein Weg zu lang, um mit der Tochter erst ins Forsthaus zu fahren und von da aus beide Mädchen ins Ballett zu bringen. Er erkundigte sich auch häufig voller Interesse nach seinem Vater.

Justus merkt, dass die Kommissarin etwas von ihm erwartet.

»Ja, ihn kannte ich schon besser. Meine Schwester und seine Tochter waren befreundet. Da begegnete man sich immer wieder mal, entweder bei ihm im Haus oder bei uns, wenn er Bianca zum Spielen zu meiner Schwester brachte oder wir sie bei den Eisels nach einem Spielenachmittag wieder einsammelten. Und überhaupt: Wer so gefühlvoll musizieren kann, der kann doch keinem einen Grund für einen Mord liefern. Wie soll das denn gehen?«

»Ehrlich gesagt, bei ihm wirkt es für mich auch deutlich merkwürdiger als beim ersten Opfer, aber wir sind ja auch hier erst am Anfang. Für mich stellt sich die Frage: Wo ist der Zusammenhang? Warum wurde bei Huckner der Fichtenzweig im Mund drapiert? Und dann noch der Stempel auf der Haut?«

Justus hört mit ehrlicher Aufmerksamkeit zu. Er legt das Kinn auf die zur Faust geformte rechte Hand.

»Die zweite Schwierigkeit ist der Ablauf der Morde. Da Sie es mir ja selbst gesagt haben, verrate ich kein Geheimnis, dass der Schuss bei Herrn Huckner unter der Kanzel – und einer war ausreichend – unglaublich präzise war, denn er muss über eine weite Strecke abgefeuert worden sein. Wir haben aber außer dem Kaliber keinen Hinweis, von wo aus geschossen wurde, denn die Kugel belegt nur, dass der Schuss aus einer Langwaffe, also einem Gewehr, abgegeben wurde. Wo stand der Schütze? Hat er irgendwelche technischen Hilfsmittel benutzt? Das ist jedenfalls der Ansatz unserer Ballistikerin. Und mit dem Akku, den Sie gefunden haben, sind wir auch noch nicht durch. Jetzt, beim zweiten Mord, wird es noch komplizierter. Warum? Das Opfer ist mit einem Schuss aus einer Art Drohne getötet worden. Die Entfernung, aus der geschossen wurde, und die Beschreibung der Drohne legen eher den Schluss nahe, dass da eine Pistole oder Pistolenteile eingebaut waren. Auch hier scheint eine superpräzise Planung zugrunde zu liegen. Und so ein Ding bekommt man nicht im Media Markt um die Ecke. Und das Ganze mit so vielen Menschen drum herum!«

»Versucht der Mörder mit seiner Art, zu töten, eine Botschaft zu senden? Das ging mir gestern durch den Sinn.«

Die Frau steht unter massivem Druck. Diese Situation auszuhalten nötigt ihm Respekt ab. Da hilft es auch nicht, ihre schwierige Situation mit Berufswahl und Berufsroutine zu relativieren. Macht einen solch ein Job hart? Gibt es noch Zonen, die davon unberührt bleiben? Lässt man da Gefühle noch zu? Er merkt, dass es an ihm ist zu antworten. Nicht einfach ...

»Das kann ich verstehen, das ist eine absolut schwierige Lage. Wenn ich das so höre, fallen mir zwei Dinge ein: Erstens, und das mag jetzt etwas merkwürdig klingen, aber ich habe als Kind hier im Wald lange Nachmittage damit verbracht, mir eine Stelle auszusuchen und dann nur zu beobachten. Absolut ruhig sein und beobachten. Zum Beispiel an der Mondwiese. Jedes Mal denkt man anfangs, es passiert nichts. Aber meine Erfahrung ist, irgendwann passiert doch etwas, was sich vielleicht nur durch ein Rascheln oder einen aufgeregten Vogelruf andeutet, und dann zeigt sich doch etwas Unerwartetes. Das Zweite habe ich im Studium gelernt. Und das ist, auf Details zu achten. Im Hintergrund von Bildern spielen sich manchmal ganze Schicksale ab, oder Details erzählen eine Geschichte. So ist bei einem Bild von William Hogarth aus dem Zyklus *Marriage à la Mode*, der ungefähr in der Mitte des 18. Jahrhunderts entstand, neben mehreren anderen Personen ein kleines Mädchen in einem prächtigen Kleid dargestellt. Sieht man genau hin, kann man auf einer Wange einen dunklen Syphilisfleck erkennen. Schaut man noch genauer hin, sieht man an einem Knöchel, den der Rocksaum freigibt, eine filigrane, goldfarbene Metallkonstruktion aufblitzen. Ein Hinweis darauf, dass das Kind an Rachitis leidet und der Knöchel so verstärkt werden musste. Was kann man daraus schließen? Das Schicksal dieses Mädchens ist besiegelt, denn auf Krankheit wird rasch der Tod folgen.

Und mittlerweile sind auch die Methoden so viel besser geworden, man kann Bilder röntgen, Farben präzise chemisch analysieren und sogar dendrologisch untersuchen. Das liegt mir natürlich besonders. Da kann man, wenn ein Bild auf Holz gemalt ist, sogar feststellen, wo der entsprechende Baum stand und wann er gefällt wurde, auf dem das Bild gemalt wurde.«

Justus ahnt, dass derlei Kommentare die Frau Kommissarin nicht weiterbringen. Doch sie sieht ihn ruhig an. Ihr Kopf liegt dabei etwas schräg in der linken Hand.

Noch bevor er den Versuch machen kann, etwas Konkreteres und damit vielleicht auch Hilfreicheres zu formulieren, fragt sie ihn: »Wie schätzen Sie Ihren Jagdpächter ein?« Justus ist sich nicht ganz sicher, ob sich das auf das Verhältnis Jagdpächter/Waldbesitzer bezieht oder eher die private Seite gemeint ist. Das ist ja wohl mehr ihre Sache. Er hat keine private. Aber wie ist das mit ihr? Fragezeichen!

Kathrin Helliger scheint zu merken, dass die Frage bei Justus nicht richtig angekommen ist. »Haben Sie mir nicht mal erzählt, dass er ein ziemlicher Technikfreak ist?«

»Das ist er, zu hundert Prozent. Der ist manchmal mehr wie ein Elitesoldat unterwegs: Nachtsichtgerät, mobiles Radar, Akustikverstärker und was weiß ich. Na, und die Wildkameras sind ja sozusagen die Grundausstattung.«

»Bei ihm sind die allerdings vernetzt«, ergänzt die Kommissarin.

»Was bringt's?«, fragt Justus, den die Beschäftigung mit Michael von Flachau zu nerven beginnt.

»Da kann man Bewegungsprofile von Tieren in einem Territorium festhalten und macht nicht nur Einzelaufnahmen.«

»Ach so«, bemerkt Justus halb interessiert.

»Ich hab ihn gebeten, seine Aufnahmen mal durchsehen zu dürfen. Dabei war ich natürlich vor allem an der Tatzeit des ersten Mordes interessiert. Doch als wir uns das Material angeschaut haben, war nichts drauf. Nur ein weißes Rauschen. Er schien selbst überrascht zu sein.«

Justus schaut ungläubig.

»Wie ist das eigentlich mit der Kamera, die Sie erwähnt haben und die er anscheinend nicht kannte?«

»Die an der Birke bei der Abbiegung zum Waldarbeiterwagen? Weiß ich nicht. Ich kann ja mal nachschauen.« Im nächsten Moment korrigiert er sich selbst: »Das können wir uns gerne zusammen mal anschauen.« Zu seiner Entschuldigung setzt er noch nach: »Wissen Sie, wenn ich im Wald bin, dann bin ich da nicht so systematisch unterwegs. Systematik kann auch Lebensfreude nehmen.«

Schon wieder diese allgemeinen Aussagen, verzeiht sich Justus diese Sentenz nicht. Muss er denn immer wie ein Oberlehrer reden? Als Studienrat wahrscheinlich schon. Wie unangenehm!

»Gute Idee, machen wir!«, kommt ihm zum Glück Kathrin Helliger entgegen. »Wenn ich nur einen Zusammenhang finden könnte«, macht sie ihrer verzweifelten Suche ein letztes Mal Luft. Dabei dreht sie mit dem Zeigefinger eine Strähne zu einer Art Locke.

Beide blicken auf, um sich anzusehen.

»Von einem Motiv ganz zu schweigen.«

»Auch das mit dem Tannenzweig, wie heißt es fachmännisch? Der Bruch!«, beantwortet sie ihre Frage selbst. »Und dann noch der Stempel ›Trichinenfrei‹? Was sollen diese Geschmacklosigkeiten? Hat da einer was gegen Jäger? So ein militanter Naturschützer? Oder ist da ein Psychopath unterwegs?«

Justus antwortet spontan. »Wissen Sie, was ich gedacht habe, als ich den Huckner da mit dem Stempel hab liegen sehen? Da wollte jemand sagen: Das ist eine Sau – sorry für den Ausdruck«, setzt Justus noch schnell hinterher.

»Vielleicht haben Sie recht. Das klingt jedenfalls erst mal schlüssig. Das würde dann ja auch für Opfer Nummer zwei gelten«, spinnt die Kommissarin den Gedanken weiter.

»Gab es denn an der Leiche vom Eisel auch irgendetwas Jagdliches?« Blöde Frage, denkt Justus noch im gleichen Augenblick. Der war auf einer Jagd. Mehr Jagd geht doch nicht.

»Nicht direkt.«

»Wie: nicht direkt?«, fasst Justus etwas kurzatmig nach.

»Na ja, die Windschutzscheibe seines Autos war mit

Blut beschmiert, und unter dem Scheibenwischer steckte ein Tannenzweig.«

»Also noch mal das gleiche Muster, nur mit Auto.«

»Aber was liegt dem Ganzen zugrunde? Ich verstehe es nicht. WARUM?«

»Hier auf dem Land ist weniger los. Dafür überdauert manches vielleicht auch länger. Ich denke, es wird nichts daran vorbeiführen, sehr tief in die Biografien der beiden einzusteigen.«

»Blöd ist nur, dass so was echt viel Zeit benötigt«, kommt es in einer Stimmlage, die ihre Stresslage ziemlich direkt abbildet. »Warum sind Sie eigentlich als Einziger in den Wald gelaufen, als alle anderen zur Hütte rannten?«

Justus bekommt nicht mit, dass dies auch als nur geringfügig getarnte Frage an einen potenziellen Täter oder Mittäter gelten könnte. Deshalb antwortet er freimütig: »Mein Vater sagte immer: In der Nacht ist es im Wald sicherer als im Frankfurter Bahnhofsviertel.« Er fährt fort, ohne zu merken, dass dies in der Wahrnehmung der Kommissarin unter Umständen ein zu schneller Themenwechsel wird: »Ich mache mir mal Gedanken, wen man noch wegen der beiden Mordopfer befragen kann. Also Menschen, die sie schon lange kennen. Ich würde da mal im jagdlichen Bereich anfangen, denn beide Opfer waren da unterwegs. Die Försterin stammt auch von hier. Meine Eltern wären ideal, denn mein Vater hat hier alle Jäger gekannt. Er ist tot, und meine Mutter, na ja, Sie haben es ja selbst gleich gesehen ...«

Er hebt den Kopf. Er schaut sie an. Eine Sekunde zu lang.

Die Konzentration nimmt bei beiden ab. Der Abend ist angenehm warm. Sie tauschen sich, um einfach auch einmal etwas anderes zu denken, zu den Themen Lieblingsgericht (sie: Sushi/er: Forelle), Lieblingsbilder (sie: Hopper, »Die Nachtschwärmer«/er: Klee, »Die Zwitschermaschine«), schöne Häuser zum Leben (sie: Bauhaus-Villa/er: Burg) und ähnlich Nebensächliches, aber so wunderbar Entspannendes aus.

Die Zeit war dann doch gut, als sie sich auf den Heimweg macht. Justus blickt dem immer kleiner werdenden Licht nach, das sich, zwischendurch für kurze Momente von Bäumen verdeckt, kurvenreich dem Lahntal nähert. Abschiede am Abend klingen für Justus nach »Adieu«.

Nach einem tiefen Atmen, das es gerade nicht bis zum Seufzen bringt, dreht er sich um. Er geht nachdenklich zur Seitentür. Das Licht wird gelöscht. Das Forsthaus ist nun nur noch ein Schattenriss gegen den blass strahlenden Himmel.

Kapitel 21

Die Medien sind voll vom zweiten Mord. »Der Killer-Wald von Lahnberg.« Kleiner geht es nicht. Am Abend ist ein Beitrag in der *Landesschau* angekündigt. Justus versucht sich vorzustellen, wie die Stimmung bei den Ermittelnden ist. Wahrscheinlich eher trüb.

Er selbst kann nichts tun, und nach den Ferien wird er wieder in Frankfurt sein. Schule halt. Er beschließt, der auszubessernden Stelle in der Kurve am Dachsbau einen Besuch abzustatten, um festzustellen, ob seiner Bitte von der Firma Körner nachgekommen worden ist. Sonst muss er da noch einmal nachfragen. Lästig! Warum er den etwas längeren Weg durch die Gemarkung 61 nimmt, könnte er auf Befragen nicht beantworten. Seine Füße folgen einfach dem Weg. Auf der Lichtung unterhalb des Taubenkopfs angekommen, auf deren einer Seite die Kanzel steht und die, umringt von Bäumen, als ein idealer Platz für alle möglichen Tiere von Kaninchen bis Rotwild gelten kann, schweift sein Blick über den gesamten u-förmigen Waldrand. Lässt sich hier vielleicht irgendetwas finden? Er ist natürlich zu weit weg, um Genaueres am Saum des Waldes erkennen zu können. Also macht er sich über die Lichtung auf den Weg zum Waldrand, der der Kanzel gegenüberliegt. Die Kurve kann warten.

Auch wenn ihm der Nacken schon mächtig wehtut, da er gezielt an den Stämmen der Bäume gegenüber der Kanzel nach oben schaut, lässt er doch nicht davon ab. So folgt ein Baum nach dem anderen. Gibt es hier irgendwo einen Hinweis auf die Abschussstelle? Er hat überhaupt keine klare Vorstellung, wonach er sucht, aber er sucht.

Jetzt ist sein Ehrgeiz – doch, den kann er haben – geweckt. In der Reihe der Bäume, die direkt an die Wiese angrenzen, ist nichts Besonderes festzustellen. Er geht jetzt nicht noch einmal den Saum des Waldes ab, sondern nimmt die zweite Reihe der Bäume gegenüber der Kanzel in Angriff. Das ist aufgrund des dichten Bewuchses bedeutend mühsamer und belastet seinen Nacken beim Hochsehen noch heftiger. Die Entfernung zu George II. wächst dabei. Zu uninteressant für einen Labrador.

An einer Stelle, wo das Gras nicht zu hoch und nicht zu feucht ist, legt sich Justus auf den Rücken. Ende des Suchens! Er verschränkt die Hände über der Brust. Wenn er an dem Baum, in diesem Fall eine Buche, so hochschaut, erinnert er sich, dass diese Äste ihn früher als Kind wie eine Treppe einluden, in den Wipfel des Baums zu klettern. Das sollte er in seinem Alter jetzt bestimmt besser nicht machen. Er bewegt den Kopf Richtung Waldesinnere. Ein leichter Wind zieht durch die Baumkronen. Und nun kann er etwas sehen, was ihm merkwürdig vorkommt. Sozusagen in der dritten Reihe steht eine Buche, vielleicht zwanzig Meter hoch. In ungefähr zehn Metern Höhe kann er einen Stab erkennen, der im Winkel von neunzig Grad am Baumstamm montiert zu sein scheint. Der Windhauch ist plötzlich vorbei. Nichts mehr zu sehen. Er muss einen Augenblick warten. Dann noch einmal Wind: Der Stab, wahrscheinlich Metall, allerdings braun gestrichen, ragt eine Handbreit vom Baumstamm weg. Das Befestigungsteil des rechten Winkels ist deutlich länger als der vorspringende Teil. Die Anbringung macht selbst aus der Entfernung einen stabilen Eindruck. Das ist alles nicht einfach zu sehen, denn der Wind muss immer erst einen dünnen Ast mit Blättern bewegen, der dann für einen Augenblick den Blick auf die Konstruktion – es ist eine Konstruktion, da ist sich Justus sicher – freigibt. Holla die Waldfee! Den Gedanken, hochzuklettern, hat er ja vorher schon beerdigt. Deshalb kann er ihm jetzt auch widerstehen. Er wird der Kommissarin aber nachher Bescheid geben. Handy hat er keins dabei. Wozu auch?

An der Baustelle am Dachsbau ist nichts passiert. Unerwartet? So lässt sich auch nicht wirklich von einer Baustelle sprechen. Mehr als die Hälfte des Wegs ist tatsächlich weggerutscht. Und genau so liegt er immer noch da. Mehr Kiesgrube als Weg, na schön, muss er halt noch einmal bei der Firma nachfassen. Für jemanden, der die Dinge gern aus dem Kopf hat, ist das pures Leid.

Zu Hause angekommen, kann er Gerda nur beim Wegfahren zuwinken. Stimmt, sein wirkliches Problem wartet liebevoll im Forsthaus: seine Mutter. Da hilft ihm keiner.

Justus beschließt, die Kommissarin anzurufen. Er kennt inzwischen zwar auch den Namen ihres Assistenten, aber er will mit ihr sprechen. Wie üblich muss er kurz auf die Mailbox sprechen, aber es dauert keine zehn Minuten, da hört er ihre Stimme.

»Danke noch einmal für gestern«, kommt es für Justus sehr unvermutet. Er hat ja nun wirklich nichts beitragen können.

»Rufen Sie wegen Ihrer DNA-Probe an?«

»Nein, ich wollte Ihnen sagen, dass ich heute etwas gesehen habe, was Sie wissen sollten.«

Er gibt eine kurze Beschreibung, und beim Berichten beschleicht ihn der Gedanke, dass eine kleine Metallstange in einem großen Wald vielleicht nicht die große Rolle bei den Ermittlungen spielt, die sein Sucheifer diesem Gegenstand unwillkürlich zugemessen hat.

Sie dankt für den Hinweis und spult ihr »Wir kümmern uns darum, wenn Sie uns den Standort durchgeben« ab. Wie das denn?, befällt es Justus. Also muss er wohl noch einmal da hin.

»Was die DNA-Spuren im Waldarbeiterwagen betrifft, so haben unsere Analytiker übrigens reichlich von Ihrer gefunden.«

Das kommt jetzt etwas überheblich bei Justus an. Deshalb fragt er dann auch mal fordernd zurück: »Und sonst?«

»Wir konnten noch die DNA von zwei weiteren Menschen ausmachen. Nach unseren Analysen handelt es sich um zwei männliche Personen.« Schweigen am anderen Ende. Justus versucht, sich vorzustellen, dass er nicht der Einzige gewesen ist, der dem alten Wagen einen Besuch abgestattet hat.

»Gut!«, kommt es knapp von Kommissarin Kathrin Helliger. »Wenn Sie mir noch lokale Ansprechpartner wegen der Biografie der beiden Mordopfer nennen können, da wäre ich Ihnen wirklich dankbar.«

Nach dem Auflegen denkt er kurz über Namen nach, die der Kommissarin weiterhelfen könnten, also Menschen, die die beiden Mordopfer schon sehr lange gekannt hatten. Er wird dabei von seiner Mutter unterbrochen, die nach ihm ruft. Er geht ohne Eile zu ihr.

»Was machst du?«, fragt sie ihn.

Er erzählt ihr, um sich keine Themen groß ausdenken zu müssen, von der Jagd, dem Mord und dem Stand der Dinge, soweit er davon weiß. Schon beim Reden bemerkt er, dass sie abdriftet. Nicht einmal ein Mord kann sie dabei aufhalten und einen Anker auswerfen. Es ist ein verdeckter Mechanismus, der längst zu ihrer Normalität gehört. Er schiebt ihr ein zusätzliches Kissen an die Sessellehne und flüstert mehr, als er sagt: »Bin gleich wieder da.«

Justus schreibt rasch eine Mail an die Kommissarin. Er empfiehlt ihr Friederike Mahr, auch wenn sie zur Ausbildung in Freiburg gewesen ist, und dann noch den alten Körner. Der war Jäger, teilweise sogar Jagdpächter, und hatte mit seinem Vater über Jahre in einem regelmäßigen Kontakt gestanden.

Dann noch schnell eine Antwort-Mail an seine Ex-Frau Esther, die eine Frage wegen der gemeinsamen Tochter Rebecca hat. Auf einmal ist alles wieder präsent: das Kennenlernen bei einer Veranstaltung des Keren Kayemeth LeIsrael, zu dem er seinen Vater fahren musste, da der sich einen Knöchel verstaucht hatte, aber unbedingt dabei sein wollte. Bei dem Projekt ging es um Bäume, die für einen Wald in Israel gespendet werden. Warum sich sein Vater dort engagierte, Justus wusste es nicht. Er hatte einfach nicht gefragt. Warum auch. Wenn sein Vater da aktiv war, dann war das genug. Jedenfalls traf er dort Esther, als er ihr half, ein technisches Problem mit dem Mikrofon zu lösen, was ihm – Zufall sei Dank – sogar gelang. Man traf sich, verliebte sich, ja, und dann meldete sich Rebecca nach der kürzesten aller kurzen Zeiten an. Die Heirat: eine komplizierte Angelegenheit, da Esthers Vater mit seiner Großmutter vor den Nazis nach London geflohen war. Und dann überhaupt, die Zeremonie! Synagoge ging nicht, da Justus evangelisch ist. Es wurde dann eine sehr eigenwillige Trauung, aber immerhin mit Chuppa, also dem traditionellen Baldachin. Dennoch ist sich Justus sicher, dass eine katholische Trauung für ihn viel komplizierter gewesen wäre. Nach sieben fetten folgten sieben eher magere Jahre, da Esthers Eltern beschlossen, mit über siebzig Jahren von England nach Israel überzusiedeln. Alleine hatten sie jedoch die größten Bedenken. Esther wechselte zu einer israelischen Firma, um ihre Eltern vor Ort unterstützen zu können. Justus versuchte, sich auf die Situation einzustellen, und besorgte sich den Sprachkurs mit Audiokassette »Hebräisch in 53 Tagen«. Die eigenartigen Schriftzeichen lagen ihm, nur die Bezeichnung der Vokale mit den Punkten, den Nekudot, das war für ihn eher linguistischer Pointillismus. Und so konnte er zwar nach Lektion zwanzig auf Hebräisch sagen: »David war ein großer König« oder »Die Erde tat sich auf und verschlang Datan und bedeckte die Rotte Abirams«, was ihm aber an einer einsamen Bushaltestelle nachts zwischen Hebron und Jerusalem nicht wirklich weiterhalf. Und dann immer dieses Hin-und-her-Fliegen, das das ganze Leben vibrieren lässt wie die Feder in einer Uhr. Seine Stelle in Frankfurt aufgeben? Das fand Justus schwierig, und dann gab es ja auch noch seine Mutter. Tochter Rebecca hatten seine Frau und er gefragt, wo sie lieber leben wolle. Sie hatte sich – nicht ganz unerwartet – für Israel entschieden. Aber auch ihr Leben schwang seitdem wie zwischen zwei Polen hin und her.

Nachdem das Trennende allmählich überhandgenommen hatte, war man sich in der Scheidung einig, zumindest die Eltern. Für Rebecca, gerade dreizehn geworden, war es ein Schock, der über viele Jahre geheilt werden musste. Justus versuchte, sich in allen wichtigen Fragen

Rebecca betreffend immer mit Esther auszutauschen. Hätte er die gleiche Energie bei seiner Ehe aufgewendet, wäre es vielleicht anders gekommen ...

In der Mail geht es um eine Frage zum Studium. Esthers Vorschlag kann er sofort zustimmen.

Dann den Computer endlich ausschalten. Das muss für heute reichen.

Er hört Gerda den Flur betreten und weiß nun seine Mutter für den Augenblick versorgt. Deshalb kann er sich nach einem kurz gerufenen Gruß einen angenehmen Platz auf der kleinen Wiese suchen und landet unter der Eiche. Er will in Ruhe über seine Dinge nachdenken. Nicht zu analytisch. Einfach nur so. Da passt es gut, dass im Himmel ein ungleicher Wettkampf zwischen zwei Krähen und einem Mäusebussard stattfindet. Unglaubliche Flugmanöver. Für was?

Kapitel 22

Ohne Anmeldung steht um Punkt sechzehn Uhr dreißig Polizeiobermeister Klau vor der Tür und klingelt. Justus hört das auf der Wiese nicht, aber George II. ist eine Abwechslung sehr willkommen, und er stürmt los. So bemerkt auch Justus den unangemeldeten – oder hat er was vergessen? – Besuch.

Der Vertreter der Polizeigewalt entschuldigt sich, dass er ohne Anmeldung zu Justus gekommen ist, aber er sei auf der Landstraße unterwegs gewesen, und die Kommissarin habe ihn gebeten, den Ort von Justus' Entdeckung aufzusuchen und zu dokumentieren. Deshalb ist er also abgebogen und nun hier.

Wie auch immer, für Justus ist es unmissverständlich klar, dass hier die Staatsgewalt wirkt und ihm nichts anderes übrig bleibt, als Polizeiobermeister Klau auf seinem Dienstgang zu begleiten. Außerdem, denkt er, kann er ihm ja auch die Wildkamera an der Abbiegung zum Waldarbeiterwagen zeigen. Dann sollte alles in einem Aufwasch erledigt sein.

Justus schlägt den Weg zum Waldarbeiterwagen ein. Auf dem gut ausgebauten Wanderweg, der sie dorthin führt, kommen sie gut voran. Justus informiert die Polizeifachkraft über den Grund des Umwegs und zeigt schon von Weitem auf die Birke an der Abbiegung zum zugewachsenen Holzweg.

»Sie hängt ziemlich hoch«, erklärt Justus bei den letzten Metern und zeigt auf die entsprechende Stelle.

»Oh!«, entfährt es ihm da.

Polizeiobermeister Klau schaut ein wenig diffus.

»Sie ist nicht mehr da!« Justus setzt nach: »Vielleicht war sie doch vom Flachau, und er hat sie wieder abmontiert.« Allerdings glaubt er sich selbst kein Wort.

Da es nichts zu besichtigen gibt, gehen die beiden weiter und nähern sich von der Seite, die der Kanzel gegenüberliegt, dem Buchenbestand, in dem Justus seine Entdeckung gemacht hat: der Metallstab, um präzise zu sein, der Metallwinkel. Plötzlich sehen alle Bäume recht ähnlich aus, und er kann ja den Polizisten schlecht bitten, sich auf den Rücken auf den Waldboden zu legen. Justus vermutet, dass sich Herr Klau gerade mit der sich aufdrängenden Frage beschäftigt, ob hier womöglich auch nichts zu finden ist. Es dauert unendliche zwanzig Minuten, bis Justus eine Astkombination bemerkt, die ihm bekannt vorkommt. Blöderweise bildet das Laub einen ziemlich perfekten Schutz, und so dauert es noch einmal fünfzehn zähe und auch nervöse Minuten, bis Justus dem Polizeimitarbeiter verlässlich die montierte Konstruktion zeigen kann. An der Reaktion seines Gegenübers merkt er, dass dieser wenig überzeugt ist, hier etwas Wesentliches gezeigt zu bekommen.

»Vielleicht hing da auch mal ein Nistkasten«, kommentiert er das, was da am Baum befestigt ist. Er trägt dann aber doch den Fundort in einer Karte ein, nimmt noch mit seinem Handy die Geo-Daten und macht ein Foto. Alles sehr nüchtern, irgendeiner internen Dienstanweisung für das Aufnehmen von Beweismitteln folgend.

Auf dem Rückweg fragt Justus bewusst allgemein, wie denn die Ermittlungen so vorankommen. Der Polizeiobermeister weicht aus, merkt dann aber doch, dass der Weg zurück noch eine knappe halbe Stunde dauern wird, die er nicht mit Schweigen füllen kann. »Wissen Sie, Herr Hauer«, sagt er in wohlüberlegtem Tonfall, »es ist schwierig. Bei beiden Morden muss es mit unglaublicher Präzision zugegangen sein. Beim ersten Opfer traf der Schuss absolut präzise, obwohl er aus großer Distanz abgegeben wurde. Aber als Jäger – sorry, Sie sind ja kein Jäger – weiß man, dass große Distanz und Treffen nur im Stillstand und nicht in der Bewegung möglich ist. Und dann waren da auch noch jede Menge Bäume und Sträucher unter dem Hochsitz. Und beim zweiten Mord – Sie waren ja selbst dabei ... Also eine Pistole oder so etwas Ähnliches in eine Drohne einzubauen und jemanden dann mit einem einzigen Schuss ins Jenseits zu befördern, das ist schon heftig. Und es war ja kein zufälliges Opfer, sonst wäre der Wagen des Opfers nicht so zugerichtet worden. Also: Viel Technik und Präzision seitens des Täters. Doch uns fehlen noch wichtige Punkte für das Verständnis der Morde. Das Ende der Ermittlungen ist also überhaupt nicht abzusehen. Und morgen muss Frau Helliger vor die Presse. Da bin ich froh, nicht ihren Job zu machen«, kommt es mit ungespielter Erleichterung. Justus hat stumm zugehört. Kann er noch irgendwie helfen, fragt er sich. Er befindet ohne Anteilnahme: Nein.

Kapitel 23

In den Nachrichten der lokalen Radiosender sind Kathrin Helligers Ausführungen zu den beiden Mordfällen zu hören. Obwohl eine Stimme nur ein Teil einer Persönlichkeit ist, kommuniziert sie doch mehr als nur Worte und Sätze. Die Kommissarin ist betont sachlich und vermittelt über die reine Darstellung der Fakten hinaus die klare Haltung einer ausgeprägten, gewinnenden Persönlichkeit. Woran erkennt man das, wenn man ihr im Radio nur zuhört? Justus kann sich seine Frage nicht beantworten. Es ist einfach so, sie ist so.

Ansonsten keinerlei neue ermittlungstechnische Aspekte. Am Ende noch einmal der Hinweis, wer etwas zum Verhältnis der beiden Mordopfer zueinander beitragen könne, möge bitte Kontakt aufnehmen. Das war's. Ergiebig ist anders.

Ihm fällt ein, dass er Michael von Flachau unbedingt noch einmal wegen der abmontierten Wildkamera anrufen wollte. Er hat einfach keine Lust, als Trottel dazustehen, der anderen von einer Phantomkamera berichtet. Nach kurzem Klingeln hört Justus die unterdrückte Stimme seines Jagdpächters. Er scheint wohl in einer Konferenz oder bei einem Termin zu sein, sagt ihm aber zu, ihn in etwa einer Stunde zurückzurufen. Okay, denkt Justus, auch wenn es sich dann möglicherweise mit dem Eintreffen der Vorsitzenden des Fördervereins wegen des Waldkindergartens überschneidet. Doch Michael von Flachau ruft zum Glück schon nach einer Dreiviertelstunde zurück. Nein, dort habe er noch nie eine Wildkamera aufgehängt. Wofür auch? Das sei doch jagdlich keine interessante Stelle.

So kann man den Wald natürlich auch einteilen, befindet Justus insgeheim. Er kommt sich nun wirklich ein wenig dämlich vor. Er hat da doch etwas gesehen! Aber egal. Um von sich abzulenken, fragt er: »Ist es denn richtig, was die Kommissarin« – hätte er sie ihm gegenüber eher »die Kathrin« nennen sollen? – »sagte, dass es bei Ihren Kameras technische Schwierigkeiten gegeben hat?«

»Ja, da gibt es einen Zeitraum von vielleicht vier Stunden, wo die Aufnahmen unbrauchbar waren. Die Kameras sind aber okay. Vielleicht lag's dran, dass sie vernetzt sind, oder vielleicht hat sich einer einen Scherz auf der Frequenz erlaubt. Also keine Probleme.«

Justus merkt, dass das Gespräch hiermit beendet ist. Kurzer Dank, tschüss, Ende.

Er hat gerade noch einmal Zeit, die Mail der Vorsitzenden und des stellvertretenden Vorsitzenden des Fördervereins für den Waldkindergarten durchzulesen, um das Anliegen präsent zu haben und bei den Namen keine allzu großen Fehler zu machen. Warum ist er bloß so wenig an Namen interessiert? Warum kann er sie sich nicht merken? Oder will er sie sich nicht merken? Er vermutet, dass dies vielleicht Folge seines Lehrerberufs ist. Zu viele Namen als Durchlaufposten.

Pünktlich um halb sechs fährt ein schwarzer Volvo

Kombi vor. Es steigen aus: Dr. Ulrike Lobsam, Ende dreißig, Juristin, Brillenträgerin und jobmäßig gekleidet, und Peter Kernau, ein dynamischer Mittdreißiger mit Bart und in Jeans und so, wie er es sich gemerkt hat – was nicht unbedingt etwas heißen sollte –, Architekt, oder ist er Anwalt? Es war auf jeden Fall etwas mit »A«, aber nicht Apotheker. Da ist er sich wirklich sicher. Beide wirken sofort nett und unkompliziert.

Man setzt sich auf die kleine Wiese hinter dem betagten Forsthaus. Der erste Eindruck bestätigt sich. Im Gespräch zeigt sich ihr ganzes Engagement für die Idee eines Waldkindergartens, und Justus hat den Eindruck, dass beide schon ihre eigenen Kinder durch den Wald toben sehen. Bei der Beschreibung ihres Waldkindergartens für den Ganzjahresbetrieb entwickeln sie eine nahezu kindliche – oder sollte man besser sagen: elterliche – Freude und verzichten auf jeglichen ideologischen Pädagogik-Überbau. Es geht ihnen um die Vermittlung eines Lebensgefühls, das sich so direkt nur in der Natur einstellen kann. Ihnen ist klar, dass der Waldkindergarten kein Schönwetterbiotop ist, sondern dass Regen, Kälte und Matsch genauso dazugehören. Die Überlegungen der beiden Vorsitzenden passen zu einer Wiese, die von einem ungefähr dreißigjährigen Mischwald umgeben ist. Von da aus kann man, ohne Straßen zu überqueren, auf mehreren Wegen in unterschiedliche Bereiche des Waldes gelangen. Ein Bachlauf, Lichtungen mit Ameisenhaufen, Felsen zum Klettern, sich selbst überlassene Wiesen und Flächen, die aufgeforstet werden, sind in der Nähe. Selbst eine kleine landwirtschaftliche Nutzfläche für einen Gemüsegarten ließe sich vorsehen.

Die drei werden sich einig, gemeinsam an diesem Projekt dranzubleiben. Justus gefällt, dass Kinder jeden Tag

»seinen« Wald erleben können. Zunächst wollen sie nun mit dem Planer eine Ortsbesichtigung vornehmen. Danach, vorausgesetzt, Justus werde sich einverstanden erklären, könne man mit der Unteren Naturschutzbehörde und dem Bauausschuss von Lahnberg sprechen und prüfen, ob die entsprechenden Baumaßnahmen genehmigungsfähig sind.

Der Abschied ist nach zwei intensiven Stunden von Übereinstimmung geprägt, und die beiden verlassen den Forsthausgarten voller Optimismus.

Das mit dem A war zwar nichts, denn Peter Kernau ist Hundetrainer, was schon daran zu erkennen war, dass ihm George II. besser gehorchte als seinem Besitzer, aber Justus hat der Themenwechsel gutgetan.

So gerüstet, kann er sich um seine Mutter kümmern. Er hatte eine DVD von *Das Wirtshaus im Spessart* aus dem Jahr 1958 im Internet bestellt, die heute angekommen ist. Vielleicht würden die Erinnerungen seiner Mutter guttun. Bewaffnet mit der DVD und einem Glas Rotwein, geht er zu ihr ins Wohnzimmer. Die Schauspielerin Lilo Pulver mit ihrem mitreißenden Lachen ist seiner Mutter genehm. Also: DVD eingeschoben und dem Fernseher die Regie des Abends überlassen.

Kapitel 24

Der Morgen mit seinem hellen Himmel und den paar kleinen weißen Wölkchen, die geschickt die Langeweile des glatten Blaus nehmen, ist so unbesorgt wie unspektakulär. Justus beschließt, mit dem Haus Odilie Kontakt aufzunehmen und zu fragen, ob seine Mutter einmal für einen Nachmittag probewohnen könne. Im Prospekt wird das auf Seite vierunddreißig explizit angeboten. Vielleicht ist das besser, als nur davon zu sprechen. Ja! Gleich nach dem Kaffee wird er so was von aktiv werden! Justus fühlt sich als sein eigener Motivationscoach in Bestform. Bevor er die erste Tasse Kaffee auch nur angefasst hat, hört er ein Auto, das Anstalten macht, auf dem kleinen Hof vor dem Forsthaus zu parken. George II. weiß sofort, wer es ist: Dackeldame Elvira und etwas notgedrungen auch das Frauchen Frieda. Justus hat so gar keine Meinung bezüglich des Überraschungsbesuchs. Wenn Frieda auftaucht, gibt es häufig etwas zu tun und, schlimmer noch, manchmal auch zu entscheiden, wie beispielsweise, ob der Wanderverein neue Wanderschilder mit QR-Code aufstellen darf oder an welches Sägewerk das geschlagene Kiefernholz aus der Abteilung 24 gehen soll. Andererseits steht jetzt Frieda gegen Odilie. Vorteil Frieda.

Als sie aus dem Kombi ausgestiegen ist, kommt sie nicht auf Justus zu, sondern winkt ihn zu sich. George II. fühlt sich ebenfalls angesprochen, also bewegen sich beide in unterschiedlichem Tempo auf den Kombi der Försterin zu.

Friederike begrüßt Justus nur kurz und lotst ihn zur Heckklappe. Justus versteht nicht, warum. George II. nutzt die Chance und springt leichtfüßig (doch, obwohl im Hauptberuf Labrador) in den Innenraum zu Elvira. Beide verhalten sich ungewohnt unauffällig. Die Försterin öffnet mit dem ihr eigenen energischen Schwung die Heckklappe. Justus beugt sich vor, um zu erkennen, was auf der praktischen Schonmatte liegt. Jetzt ist Staunen angesagt: Vor ihm befinden sich die ziemlich in Mitleidenschaft genommenen verbogenen Reste einer Drohne. Ja, ganz klar: Das ist eine Drohne, und bestimmt keine aus dem Spielzeugladen in Koblenz.

»Echte Technik!«, bemerkt er mit kaum verhohlener Bewunderung gegenüber Frieda.

»Und hier, schau mal!«, fordert die Försterin ihn auf und hebt vorsichtig mit einem Ast den Rahmen etwas hoch.

»Eine Pistole«, raunt Justus. »Das ist also DIE Pistole.«

»Kann man wohl so sagen«, bestätigt Friederike Mahr.

»Im Gegensatz zur Drohne wirkt die weniger modern«, befindet Justus und folgt dabei eher ästhetischen Aspekten, als dass er sich dabei auf technischen Sachverstand berufen kann.

Die Försterin ergänzt mit fachfraulichem Ton: »Ja, das ist eine Walther P38. Nicht ganz neu, aber wer sie hat, tauscht sie nicht so schnell gegen was Moderneres. Gilt als zuverlässiger Klassiker.«

Danach erzählt sie Justus, dass sie von einem älteren Paar beim Pilzesuchen am Bubenkopf oberhalb des alten Steinbruchs gefunden worden ist. Die haben sie dann ins Forstamt gebracht.

»Sie hielten das für ein Kinderspielzeug, für so einen ferngesteuerten Hubschrauber. Die Pistole kam ihnen dann aber doch bedenklich vor. Um das Spielzeug und die Waffe zu sichern, haben sie es zu mir gebracht. Ich fahre es jetzt zum Kommissariat nach Bad Ems, die Kommissarin und ein Typ vom LKA – scheint neu dabei zu sein – haben mich darum gebeten. Da das Teil aber bei dir runtergekommen ist, musste ich doch auf dem Weg hier mal kurz abbiegen. Du sollst ja nicht nur wissen, was auf deinem Waldboden wächst und gedeiht, sondern auch, was sich in deinem Luftraum so tut.«

Damit ist das Wesentliche gesagt. Sie steigt behände ein und schließt die Fahrertür. Allerdings wird sie sofort wieder geöffnet und George II. leicht unsanft aus dem Auto befördert. Ein Schmachtblick von Elvira an der Fensterscheibe bleibt unerwidert. Nur der Abdruck der Hundeschnauze daran bleibt.

Nun sollte es wirklich Zeit für das Pflegeheim sein. Also Anruf! Deutlich merkt man der Sachbearbeiterin an, dass der Fall Hauer irgendwo lästig ist. Klar, andere Bewerber hätten sofort den Einzug mit Datum und Uhrzeit zugesagt. Bei Frau Hauer und Sohn scheint es komplizierter. Sehr nett muss die Mitarbeiterin bei Justus nicht sein. Das Heim ist ausgebucht. Justus bietet seinen ganzen Säuselcharme am Telefon auf, um einen Termin für das angebotene Probewohnen zu ergattern.

»Also gut, ich schau mal nach. Diesen Samstag ist jemand ausgefallen.« Bedeutet das »verstorben?«, arbeitet es in Justus. »Also am Samstag wäre es möglich. Dann brauche ich aber jetzt die definitive Zusage.«

Justus beeilt sich, seine sofortige Zusage noch zusätzlich mit größter Verbindlichkeit auszustatten, und bedankt sich zudem wortreich. Das war knapp!, befindet er für sich. Gerade kommt Gerda aus dem Wohnzimmer. Er sagt ihr wegen der neuen Planung am Samstagmittag Bescheid, denn da werde seine Mutter ja auswärts speisen. Gerda trägt wie eigentlich immer eine weiße Hose und eine weiße, kurzärmelige Bluse aus irgendeinem praktischen Material. Doch heute hat sie tatsächlich die Brosche angesteckt. Das steht, so findet Justus, in einem gewissen Kontrast zu der funktionalen Kleidung. Gerda bemerkt, dass Justus auf die Brosche schaut. Ihre Blicke treffen sich. Sie senkt den Kopf, verabschiedet sich dann allerdings betont munter: »Bis heute Abend, Frau Hauer.«

Schon harft sein Handy wieder, als wäre Stille keine Option. Justus schaut aufs Display. Die Kommissarin. Er erwartet, dass sie ihn über den Drohnenfund informieren möchte. Aber nein. Schon ihrem Tonfall und ihren Formulierungen merkt er an, dass sie nicht nur für ihn spricht.

Die Aufklärung folgt umgehend.

»Herr Reber vom LKA, der sich mit den Morden im Lahnberger Forst beschäftigt, möchte gerne eine Ortsbegehung vornehmen.«

Sehr sachlich! Justus ist schnell klar, dass man ihr alleine die Aufklärung des Mordes nicht mehr zutraut. Da ist es vom Timing natürlich böse, dass gerade jetzt, als der höhergestellte Kriminalbeamte seine Arbeit aufnimmt, die Drohne sozusagen *Amazon*-mäßig im Prime-Modus direkt vor die Haustür geliefert wird.

»Würde es Ihnen morgen um zehn Uhr passen?«

Justus ist noch mit der Rekonstruktion der neuerlichen Situation im Kommissariat beschäftigt, als es schon seitens Frau Helligers die Präzisierung gibt: »Kanzel, Jägerhütte, Waldarbeiterwagen, Ort der Wildkamera und Ort des Metallwinkels am Baum in der Nähe der Kanzel und Fundort der Drohne.«

Hört sich an wie ein Wandertag, denkt Justus, und dann weiter: Soll ich auch noch Eier kochen, Brötchen zum Mitnehmen schmieren und eine Limonade einstecken? Anstatt mit »Ja« oder »Nein« zu antworten, hört er, wie er die Frage stellt, wer alles daran teilnehmen wird.

»Nur Herr Reber und ich!«, kommt es in bekannter Präzision von Frau Helliger.

Justus weiß, dass er keine Wahl hat. Mal wieder. Was ihn tröstet: Seine Funde sind Stationen der Tour. Soll er darauf stolz sein? Er bereitet diesem Gedanken ein schnelles Ende und sagt: »Ich bin dabei. Morgen um zehn. Starten wir von hier?«

»Ja, gerne!«, kommt es von Kathrin Helliger. Das »gerne« ist das einzige Wort in dem Telefonat, das persönlich klang, findet Justus. Dass schon zwei Silben so etwas fertigbringen können, bewundert er. Er hält sie fest. Gerne!

Kapitel 25

Fünf Minuten vor zehn. Justus schaut aus dem Dielenfenster Richtung Hof. Es fallen ihm plötzlich viele Dinge ein, die er jetzt wirklich lieber gemacht hätte. Im Garten in der Biografie von Jacobus Vrel weiterlesen, Dinge am Schreibtisch unsystematisch ordnen oder sich um seine Mutter kümmern. Doch jetzt steht die große Begehung bevor …

Um kurz nach zehn fährt ein grauer BMW vor. Aha, das neue Führungsduo, denkt Justus. Kathrin Helliger übernimmt es, zu klingeln. Als Justus heraustritt, stellt sich der Mann neben ihr als »Matthias Reber, LKA Mainz« vor, nicht ohne hinzuzufügen, dass er Justus für seine Bereitschaft danke, den Ortstermin wahrzunehmen. Justus hat den Eindruck, dass dieser Kriminalbeamte versucht, sich weniger formell zu geben, als es seiner Position entspricht. Wenn da nur nicht die Manschettenknöpfe und die schwarzen Lederschuhe mit Schnalle wären. Die Kollegin Kathrin Helliger kombiniert Wanderschuhe mit einer braunen Leinenhose und einem Ringelshirt. Sie lächelt offensiv. Optisch und auch sonst ein sehr ungleiches Paar, findet Justus.

Matthias Reber fragt die Kollegin noch, was die erste

Station sei. Danach übernimmt er. Sie tut Justus leid. Er hat immer ein Problem damit, wenn Macht so unverhüllt sichtbar wird – auch wenn es sich nur in der direkten Kommunikation zeigt. Dieses Gefälle ist nicht zu beeinflussen, so, wie ein Fluss nicht bergauf fließt. Wenn sich Justus manchmal machtlos fühlt, ist taube Hilflosigkeit nicht fern.

Die erste Station soll die Wildkamera sein, die Justus an der Abbiegung zum vereinsamten Waldarbeiterwagen gesehen hat. Justus ist es gar nicht recht, dass sie hier beginnen, muss er doch etwas präsentieren, was da nicht mehr ist. Peinlich! Er geht voraus, die beiden Kriminalen folgen ihm nebeneinander auf dem Weg. Sie tauschen sich aus. Nein. Herr Reber fragt, und Kathrin Helliger antwortet, wobei sie versucht, den jeweiligen Stand so konzentriert und effizient wie möglich zusammenzufassen.

Das Trio ist bei der Birke angekommen. Matthias Reber bittet Justus, zu zeigen, wo er die Wildkamera gesehen habe. Justus erklärt, so gut es geht, die Lage in etwa vier Metern Höhe und beschreibt die Befestigung mittels eines unauffälligen Nylonbands, wie es bei Wildkameras in der Regel benutzt wird. Der LKA-Beamte fragt freundlich, aber doch insistierend, ob Justus sich denn sicher sei, dass es eine Wildkamera war.

»Ich habe es von hier unten aufgrund der Größe und der Optik zumindest dafür gehalten.«

Das Thema wird abgeschlossen durch die Fragen, wann Justus die Wildkamera zum ersten Mal aufgefallen sei und wann er bemerkt habe, dass dort nichts mehr hing. Letzteres ist natürlich unnötig, da ja der Polizeiobermeister Klau bei der feierlichen Nichtentdeckung zugegen war. Aufgefallen ist es Justus – er nennt es jetzt auch lieber

»das Objekt« – zum ersten Mal am Dienstag. »Das war also der zwanzigste Juli, wenn ich mich nicht vertue.«

Als Nächstes steht die Visitation des Waldarbeiterwagens an. Der Weg dorthin ist nicht weit, nur, dass jetzt aufgrund der Enge des eingewachsenen Wegs und des Bewuchses auf dem letzten Stück alle schön hintereinander gehen. Vor dem Wagen angekommen, bittet Herr Reber Justus, genauso zu verfahren wie an dem Tag, als er dem Wagen das letzte Mal einen Besuch abgestattet hat.

Justus entfernt sich von den beiden Kriminalen und geht Richtung Nistkasten, um den Schlüssel aus dem Versteck zu holen. Kurz bevor er in den Kasten greifen will, ruft ihn Herr Reber. »Danke! In Ordnung, ich habe den Schlüssel.«

Justus spürt, wie sich eine leichte Wut auf den Weg in sein Gesicht macht. Wozu wird er hier hin- und hergeschickt? Was denkt der denn, wer er ist?

»Darf ich denn mal in den Wagen schauen?«, wendet sich Justus an den großen Vorsitzenden.

Herr Reber sieht seine Kollegin an, die nichts dagegen zu haben scheint. Also hangelt Justus sich zur Tür, und Herr Reber reicht ihm den Schlüssel. Justus öffnet als Erstes den Laden von außen, denn er will innen schon genug Licht haben, um zu erkennen, ob er beim letzten Mal etwas übersehen hat, ob ihm irgendetwas nicht aufgefallen ist. Als er das Innere betritt, ist er mehr als erstaunt. Die wenigen Dinge, die aus mehreren Teilen bestanden, wie Tisch, Regal und Ofen, sind sauber auseinandergenommen worden und stehen nun in Einzelteilen auf dem Boden. Das Fragezeichen steht ihm ins Gesicht geschrieben, bis ihm dämmert, dass das ein Teil der Ermittlungsarbeit gewesen sein muss. Herr Reber wirft nur einen flüchtigen Blick in den Wagen, ohne hineinzuklettern. Justus geht stumm zur Tür und überwindet den Höhenunterschied in Ermangelung einer Treppe oder eines Tritts, indem er sich so langsam wie möglich Richtung Waldboden absenkt. Dann wird wieder einmal den Fensterladen festgemacht. Ja ist er hier denn der Assistent? Kathrin Helliger scheint gerade etwas anmerken zu wollen, als ihr Kollege an Justus gerichtet zusammenfasst: »Herr Hauer, Sie waren ja so nett, uns die Batterie zu geben, die Sie gefunden haben. Es handelt sich hierbei um einen speziellen Akku mit einer extrem langen Laufzeit. Er wird bei industriellen Anwendungen für Fernsteuerungen und mobile Kommunikationssysteme genutzt. Deshalb auch meine Frage bezüglich der Wildkamera. Vielleicht gibt es hier einen technischen Zusammenhang, der zumindest mit dem ersten Mord in Verbindung steht. Dieser Akku könnte sehr wichtig sein, ist es doch das Einzige, was wir dort«, er zeigt dabei auf den Waldarbeiterwagen, »gefunden haben. Den Schlüssel können Sie übrigens behalten.«

Wie großzügig, denkt Justus und nimmt ihn widerwillig an sich. Seine genervte und wütende Stimmung hat sich nun endgültig in seinem Hals eingenistet.

»Und was ist mit meiner DNA?«, kommt es daher leicht trotzig angehaucht von Justus.

»Ja, Sie haben natürlich Spuren hinterlassen«, antwortet der LKA-Beamte. »Allerdings waren da noch zwei weitere unterschiedliche DNA-Spuren«, fährt er fort, und die Kommissarin ergänzt: »Ja, von zwei Männern, die, das wissen wir seit gestern, definitiv miteinander verwandt sind.«

»Haben Sie eine Idee, wer das gewesen sein könnte?« Der Beamte fügt hinzu: »Wer hat denn diesen Wagen benutzt, und wer wusste von dem Schlüssel?«

»Ja wann denn?«, fragt Justus, der begreift, dass er sich

nun ernsthaft detaillierte Überlegungen machen muss, wozu er eigentlich keine Lust hat.

»Ein genaues Zeitfenster gibt es da nicht.«

Justus kramt in der Vergangenheit. »Der Wagen wird jetzt bestimmt seit zehn Jahren nicht mehr genutzt. Ich habe keine Ahnung, wer von dem Schlüssel etwas gewusst haben könnte. Wahrscheinlich die Waldarbeiter, aber die gibt's ja schon lange nicht mehr hier. Das Forstamt hat die im Zuge einer Reform durch private Firmen ersetzt. Und was die verwandten Menschen betrifft: Keine Ahnung, wer das gewesen sein könnte, und wofür? Ich habe mir den Wagen ja auch nur angeschaut, weil unser Waldguru – sorry, Herr Hohlleber – ihn für seine Kurse nutzen wollte.«

»Hat er sich den denn mal von innen angeschaut?«, fragt die Kommissarin.

»Nein, das wüsste ich!«, entgegnet Justus.

»Warum?«, fragt Herr Reber schnell nach.

»Na, weil ich den Schlüssel habe beziehungsweise weiß, wo er liegt.«

»Gut, Schlösser kann man knacken«, belehrt ihn Herr Reber, um dann fortzufahren: »Okay, wir wollen Sie auch nicht zu lange mit unseren Themen belästigen. Deshalb nur eine letzte Frage: Wissen Sie, seit wann der Wagen hier steht oder wann Ihr Vater ihn erworben hat?«

Sehr gründlich!, denkt Justus unweigerlich ein wenig anerkennend. Er überlegt. »Also der Wagen steht so zwischen siebenunddreißig und achtunddreißig Jahre hier«, beantwortet er die Frage.

Kathrin Helliger ist sichtlich erstaunt über diese doch sehr ungewohnt präzise Information und fragt nach: »Warum sind Sie sich da so sicher?«

Zum Glück muss Justus nicht mühsam in der Erinnerung kramen. »Ich bin mir sicher, weil ich an meinem zwölften Geburtstag in diesem Wagen mit meinem Freund Wolfi heimlich meine erste Zigarette geraucht habe. Leider nicht nur eine.« Er verzichtet auf die Detailinformationen, auch bezüglich der Marke Overstolz und des Streichholzbriefchens mit der roten Aufschrift »Jupiter« vor den ebenfalls roten Strahlen im Hintergrund. Das wäre dann doch etwas sehr weit gegangen. Dennoch sieht er sofort die orangefarbene Zigarettenpackung mit dem breiten Wappen vor sich und würde diesem Moment gerne etwas mehr Zeit und Raum geben, aber die Situation scheint zügiges Antworten zu erfordern. »Da hatte mein Vater gerade den Wagen angeschafft.«

»War das schon dasselbe Vorhängeschloss?«, fragt nun die Kommissarin.

»Ja, soweit ich weiß, war es immer dasselbe«, bemerkt daraufhin Justus.

»Und die Schlüssel?«, setzt sie nach.

»Ich kenne nur diesen Schlüssel.« Er hält ihn trotzig wie eine Trophäe hoch.

»Und warum das Versteck im Nistkasten?«, mischt sich der LKA-Beamte ein.

»Weil der Wagen neben meinem Vater auch von den beiden Waldarbeitern und deren Helfern benutzt wurde. Und da konnte ja nicht jeder einen Schlüssel haben. Deshalb gab es einen zentralen Ort, und jeder, der ihn brauchte, hat ihn dort abgeholt und nachher wieder hingelegt.«

Herr Reber hat offenbar den Eindruck, dass man hier nicht weiterkommt, und beschließt – was unmissverständlich einer Anordnung gleichkommt –, dass der Erkundungstrupp sich zum Ort des am Baum montierten Metallwinkels aufmachen solle. Abmarsch!

Justus hat ja nun eine gewisse Routine im Auffinden des Baums. Inzwischen schafft er es auch, ohne sich auf den Waldboden zu legen. Er stellt sich vor, wie es aussähe, wenn sie zu dritt auf dem Rücken liegend nach oben starrten. Hätte etwas von einer esoterischen Hippie-Session. Justus schmunzelt. Der LKA-Beamte starrt inzwischen angestrengt Richtung Baumkrone. Viel ist da nicht zu sehen. Aber er entscheidet sofort und wendet sich an die Kommissarin, was offenlegt, wie die Zusammenarbeit organisiert ist:

»Gut, wir sichern das Ding! Stimmen Sie mit der Försterin ab, ob sie einen guten Kletterer kennt. Sind Sie dann doch bitte auch mit dabei, Frau Kollegin!«

Justus ist hin- und hergerissen. Der Umgangston, mag er noch so professionell sein, widerstrebt ihm. Andererseits ist er auch ein wenig stolz, dass seiner Entdeckung nun diese Aufmerksamkeit zuteilwird.

Die Kanzel, unter der das erste Opfer getötet worden ist, wird nur kurz aufgesucht. Justus kann aus dem Gespräch am Tatort schließen, dass der Ort, von dem der tödliche Schuss aus einem Gewehr abgegeben worden ist, immer noch nicht identifiziert ist. Auch das Geschoss und selbst der Stempel für trichinenfreie Tiere haben nicht weitergeholfen.

Justus fragt sich insgeheim, ob jemand von der Stelle aus, wo sich die merkwürdige Befestigung befindet, den Schuss hätte abgeben können. Aber es ergibt keinen Sinn, hoch in einen Baum zu klettern, um dann nur jemanden an einem ganz bestimmten Platz erschießen zu können. Justus findet, dass er solche Überlegungen lieber den Fachleuten an seiner Seite überlassen sollte.

Bis zur Jagdhütte ist es dann noch eine knappe Viertelstunde zu laufen. Matthias Reber versucht, die Zeit zu nutzen, und stellt Justus einen interessanten Mix aus Fragen, wie ob es einen Modellflugverein in der Nähe gebe und ob er in den letzten Wochen Fahrradfahrer im Wald gesehen habe.

Man kommt bei der Jagdhütte an, und Justus muss zeigen, wohin er sich im Gegensatz zur Jagdgesellschaft geflüchtet hat.

Herr Reber setzt seine Befragung routiniert fort: »War denn, als Sie nach dem Schuss in den Wald gelaufen sind, noch irgendjemand anders außerhalb der Hütte?«

»Ich habe nur die Kommissarin und zwei Begleiter auf dem Weg zu dem Feuer gesehen, wo der Tote lag. Als ich dann zur Hütte gekommen bin, stand mein Jagdpächter davor. Neben der Tür. Aber das war ja wohl nicht gefährlich, oder?«

Justus kann es sich nicht verkneifen, der Kommissarin von der Seite einen kurzen Blick zuzuwerfen.

»Ich denke nicht, oder was meinen Sie, Frau Kollegin?«

Justus ist gespannt zu hören, ob sie auf ihr besonderes Verhältnis zu Michael von Flachau eingeht. »Na, glücklich war das nicht, aber ich denke auch nicht sehr gefährlich.«

Justus fragt sich, ob damit nur die Gefahrenlage in dem Moment bewertet wird oder auch der gemeinsame Ausflug von Kommissarin und Jagdpächter zur Treibjagd.

Zum Abschluss klettert das Trio noch den Weg hinter dem stillgelegten Steinbruch hoch zur Fundstelle der Drohne. Der LKA-Beamte fragt seine Kollegin, ob sie wisse, welche Reichweiten Drohnen normalerweise haben. Sie ist gut vorbereitet und referiert: »Neben der Akkulaufzeit ist natürlich auch die Funkverbindung essenziell. Normale Drohnen, zum Beispiel aus dem Elektronikmarkt, fliegen etwa fünfzehn Minuten und haben einen

Radius von ungefähr dreihundert Metern. Das hängt aber von den Hindernissen ab. Professionelle Drohnen für Kamerasysteme schaffen schon dreißig Minuten und können über fünfhundert Meter gesteuert werden. Sechzig bis siebzig Meter Höhe stellen dabei keine Schwierigkeit dar. Was die Drohne betrifft, von der wir ausgehen, dass sie das Mordwerkzeug ist, so ist das aber ein Eigenbau. Die Kriminaltechnik in Mainz hat das Teil und versucht, alles herauszukriegen: Woher stammen die Teile, und was ist technisch mit der Drohne möglich?« Sie schließt ab: »Das Ding ist das Wichtigste, was wir haben. Das ist eine Visitenkarte des Mörders.«

Justus blickt vom Fundort nach oben. Hier stehen über achtzig Jahre alte Eichen. Die Äste sind nicht so gleichförmig ausgebildet wie beispielsweise bei Nadelbäumen. Er denkt: Da kann im Dunkeln schnell mal was hängen bleiben.

Nur eine Gemarkung weiter ist im Zweiten Weltkrieg ein Kampfflugzeug der Amerikaner abgeschossen worden. Als Kinder war es ein großes Abenteuer, nach Überresten zu graben. Meistens bestand der Fund nur aus wenig identifizierbaren verbogenen Metallteilen und einigen alten Patronenresten. Als er damals damit nach Hause kam, wurde seine Mutter allerdings so bleich, wie er es noch nie zuvor gesehen hatte. Seine Mutter! Oje, morgen muss er zum Probewohnen mit ihr zum Heim Odilie in Nassau. Da holt es ihn wieder ein: sein Problem.

Die beiden Kommissare drängen zum Aufbruch. Kommissar Reber konnte sich vor Ort einen Eindruck verschaffen und diesen mit seinem Fachwissen abgleichen. Kommissarin Helliger hat versucht darzustellen, dass sie alles richtig gemacht hat. Das ist Justus' Eindruck.

Auf dem Weg zurück telefoniert Matthias Reber etwas

entfernt von seiner Kollegin und Justus. Das nutzt Kathrin Helliger, um Justus nach seiner Mutter zu fragen. »Wie geht es ihr aktuell?«

»Fragen Sie lieber mich, wie es mir geht, denn ich muss morgen mit ihr zum Probewohnen in ein Pflegeheim: das ›Haus Odilie – Stern des goldenen Lebensabends‹«, antwortet Justus, der sich dennoch über die Anteilnahme an seiner kleinen privaten Lebenswelt freut. Wie schnell sie von dienstlich auf privat umschalten kann!

»Wissen Sie was, wenn Sie das hinter sich haben, können wir uns gerne einmal treffen.«

Erstaunter Blick von Justus.

»Ja, ich habe mit dem Gleichen zu kämpfen gehabt. Aber das erzähle ich Ihnen dann genauer – natürlich nur, wenn Sie mögen.«

Justus weiß jetzt schon, dass er mag, sicherheitshalber dankt er aber erst einmal eher zurückhaltend.

Kapitel 26

Jetzt wird es ungemütlich. Ein Video ist viral gegangen. Es zeigt den mörderischen Drohnenflug exakt dreiundzwanzig Sekunden lang aus Sicht der Drohne. Zunächst ist alles sehr dunkel. Nur das Drohnengeräusch ist zu hören. Dann sieht man das Lagerfeuer mit der Jagdgesellschaft. Die Drohne fliegt darauf zu. Es folgen mehrere Ausweichmanöver und dann in Sekunde einundzwanzig der Anflug auf das Opfer. Der Schuss ist zu hören. Das Bild ist vorher eingefroren. Ein roter Schriftzug legt sich aufblätternd darüber: »*#Done*«.

Justus hat es nicht mitbekommen. Friederike Mahr musste ihn darüber informieren, als sie wegen des Warnschilds für die Schranke telefonierten. Das ist schon heftig. Justus schaut es sich mehrfach an. Es ist vollkommen einfach bei YouTube zu finden. Was soll der Hinweis »*#Done*«? Justus kommt zu dem Schluss, dass das wahrscheinlich eine Botschaft ist. Aber welche und für wen?

Nun ist definitiv Zeit zum Aufbruch. Das Haus Odilie ruft. Gerda ist so nett, alles Nötige für den Tag – eigentlich sind es nur vier Stunden – bereitzulegen. Sie weiß am besten, was wichtig ist und was seine Mutter im täglichen

Ablauf braucht. Außerdem hat sie ihr etwas Ansprechendes angezogen, sie frisiert und eine Kette als dezenten Schmuck umgelegt. »Wir Frauen wissen doch am besten, was schön ist«, sagt Gerda zu Justus' Mutter und zeigt auf deren Kette und anschließend auf ihre Brosche. Die Stimmung von Justus' Mutter wechselt deutlich. Er hat den Verdacht, sie spürt, dass jetzt etwas folgt, was ihr nicht gefällt. Aber er gibt sein Bestes und lädt sie zu einem Ausflug in ein »wunderschönes Haus« ein. Ihre Stimmung wird erst besser und entspannter, als sie auf der Landstraße direkt an der Lahn entlangfahren. Dies löst etwas in ihr aus. Wahrscheinlich gute Erinnerungen, hofft Justus mehr, als dass er es denkt. Nun sucht er auf seinem Handy das Lieblingskonzert seiner Mutter, um es über das Soundsystem (größer als sein Auto) abzuspielen. Maurice André zückt die Trompete, und das Telemann-Konzert kann in aller Feierlichkeit und barockem Glanz beginnen. Irgendwie ein merkwürdiger Kontrast zur vorbeifliegenden Natur des Lahntals. So wird Autofahren zum Film mit barockem Soundtrack.

Nach fünfundzwanzig Minuten erreichen sie das Haus Odilie. Ein gepflegter Bau aus dem späten 19. Jahrhundert. Nicht die ganz große Pracht, aber schon mit Stil. Im Gegensatz zum altertümlichen Namen ist alles perfekt organisiert. Empfangstresen wie in einem Hotel, dezente Musik im Hintergrund und ein Fußboden aus Lahnmarmor. Große Führung, dann ein Mittagessen. Justus befürchtet ein wenig, dass es hier ein Spezialmenü für Besichtigende ist, aber es ist ihm dennoch sehr recht. Danach ein Blick in das Probezimmer (natürlich mit Superaussicht), aber mit der Standardausstattung. Das lässt sich aber bestimmt persönlicher gestalten, wirft Justus seine Imaginationsmaschine an, um jedoch schnell zu bemerken, dass außer ein paar Bildern wenig Raum für Gestaltung bleibt. Zum Abschluss noch ein kurzer Besuch bei einer Singstunde und bei der Sitzgymnastik. Gewöhnungsbedürftig, findet Justus. Frau Hauer scheint alles dankbar zur Kenntnis zu nehmen. Höfliche Gesten ihrerseits belohnen die Leistungen der Mitarbeitenden des Hauses. Bevor sie wieder heimfahren, klopft Justus an die Tür des Büros der Pflegeleitung. Anders, als er vermutet hat, nimmt sich die junge Frau sogar kurz Zeit und begrüßt auch die Aspirantin aufs Herzlichste. Bei der Verabschiedung erwähnt sie noch, an Justus gewandt: »Sie werden sehen, Ihrer Mutter wird es hier sehr gefallen. Aber Sie wissen, dass wir für unsere Planung eine Zusage benötigen.«

Justus findet das nachvollziehbar, was ihm aber im Augenblick auch nicht weiterhilft. Beim Verlassen des Gebäudes freut er sich, dass die Mission zumindest ohne Zwischenfälle zu Ende gegangen ist. Allerdings mit welchem Ergebnis?

Er hilft seiner Mutter vorsichtig auf den Beifahrersitz und schnallt sie an. Nachdem er den Motor angelassen und sich sein Mini langsam in Bewegung gesetzt hat, um den Parkplatz möglichst unauffällig zu verlassen, fragt er seine Mutter: »Wie fandest du es denn?«

Daraufhin sieht sie ihn lächelnd an: »Ach, es ist ganz wunderbar für Menschen, die nicht so ein schönes Zuhause haben wie ich.«

Justus lächelt kurz zurück. Danach konzentriert er sich auf die Straße.

Zu Hause wartet zu allem Überfluss auch noch Gerda mit den Lieblingsbroten seiner Mutter auf die Ausflügler. Justus weiß, dass er sich nicht gut fühlt.

Nach dem Checken der Mails (Bitte bewerten Sie Ihren

Eindruck vom Haus Odilie) fällt sein Blick auf George II. Ja, er hat ihn heute vernachlässigt. Justus kümmert sich gerne. Um alles. Aber es ist anstrengend. Das kann ein Kümmerer aber leider nicht laut sagen. Justus nimmt es als sein »Berufsgeheimnis«.

Er wählt die Nummer von Kathrin Helliger. Nach dem Anspringen der Mailbox legt er ohne Nachricht wieder auf. Also doch ein Gang mit George II. Sie sind kaum im Wald, da rührt sich sein Telefon. Normalerweise nie im Wald! Er riskiert einen Blick auf das Display. Okay. Ausnahme! Es ist Kathrin Helliger: »Na, wie war es?«, startet sie zwar fragend, aber die Frage klingt anders als diejenigen, mit denen sie sich sonst so an ihn wendet. Justus ist dankbar, dass er nicht erst detailliert seine Situation erklären muss. Das tut schon mal gut.

»Na ja«, ist das einzig Zusammenhängende, was ihm einfällt.

»Soll ich kommen?«, hört es Justus durchs Telefon. Telefonieren im Wald kann doch schön sein. »Ja gerne!« Wieder nur zwei Worte. Vielleicht nicht die beste Voraussetzung für ein abendliches Gespräch, befindet Justus über sich.

»Wenn es Ihnen recht ist, komme ich so gegen halb acht.«

»Gut.« Jetzt schon nur noch ein Wort. Justus macht sich Sorgen, wie das abendliche Gespräch aussehen könnte. Vielleicht dann nur noch einzelne Buchstaben seinerseits. Deshalb fügt er schnell an: »Ich danke Ihnen.«

Immerhin schon drei Worte fehlerfrei zu einem vollständigen Satz vereinigt.

Danach noch kurz George II. finden, der seitab angefangen hat, einen Kaninchenbau auszubuddeln. Das Ergebnis: ein wunderbarer Kontrast zwischen der ursprünglichen Fellfarbe »blond« und aktuell pastos aufgetragenen Erdtönen, die ins Schlammige spielen. Justus ist sich nicht sicher, ob er wirklich entspannt nach Hause geht.

Kapitel 27

Justus hat den Fernseher eingeschaltet, pünktlich um neunzehn Uhr. Die *Landesschau*, damit er auf dem neuesten Stand ist, denn das Video hat den Hype um die rätselhaften Morde neu entfacht. Vom Video wird lediglich ein Standbild vom Lagerfeuer aus der Ferne mit dem Schriftzug »*#Done*« gezeigt. Bilder von der Pressekonferenz. Der einzig sichtbar Agierende ist der Kommissar des LKA, unterstützt vom Pressesprecher. Dann noch die Fotos der beiden Opfer. Es wird mal wieder nach einem Zusammenhang gefragt, und alle Zuschauenden werden gebeten, sich zu melden, wenn sie etwas wissen. Nächstes Thema: Ausbau der Kreisstraße 37. Und schon hat Justus den Aus-Knopf gedrückt.

Kathrin Helliger kommt leicht verspätet. So, wie sie vor der Haustür steht, hat sie diese Woche viel Energie im Büro gelassen. Nichts mehr von der Frische ihrer sonstigen Ausstrahlung. Die Augen müde, beim Teint hat die Blässe die Oberhand gewonnen. Selbst Rock, Top und Leinenschuhe wirken ausgeblichen. Justus bemüht sich, seinen spontanen Eindruck so gut es geht zu verbergen.

Da Justus' Mutter noch im Wohnzimmer sitzt und die

kleine Wiese aufgrund des bevorstehenden Regens keine Option ist, setzen sich beide an den Küchentisch. Blankes Kirschholz mit den Kratzern, Flecken und vielerlei Hinweisen auf Kinder und Alte, die seit Generationen an ihm gelebt, gegessen und gesprochen haben.

Was für Düfte haben sich schon in diesem Raum ausgebreitet? Zu normalen Zeiten war es eher der Geruch von Bratkartoffeln, die im Frühling mit frischen Austrieben von Buchen verfeinert wurden. Justus wusste genau, wo er diese finden konnte. In der Adventszeit durften Justus und seine Geschwister bei den Plätzchen mithelfen. Justus' Aufgabe war es dabei regelmäßig, Tannennadeln in möglichst kleine Stücke zu schneiden. Dazu verwendete er ein scharfes Messer mit hellem Buchenholzgriff, das mindestens eine Nummer zu groß für seine Kinderhand war. Sein Bruder war mit dem Ausstechen von Tannenbäumen aus dem ausgerollten Teig beschäftigt. Dabei kontrollierte Mutter Charlotte unnachgiebig, ob auch alle Äste vollständig waren. Falls nein, wurden sie aussortiert und in exakt rechteckige oder rautenförmige Plätzchen umgeformt. Schwester Tabea hatte vorher mit einem Nudelholz bei dem Ausrollen des Teigs geholfen. Darauf bestand sie, selbst als sie noch sehr klein war und auf den Stuhl klettern musste, um wie die Großen mitmachen zu können. Allerdings musste sie beim Ausrollen das ganze Gewicht des Oberkörpers auf die beiden Griffe des Nudelholzes verlagern, was nicht immer ohne kleine Unfälle ausging. Das Backen näherte sich dem Ende, wenn die klein gehackten Tannennadeln mithilfe eines Zuckergusses auf die Tannenplätzchen gestrichen worden waren. Noch schnell nachgezählt, wie viele Tannen es dieses Jahr in den Plätzchen-Wald geschafft hatten, dann durften die kleinen Teigreste, sozusagen als Lohn für die Mithilfe, von dreißig flinken Fingern vom Blech abgepflückt werden.

Verabredungsgemäß geht es zunächst um die Situation von Justus' Mutter. Das fühlt sich für Justus ungewohnt an, dominiert doch sonst die Arbeit der Kommissarin alle Gespräche. Aber es ist Samstag, da sollte das Private schon möglich sein. Er versucht, sich in die dennoch ungewohnte Situation einzufinden, und berichtet zunächst von den Highlights des Promo-Ausflugs. Die sind noch ganz frisch, und Justus muss weder Dinge aus der Erinnerung kramen noch sie dabei bewerten, ob sie wesentlich sind. Kathrin Helliger wird trotz der lebendigen Erzählweise beim Zuhören immer nachdenklicher. Ihr Zeigefinger macht sich wieder auf den Weg, um eine Strähne zu einer angedeuteten Locke zu formen. Das kann Justus nicht übersehen. Deshalb muss er die Frage stellen: »Wie war es denn bei Ihrem Vater?«

»Nicht einfach. Er hat seit dem Sichtbarwerden der Demenz mehr als vier Jahre bei mir gewohnt. Dann kam der Punkt, da ging es nicht mehr. Mein neuer Job hat das unmöglich gemacht. Keine kalkulierbaren Arbeitszeiten. Erst habe ich noch versucht, es mit dem Sozialdienst, Nachbarn und Freunden hinzubekommen, aber dann, als es gar nicht mehr ging, musste ich ihn im Heim anmelden. Nach zwei Wochen bekam ich mitten in der Nacht einen Anruf aus einer Klinik: ›Sind Sie die Tochter von Herrn Hans Josef Helliger?‹ Sie ahnen, was dann kam: ›Traurige Pflicht‹, ›informieren‹, ›unerwartet‹, das waren die Wortfetzen, die ich nicht zusammenfügen wollte. Er hatte wohl mehrere Schlaganfälle hintereinander gehabt.«

Das saß. Justus merkt, dass er neu denken muss. Eine Frankfurter Lösung aufgrund seines Berufs scheidet aus, also bleibt nur eine Option vor Ort für ihn selbst übrig.

Seine Geschwister sind weit weg. Das ist natürlich okay, oder? Er nimmt den Gedankenfaden zögernd auf. Alles Weitere später, denn jetzt sitzt ihm Kathrin Helliger gegenüber. Das hilft aber schon.

Danach geht es natürlich um die beiden unaufgeklärten Mordfälle. Justus muss gar nicht fragen. Er merkt, dass die Kommissarin, die da abgespannt vor ihm sitzt, nicht mehr federführend bei dem Fall ist. Aus welchen Gründen sie noch im Team ist, darüber lässt sich nur spekulieren. Auch hier springen seine Gedanken an, ohne ein Ergebnis zu finden. Kathrin Helliger äußert, dass sie mit der Dokumentation der Abläufe betraut ist. Orte, Zeiten, beteiligte Personen et cetera.

Justus knüpft an den TV-Beitrag an: »Was bedeutet das mit dem ›*#Done*‹? Ich komme da nicht mehr mit.«

»Da fühlt sich jemand supersicher«, entgegnet die Kommissarin. »Die ganze eingesetzte Technik, die Drohne, die Bildbearbeitung, die Veröffentlichung des Videos zunächst im Darknet, wohlwissend, dass es dann auch auf anderen Plattformen landet, das zeugt von Selbstvertrauen – oder eher von einer brutalen Mission. Anders kann man das gar nicht sagen.«

»Oder es zeigt einen ganz großen Hass«, bemerkt Justus. »Was löst den größten Hass aus? Sie sind doch die Fachfrau.«

»Das ist schwer zu sagen, da jeder Mensch auf andere Dinge mit großen Gefühlen und auch mit großem Hass reagiert.« Justus ist nicht zufrieden: »Wenn jemand zwei Morde, eigentlich sind es ja regelrecht Hinrichtungen, so präzise plant, dann muss er doch ein Motiv haben, das ihn wie eine Sucht beherrscht und steuert.«

»Geld kann da existenziell sein. Selbst wir staunen, wie

oft neben irgendwelchen Beziehungsdramen Geld am Ende der Anlass für einen Mord war.«

»Weiß man denn, ob von dem erschossenen Huckner jemand wirklich heftig finanziell geschädigt wurde?«

»Nun, er hat die Situation mit der Umgehungsstraße schon geschickt für seine Zwecke genutzt. Da sind einige um Beträge zwischen zwanzig- und achtzigtausend D-Mark geprellt worden, aber dafür einen Mord begehen? Und bei dem zweiten Opfer ist es noch merkwürdiger, denn das muss ein außerordentlich liebenswürdiger Mensch gewesen sein. Das kam in allen Gesprächen heraus, mit wem auch immer wir gesprochen haben.«

»War es denn sicher derselbe Täter?«

»Ja, da gibt es keinen Zweifel!«, kommt es schnell und entschieden von der Kommissarin zurück.

In diesem Augenblick merkt Justus, dass seine Mutter im Verbindungsflur zwischen Küche und Wohnzimmer steht. Er unterbricht sofort das Gespräch, steht mit einer um Verständnis bittenden Geste auf und wendet sich ihr zu.

Sie erklärt mit langsam gesetzten Worten: »Ich gehe jetzt ins Bett. Ich wollte dir nur kurz gute Nacht sagen und mich«, hier schaut sie die Kommissarin an, »von der Dame verabschieden.«

»Das ist Frau Helliger«, bemüht sich Justus schnell einzuflechten. Nun quasi vorgestellt, steht auch Kathrin Helliger auf und geht einen Schritt, sehr ruhig und mit einem offenen Ausdruck des Gesichts, auf Charlotte Hauer zu.

»Ihre Kette ist sehr schön«, spricht sie die alte Dame mit leicht geneigtem Kopf an.

»Ja, das ist mein Liebstes. Es erinnert mich immer an etwas besonders Schönes«, antwortet Frau Hauer, sieht der jüngeren Frau in die Augen und lässt die Finger der rechten Hand über einzelne Perlen gleiten.

Justus nimmt seine Mutter vorsichtig an der Hand, um sie Richtung Schlafzimmer zu dirigieren. Noch bevor sie sich umgedreht hat, wünscht ihr die Kommissarin eine »gute Nacht«.

»Liebe Frau ... – für Sie auch ... später«, hört sie die besonnen wirkenden Worte aus dem Mund von Justus' Mutter, die sich danach in einem Lächeln verlieren.

Es dauert nicht lange, bis er zurück ist. Ihm fällt auf dem Weg in die Küche ein, dass er morgen noch Wendelin Hohlleber wegen des Waldarbeiterwagens anrufen muss. Der hat schon drei Mal nachgefragt, und Justus hat sich bis jetzt hinter den laufenden Ermittlungen ziemlich einfach verstecken können, doch nun muss er reagieren. Das heißt eine Entscheidung treffen. Stress! Nun, warum nicht gleich mal die Kommissarin danach fragen? »Wie schaut's denn mit dem Waldarbeiterwagen aus?«

»Der ist freigegeben, steht also wieder zur Verfügung«, kommt es in leicht förmlicher Sprache zurück.

Justus hat gerade das zweite Glas Sancerre unschädlich gemacht. Daher fällt es ihm nicht negativ auf. »Was ist denn mit den Spuren von den beiden Verwandten?«, fragt es aus ihm heraus.

»Wir wussten ja schon, dass sie verwandt sind. Aber in welchem Verwandtschaftsverhältnis sie genau stehen, das wissen wir jetzt exakt.«

Das »wir« beruhigt Justus ein wenig. Sie ist also doch noch ein Teil des Teams.

»Unsere wissenschaftliche Mitarbeiterin spricht eindeutig von Vater und Sohn.«

Justus sieht vor sich das Gemälde *Vater*, gemalt vom Sohn, Neo Rauch. Justus ist im Bildanalyse-Modus.

»Gibt es denn einen Zusammenhang zwischen diesen beiden, also von Vater und Sohn, und den beiden Opfern?«

»Was für einen Zusammenhang?«, kommt es von Kathrin Helliger zurück.

Justus entgeht nicht, dass das Thema bei ihr in diesem Augenblick eine innere Abwehr auszulösen scheint. Schade, gerade ist er so bemüht, sich auf ihre Probleme einzustellen. Er besinnt sich einen Augenblick und versucht, sie dabei nicht anzuschauen. Er will ja logisch denken.

»Bei einem Gemälde würde man alle Dargestellten ja auch optisch vergleichen, um etwas über deren Verbindung zueinander aussagen zu können. Sind es eher Fremde, Freunde oder Mitglieder einer Familie?«, kommt nun wieder der Studienrat für Kunst zu Wort.

»Da hätte man eine DNA-Probe der beiden Opfer nehmen müssen. Ist aber nicht passiert.« Der Tonfall macht deutlich, dass es ihr nun definitiv zu lange um die Mordfälle geht.

»Was ist das Spannendste, was Sie bei einem Bild entdeckt haben?«, nimmt Kathrin Helliger nun die Abzweigung im Gespräch.

»Da gibt es so viel!«, wehrt Justus ab. »Aber auch Kunsthistoriker tappen manchmal im Dunkeln. So gibt es den Maler Jacobus Vrel aus dem 17. Jahrhundert. Ich lese gerade seine Biografie.« ... wenn ich mal dazu komme, was er allerdings nur denkt. »Von ihm gibt es fünfzig Werke, dennoch weiß man nicht einmal genau, wann und wo er gelebt hat. Er malt sehr seltsame Motive. Eine Frau, die auf einem Stuhl kippelt und einen Jungen hinter einer trüben Glasscheibe beobachtet, der da eigentlich gar nicht stehen kann ... Sehr seltsam. Selbst die modernsten Analysemethoden haben zu keinem eindeutigen Ergebnis geführt. Ja, und dann gibt es da noch ein englisches Landschaftsbild aus dem 19. Jahrhundert. Das sah nach dem damaligen Star der Landschaftsmalerei – John Constable – aus. Wäre dann richtig teuer gewesen. Aber einiges sprach auch dagegen. Schließlich hat man herausgefunden, dass Angehörige von Constable ein unvollendetes Werk nach seinem Tod fertiggemalt haben, um es besser verkaufen zu können. War eine echt detektivische Arbeit.«

»Wissen Sie eigentlich, dass Ihr Jagdpächter von Flachau mal für eine Firma gearbeitet hat, die industrielle Fertigungssysteme, unterstützt von künstlicher Intelligenz, entwickelt?«

Diese Information kommt zeitversetzt bei Justus an, denn der Name von Flachau – nach dem gemeinsamen Auftritt bei der Treibjagd – löst sofort eine Abwehrhaltung aus. Kann er nichts für. Dennoch fragt er: »Woher wissen Sie das? Hat er Ihnen das erzählt?«

»Das hat mir neulich Ihre patente Försterin, die Frau Mahr, berichtet.«

»Na so was!«, verarbeitet Justus die Nachricht. Ergebnislos.

Kathrin Helligers Konzentration lässt nach. Dafür hat Justus ein Gespür.

Justus nimmt noch einen Verlegenheitsschluck Wein aus seinem Glas. Er verschluckt sich und stellt es infolge eines Reflexes, um nichts zu verschütten, näher bei ihr als bei sich auf dem alten Tisch ab. Er bemerkt, dass sie bei dieser plötzlichen Bewegung erschrickt. Ihr Blick fällt auf sein Weinglas wie auf einen Eindringling.

Justus bekommt nichts davon mit. Er ist unterdessen bemüht, ein Taschentuch aus der Hosentasche zu fingern, um zwei verschüttete Weintropfen von der Tischplatte zu wischen. Nicht einfach, wenn man sitzt.

Das Gespräch streift nun eher alltägliche Vorlieben, Merkmale, die man an anderen Menschen mag und so weiter. Ein Charaktermerkmal von Justus – seine Tierliebe – drängt sich unter den Tisch. George II. hält nun seine Stunde für gekommen.

Kathrin Helliger nimmt noch einen finalen Schluck und stellt das Weinglas ab.

Herr Hauer und Frau Helliger beenden den gemeinsamen Teil des Abends.

Ein neues Treffen zu planen ist kein Thema.

»Auf Wiedersehen.«

»Ja, auf Wiedersehen und danke auch für den Wein.«

»Ja, sehr gerne!«

»Bis bald.«

»Ja, am besten bis bald.«

Als Justus nach der Verabschiedung der Kommissarin die Gläser wegräumen will, bemerkt er, dass die beiden Gläser so nahe beieinanderstehen, dass sie sich zu berühren scheinen.

Kapitel 28

Am nächsten Morgen ist es trüb. Graue Wolken verhängen den Himmel über dem Tal. Normandie-Wetter ist Justus' gängige Bezeichnung dafür. Vor vielen Jahren hat er einmal seine Frau und Tochter Rebecca dazu überredet, drei Wochen der Sommerferien in der Normandie zu verbringen. Leider regnete es davon zwei Wochen. Deshalb bekam er von seiner Familie ein Normandie-Verbot ausgesprochen.

Für heute ist das aber ein gutes Wetter, um die Holzvorräte für den Winter zu inspizieren. Also ab in den Holzschuppen. Die Axt steckt faul im Hackklotz. Die aus Holzbrettern bestehenden Wände sind gut sichtbar, ein schlechtes Zeichen, sollten doch normalerweise sauber geschichtete Holzscheite den Blick auf sie verstellen. Hier müsste er jetzt von null starten. Nein, so viel Energie bringt das Wetter dann auch nicht mit sich. Ihm geht die Bemerkung der Kommissarin bei der Begehung mit dem LKA-Mann nicht aus dem Kopf, dass Drohnen eine Reichweite von fünfhundert Metern haben können, also noch aus einer solch beachtlichen Entfernung vom Quasipiloten gesteuert werden können. Klar wird man jetzt die abgestürzte Drohne bis ins Detail untersuchen. Das ist schon ein Superfund, und da wird kein Schräubchen ungedreht bleiben, vermutet Justus mal. Aber von wo aus hätte sie gesteuert werden können? Das spielte beim Ausflug mit den beiden Kriminalen zu den Tatorten überhaupt keine Rolle.

Justus hat eine Idee. Er beschließt, zunächst zur Jagdhütte zu gehen, um von da aus möglichst in gerader Linie den Absturzort der Drohne zu erreichen. Denn wenn der Rückflug der Morddrohne den direkten Weg zum Piloten darstellt, müsste man ja die Richtung des Flugs nur verlängern, um einen Hinweis auf den Standort des Mörders zu finden. Diese Gedanken sollten jetzt mithilfe von Wanderschuhen – wie immer mit zu viel Erde zwischen dem Profil der Sohle – in die Tat umgesetzt werden. Überlegungen sind in Ordnung, aber wenn sie direkt in den Wald führen, dann gibt es für Justus keinen Grund, zu Hause zu bleiben.

Noch schnell den verbeulten Messingkompass im Holzkistchen im Regal gesucht und eingepackt. Nicht, dass er wüsste, wie er ihn bei der Aktion sinnstiftend einsetzen könnte, aber irgendetwas in seiner Erinnerung geht von einer eventuellen Nützlichkeit aus. Normalerweise reichen ein Taschenmesser und ein Stück Kordel, aber so ist es heute einmal die große Spezialausstattung. George II. muss er nicht rufen. Der weiß die Abfolge der Geräusche für eine sichere Analyse der nächsten Aktion seines Herrchens zusammenzusetzen. Noch kurz einen Blick ins Wohnzimmer geworfen. Seine Mutter sitzt unbewegt mit Blick aus dem Fenster. Auch wenn sie ihn so nur aus dem Winkel sehen kann, nickt sie, als er ihr zuwinkt.

Justus nimmt vom Forsthaus aus einen kleinen Pfad

vorbei an ein paar Haselsträuchern, um rasch auf den großen Weg zu gelangen, der ihn zur Jagdhütte bringt.

Was wurde früher alles aus Haselsträuchern gemacht: Ruten und Verstärkungen für Lehmwände. Und heute, was könnte man Kindern sagen, um sie für die Natur zu interessieren? Wahrscheinlich bliebe da nur Nutella.

An der Jagdhütte angekommen, wirkt diese so verlassen, als wäre dort seit Jahren kein Mensch gewesen. Alle Fensterläden sind geschlossen. Der krasse Gegensatz zu den hektischen Geschehnissen in der Mordnacht. Justus versucht, sich zu orientieren. In welcher Richtung liegt der alte Steinbruch, an dem die Drohne ihren Flug in der Krone einer alten Eiche unfreiwillig beendet hat? Nach einer kurzen Orientierung beschließt er, hinter der Jagdhütte in den Wald zu gehen und dann möglichst gerade bis zum Steinbruch – zumindest dahin, wo er ihn vermutet. Sofort fühlt sich der Boden anders an. Das Laub dämpft beim Auftreten, und das Rascheln begleitet jeden Schritt, wohingegen die kleinen, vom Wind abgebrochenen Ästchen beim Darauftreten mit einem kleinen Knacken auf sich aufmerksam machen. Nur Moosplacken sorgen für unerwartete Stille beim Vorwärtskommen. Allmählich wird es steiler und damit mühsamer. Lockere Steine am Boden müssen vorsichtig umgangen werden. Und zusätzlich muss die Richtung gehalten werden! Der Versuch, hier den Kompass in Anschlag zu bringen, erweist sich als wenig hilfreich. Die kleine, gebläute Nadel mit der roten Spitze wackelt auf der Achse wie Flatterband im Wind. War trotzdem eine nette Idee. Jetzt machen Büsche, die rücksichtslos seiner eingeschlagenen Richtung entgegenstehen, das linealgerade Vorankommen unendlich schwer. Justus zweifelt mehr und mehr an der Sinnhaftigkeit seines Tuns. Und überhaupt, wie viele Meter sind das bis jetzt gewesen? Achtzig, hundertzwanzig oder hundertvierzig? Justus setzt sich auf einen umgestürzten Baum. Ein kurzer Pfiff. George II. muss auch kommen. Justus' Blick geht in die Baumkronen. Im Graublau darüber muss das Ding am Abend der Jagd seinen tödlichen Flug absolviert haben.

Okay, vielleicht wäre es die bessere Idee gewesen, vom Absturzort der Drohne am alten Steinbruch zur Jagdhütte zu laufen. Da wäre es zumindest abwärts gegangen. Aber wenn Justus sich die Situation als ein altes, übergroßes Schlachtengemälde wie »Die Übergabe von Ulm« vorstellt, dann ist es einfacher, vom kleinen Objekt aus das größere zu suchen als umgekehrt, besonders wenn man auf dem Weg nicht präzise die Richtung einhalten kann. Er macht also trotz Steigung alles richtig. Ein kurzes Kraulen von George II. hinter den Ohren, und weiter geht es. Hinauf.

Zum Glück nehmen die dichten Büsche – am lästigsten die Weißdornbüsche – ab, und Bergahorn, Hainbuchen und Eichen stehen in einem angenehmen Abstand. Selbst einige Stechpalmen haben sich hierher verirrt. Das hätte Justus nicht vermutet. Er kommt besser voran, aber vom Steinbruch und den großen alten Eichen keine Spur. Eigentlich müsste er doch längst da sein? Er ist jetzt seit einer halben Stunde unterwegs. Selbst wenn er durch die Steigung an manchen Stellen nur zwei Kilometer in der Stunde anstatt vier Kilometern wie auf ebenem Terrain vorangekommen wäre, so ist er doch seit einer Viertelstunde deutlich weiter als die Reichweite von fünfhundert Metern einer Drohne entfernt.

Außer natürlich, er hat sich getäuscht und ist nicht in direkter Linie auf den Steinbruch zugegangen. Dagegen spricht die Steigung. Wenigstens hat er so einen eher unbekannten Teil des Reviers besser kennengelernt. Umsonst ist es also nicht. Doch ein Ergebnis in Form eines Orts, von dem die Drohne gesteuert wurde, wäre natürlich schöner. Justus setzt sich ein Ziel. Noch zehn Minuten in dieser Richtung. Wenn er dann nicht am Steinbruch ist, hilft nichts: Er wird den Rückweg antreten müssen.

Unter dem Liebesgurren zweier Ringeltauben – können die denn nie genug kriegen? – stapft Justus weiter. Nach einem kurzen Stück abwärts an einer Gruppe von Feldahorn vorbei öffnet sich der Wald, und er kann den Steinbruch sehen. Gut, er ist noch hundert Meter entfernt, und das auf der linken Seite, aber das passt schon. Justus ist stolz auf sich, und das ist wirklich selten, aber aus seiner Sicht auch nicht zu selten.

Er beschließt, nun den Wanderweg zu nehmen, der ihn weiter zum Distelweg bringt, um von da aus wieder zum Forsthaus zurückzugelangen. Beim Glockenschlag zwölf von der Lahnberger Kirchturmuhr steht er wieder vor der Kastanie, der stummen, aber erhabenen Beschützerin des Fachwerkhauses.

Kapitel 29

Eine DNA, die im Waldarbeiterwagen gefunden worden ist, stammt tatsächlich vom ersten Mordopfer Bernd Huckner. Die Kommissarin hat ihren Quasichef zur Beantragung der Exhumierung überreden müssen. Der hatte aus Angst vor einer mit Ergebnislosigkeit einhergehenden neuerlichen negativen Presse zunächst die Sache abgetan, letztlich dann aber doch zugestimmt. Was für ein schöner Erfolg ist das für ihn! Dies erfährt Justus von Friederike Mahr, die wegen einer weiteren Baumaßnahme im Wald (nein, dieses Mal kein Hochsitz, sondern eine ziemlich schräg stehende Esche, deren Krone unerbittlich und gefährlich die Nähe der Landstraße sucht) bei ihm vorbeigekommen ist.

Was hat der Huckner bloß im Waldarbeiterwagen gemacht?, fragt sich Justus, der die Frage an die Försterin, wo sie schon mal da ist, weitergibt, ohne wirklich eine Antwort zu erwarten.

»Woher wusste der Huckner überhaupt von dem ollen Wagen und wo der Schlüssel zu finden ist?«, rätselt Justus eher planlos weiter in Richtung der Försterin, die sich entspannt an ihr Auto lehnt.

»Das kann ich dir sagen.«

Ein erstauntes »Wie?« bei solch angekündigter Informationsdichte ist die Reaktion von Justus. Endlich mal eine Frage, auf die es eine Antwort geben sollte? Justus schaut Frieda ungläubig an, etwa so wie vor fünfunddreißig Jahren, als sie ihm verriet, dass sie ein Tagebuch schreibt und er darin vorkommt. Aber auch schon damals war alles gut ausgegangen. Jetzt lässt die Försterin die Bombe platzen:

»Der Vater vom Huckner war ein paar Jahre hier im Revier als Waldarbeiter tätig gewesen. Da kannte er selbstverständlich den Wagen.«

»Und«, ergänzt Justus, »natürlich auch das Versteck des Schlüssels im Nistkasten. Genial!«

»Ja, da wird *deine* Kommissarin staunen«, setzt nun Frieda süffisant nach. Justus, der die augenscheinliche Gunst der Stunde, solange noch vorhanden, nutzen will, fragt deshalb bei seiner persönlichen Huckner-Expertin nach: »Weißt du zufällig auch, ob der Huckner einen Sohn hatte?«

»Also meines Wissens nicht. Das war auch nie ein Thema. Wüsste ich. Der hatte keine Kinder. In Frankfurt mag das anders sein, aber hier in Lahnberg kennt man sich noch.«

Wenn das mal so stimmt, denkt Justus. Zwei Mordopfer in kürzester Zeit, da scheinen ihm doch Zweifel berechtigt zu sein.

»Na, dann hast du jetzt ja ein Gesprächsthema mehr mit *deiner* Kommissarin.« (»Deiner« Kommissarin zum zweiten Mal in zehn Minuten, das war jetzt aber überdeutlich und so nicht nötig, findet Justus, aber okay, wenn man sich so lange kennt wie er und die Frieda, sei's drum.)

»Und wenn du mal eine halbe Stunde Zeit hast, dann könnte ich dich sehr gut gebrauchen«, bittet er Frieda, da sie sich anschickt einzusteigen, um weiterzufahren. Sie zeigt keine sichtbare Reaktion, antwortet beim Einsteigen aber äußerst nebensächlich: »Morgen Nachmittag sieht's ganz gut aus. Meld dich einfach.« Der Motor wird gestartet, Friederike Mahr fährt weg. Ein wenig mehr Interesse hätte Justus schon erwartet.

Bevor er sich wieder seiner Mutter und den Krakenarmen des Hauses Odilie widmen muss, kann er der Versuchung nicht widerstehen, die Kommissarin über die Causa Huckner zu informieren. Also Kontakte im Handy aufgerufen – ja, so weit war man schon mal – und »Helliger, Kathrin« angewählt. Wie eigentlich immer: die Stimme der Mailbox oder, wie man früher sagte, des Anrufbeantworters. Ist aber wie immer eine Frau. Also doch eher der Anrufbeantwortende. Sein Genderseminar leistet im Untergrund seine subkutane Arbeit, findet er. Wieder die gleiche Situation kurz vor dem Signalton: Was erzählen? Nicht zu viel, nicht zu wenig, nicht zu wichtig, aber auch nicht zu unwichtig und dann auch noch fehlerfrei. Anspannung! Diesmal entscheidet sich Justus für diesen Textbeitrag: »Liebe Frau Helliger, könnten Sie mich bitte mal zurückrufen, es geht um etwas Neues. Gruß, Justus Hauer.«

Super, was sollte sie mit »etwas Neues« anfangen? Ist das dienstlich oder privat? Also ungenauer geht es für eine die Präzision liebende Kriminalfachfrau nicht. Justus ist mit sich nicht zufrieden, was womöglich auch daran liegt, dass er mit seiner Mutter die schwierige Lage unmissverständlich klären muss, heute! Der hereinkommende Anruf der Kommissarin bietet da eine mehr als gern angenommene Ablenkung. Außerdem hat er ja was zu vermelden.

»Hallo, Herr Hauer, was gibt es denn?«, ist das Erste, was sie, das »Neue« bewusst auslassend, Justus bei ihrem Rückruf fragt. Sehr neutral, wie Justus findet. Justus erklärt ihr, dass das erste Mordopfer, von dem ja DNA-Spuren in seinem Waldarbeiterwagen gefunden worden sind, diesen Wagen wohl gekannt hat, da dessen Vater vor vielen Jahren als Waldarbeiter im Revier tätig gewesen war. Dementsprechend sei bestimmt auch das Versteck des Schlüssels bekannt gewesen. Schon beim Reden findet Justus, dass das keine echten Breaking News sind. Deshalb fügt er, ohne eine Reaktion abzuwarten, hinzu: »Und übrigens hatte Huckner keinen Sohn.«

Die von Justus so trefflich betriebene Auflösung der Sachlage wird jedoch durch nur einen Satz kurzerhand ausgehebelt, denn die Kommissarin bemerkt nur trocken: »Und woher kommt dann die DNA seines Sohnes im Waldarbeiterwagen?« Ende der Durchsage. Justus fühlt sich leer. Genau wie sein Kopf.

»Ja, sorry, ich wollte nur Bescheid gegeben haben.«

»Vielen Dank«, kommt es von der anderen Seite. Tonart: Ja, schon danke, aber etwas mehr Substanz hätte gutgetan. Nervte der LKA-Mensch wieder? Wahrscheinlich!

»Wie kommen Sie bei Ihrer Mutter voran?«, fragt sie unvermutet und mit einem herzlichen Unterton.

»Ehrlich: Ich muss jetzt dringend weiterkommen, aber weiß noch nicht wie.«

»Oje!«, dann Stille.

Justus weiß, alles ist nun gesagt. Er verabschiedet sich nett und zügig zugleich.

Kapitel 30

Wie seiner Mutter das Pflegeheim Haus Odilie in Nassau nur schmackhaft machen? Nach den Schilderungen der Kommissarin vom unerwartet kurzen Heimschicksal ihres Vaters muss er sich selbst dazu überwinden. Aber ohne Alternative muss er auf dem eingeschlagenen Weg weitergehen. Bis zum Ende? Etwas krampft sich in Justus zusammen. Doch die Sommerferien sind in sehr absehbarer Zeit definitiv zu Ende. Justus lässt sich zum Weiteren eher treiben, als dass er einen klar umrissenen Plan vor Augen hat. Vielleicht noch einmal mit ihr durch den Prospekt gehen? Die sollen den ja nicht umsonst so aufwendig gestaltet haben. Justus entscheidet sich für Improvisation, schnappt sich einen Becher Apfelsaft und öffnet die Tür zum Wohnraum. Friedliche Stille. Seine Mutter wendet den Kopf zu ihm, ob interessiert oder einfach nur als Reflex, bleibt ihr Geheimnis. Der Wiesenblumenstrauß auf dem kleinen Tisch neben ihr wirkt so sorglos wie »Das große Rasenstück« Dürers. Die linke Hand mit den sich deutlich abzeichnenden Venen liegt auf dem geschlossenen Fotoalbum, die rechte Hand scheint zwischen zwei Seiten im Fotoalbum zu liegen.

»Wie geht es dir?«, fragt Justus und setzt sich neben sie auf die breite Lehne des Sessels.

Sie schaut ihn ernst an.

Noch ein Versuch: »Na, Frau Hauer, ist alles gut?«

Die ernste Miene bleibt.

Ein letzter Versuch: »Hast du im Fotoalbum geblättert?«

Der Blick wechselt von ernst zu verschreckt. Die Augen wirken etwas starrer. Justus stutzt. Er sieht auf die Hand, die wie ein Lesezeichen zwischen den Seiten liegt.

»Darf ich mal schauen?«

Er öffnet vorsichtig das Album. Als sie die Hand von der Seite nimmt, sieht Justus, dass neben dem Foto von ihr und ihrer schwangeren Freundin mit der Brosche nun das Foto liegt, das bei der Jagd in Dausenau entstanden war und seine Mutter, ihren Mann, ihre Freundin und zwei Jäger zeigt. Normalerweise ist dieses Jagdfoto der Chronologie folgend weiter vorne im Album einsortiert. Nun ist es entnommen und liegt neben dem Foto der beiden schwangeren Frauen. Justus ist irritiert. »Warum hast du das Bild dazugelegt?«, wendet er sich zu ihr.

»Ich bin müde. Kannst du mich zur Couch bringen?« Er weiß, so wird das nichts mit Odilie und seiner Mutter.

Um sich Luft zu verschaffen, schreibt er eine Mail an das Pflegeheim. Ja, Frau Charlotte Hauer, geboren am 28. September 1945, wird – was er nach kurzem Überlegen in »möchte« ändert – am Montag, den 30. August, einziehen. Er bittet um Zusendung des Vertrags et cetera pp.

Nach einem konspirativen Rundgang auf der Lieblingsstrecke von ihm und George II. am Waldrand entlang beschließt er, heute doch noch einmal mit Gerda zu sprechen. Die beiden Fotos gehen ihm einfach nicht aus dem Kopf. Warum hat seine Mutter diese Fotos zusammengelegt? Was ist das große Geheimnis dieser unscheinbaren Brosche?

Als Gerda zur gewohnten Stunde um halb sechs das Forsthaus betritt – warum werden die Vorbereitungen für die Nacht immer schon am späten Nachmittag erledigt? –, lässt er sie zunächst alle üblichen Verrichtungen vornehmen, ohne in Erscheinung zu treten. Er fragt sich, wer die Nachfolge sein wird, wenn Gerda im nächsten Monat bei dem Pflegedienst aufhört. Es dauert einige Gedanken, bis ihm auffällt, dass das ja unerheblich ist, weil seine Mutter im nächsten Monat ins Heim gewechselt sein wird. Das ist auch für ihn wohl noch unvorstellbar.

Nachdem sich Gerda von seiner Mutter verabschiedet hat, passt er den Augenblick ab, als sie den Flur betritt, und fragt, ob er kurz mit rauskommen dürfe. Sie antwortet: »Ja«, macht aber sehr dezent deutlich, dass ihr Zeitplan eigentlich keine Zeit für Plaudereien vorsieht.

Als sie vor ihrem Auto steht, fragt Justus: »Gerda, darf ich Sie noch einmal was wegen der Brosche fragen?«

»Ja klar!«, antwortete sie, während ihre Hände den Griff der Autotür suchen.

Justus weiß, dass er auf den Punkt kommen muss. »Wie sind Sie zu der Brosche gekommen, die so ähnlich aussieht wie die auf dem Foto mit meiner Mutter und deren Freundin?«

Gerda scheint sich zu sammeln; sie zögert einen Augenblick, bevor sie sich äußern kann. »Das ist kein Geschenk oder sonst etwas, was man gerne in Erinnerung hat. An meinem achtzehnten Geburtstag wurde ich aus dem Erziehungsheim für Mädchen in Montabaur entlassen. Die Leiterin hat sie mir mit den Worten überreicht: ›Von Ihrer Mutter.‹ Ich nahm sie einfach und steckte sie ein. Ich wollte nur schnell raus aus dem Bau. Es war eine schreckliche Zeit. Von meiner Mutter hatte ich bis dahin nichts gehört. Mir wurde nur gesagt, dass sie tot sei. Als Kind gab's da nichts weiter zu fragen.«

Justus versteht sofort. Das ist eine Mauer, die kein Kindergedanke durchdringen kann.

»Da das Datum auf der Brosche der 12. März 1968 ist und ich am 12.3.1986 rauskam, denke ich, dass es mein Geburtsdatum ist. So steht es auch im Pass. Das eingravierte G steht wohl für Gerda, also meinen Namen. Das war mein letzter Tag im Heim.«

Sie senkt den Kopf, steigt ein und lässt Justus in einer ihm sehr unbekannten Stimmung zurück. Er geht ins Haus und nimmt noch einmal das alte Fotoalbum in die Hände, öffnet es und schaut sich die beiden Fotos an, die seine Mutter zueinandergelegt hatte. Justus blättert im Album nach vorne, um die Seite zu finden, von der das Gruppenfoto entnommen worden war. Unter dem nun leeren Feld, das nur noch von vier einsamen Fotoecken markiert ist, steht in der bekannten Schreibschrift »Große Jagd in Dausenau, 14.6.1967« – und unter den drei rechts außen die Namen »Bernd, Gertrud, Herbert« und – in Klammern mit Bleistift – »ein Spießbock 150 m!«. Letzteres hatte wohl sein Vater dazugeschrieben. Ganz die Försterdynastie, denkt Justus lächelnd. Aber was war in den Monaten zwischen den beiden Fotos passiert? Immerhin waren auf dem zweiten Foto beide Frauen sichtbar schwanger. Und warum liegen gerade diese beiden Fotos nun beieinander? Ist das ein dementer Zufall wie neulich die Tabletten in der Gießkanne?

Gerda fängt an, ihm leidzutun. Was für ein persönliches Leid muss so ein Mensch bewältigen, wahrscheinlich noch täglich. Wenn er ihr nur zu mehr Klarheit verhelfen könnte! Also noch mal zurück zum späteren der beiden

Fotos: Wenn die Schwangere auf dem Foto mit seiner Mutter die Mutter von Gerda wäre und die Bemerkung »Zwillinge« zutrifft, dann müsste sie eine Schwester oder einen Bruder haben. Eine Schwester, so folgert Justus, wäre vermutlich im selben Heim gelandet. Wenn es nun aber ein Bruder war? Wohin wäre der gegeben worden? Justus nimmt Fahrt auf. Er geht in sein Arbeitszimmer und schaltet den Computer an. Er googelt »Heim Jungen Rhein-Lahn-Kreis«. Kein Ergebnis. »Heimkinder Lahn-Kreis.« Ergebnis: ein Heim für Buben (Waisen- und Findelkinder) in Diez (seit 1986 geschlossen). Na bravo, denkt Justus. Und jetzt? Für den Augenblick hat er keinen Plan. Soll er jetzt Stadtverwaltungen kontaktieren und Archive durchstöbern? So weit geht sein Interesse dann doch nicht. So ehrlich ist er schon.

Was gibt es noch an Konkretem zu erledigen? Ihm fällt ein, dass Frieda am nächsten Nachmittag Zeit für ihn hat. Er ruft sie an und verabredet sich mit ihr am morgigen Donnerstag um siebzehn Uhr am Fünf-Wege-Platz. Sie fragt nicht einmal warum. Das mag Justus.

Kapitel 31

Justus hat ein schlechtes Gewissen, wenn er an das Treffen mit Frieda denkt. Sie ist immer so umsichtig und dabei nahezu unsichtbar, wenn es darum geht, Dinge im Revier, die zu erledigen sind, vorzubereiten, und dann auch noch so verständnisvoll, wenn Justus deutlich mehr Zeit als angenommen für die Umsetzung braucht. Deshalb beschließt er, gleich am Morgen vor dem Treffen im Wald noch einmal nach Bad Ems zum Bauunternehmer Körner zu fahren, ob Senior oder Junior, beide sind ihm heute recht, um noch ein weiteres Mal wegen der Bauarbeiten – zum günstigen Tarif mit Baranteil – zu sprechen. Da der Senior ein guter Jagdfreund seines Vaters war, nimmt er das Fotoalbum mit. Vielleicht weiß Körner senior ja etwas von der schwangeren Gertrud. Das könnte helfen, das Schicksal von Gerda – und das ihrer Mutter – etwas zu erhellen. Die Fahrt nach Bad Ems dauert. In der Urlaubszeit sind besonders viele Wohnmobile unterwegs, die nur schwerlich überholt werden können. Einerseits kann Justus es natürlich verstehen, dass Menschen aus der Stadt gerne das besonders jetzt im Sommer so idyllische Lahntal besuchen, aber hinter so einem fahrenden Wohnzimmer herzuschleichen macht ehrlich keinen Spaß. Geduld steht Justus schlecht. Die Qualität der Straßen ist so mäßig, wie sie klein sind. Justus mag den fächrigen Saum, den die Farne zwischen Wald und Straße bilden. Erstaunlich ist es immer wieder, wenn mitten im Wald vier enge Sträßchen einer Verschwörung gleich eine Kreuzung bilden.

Als er endlich beim Firmengebäude der Körner Baugesellschaft GmbH angekommen ist, fragt er nach dem Eintreten im ersten Büroraum, der an den Flur angrenzt, eine junge Frau am Computer nach dem Boss. Er darf sich aussuchen, welchen. Natürlich lässt er sich zum jungen begleiten. Der hat alle Arbeiten im Blick und kennt die Planung. Friedrich Körner begrüßt Justus mit großer Freundlichkeit, was zu einem beträchtlichen Teil seinem schlechten Gewissen geschuldet sein mag, dass der Waldweg immer noch nicht in Ordnung gebracht ist und dass das – noch wichtiger – auch dem Senior nicht gefallen würde, wenn er es von Justus erfährt. Er sagt Justus zu, dass der Waldweg innerhalb der nächsten zwei Wochen so hergerichtet wäre, dass er mit Rollschuhen darauf Pirouetten drehen könne. Na, wenn's denn mal so ist, denkt Justus und verabschiedet sich, um beim Senior vorbeizuschauen.

»Wo ist er denn?«, fragt er den Junior.

»Der ist im oberen Büro. Da plant er die nächste Umweltaktion. Hat jetzt im Alter auf Revoluzzer umgeschult«, kommt es nicht ohne Sarkasmus vom Junior.

Justus findet ohne Schwierigkeiten den Weg ins obere Stockwerk und begrüßt den alten Körner. Wenn sein Vater doch auch so alt geworden wäre. Erst im Lauf der letzten Jahre ist ihm aufgefallen, was er ihn alles nicht gefragt hat, als er noch lebte.

Nach dem allgemeinen Austausch fasst sich Justus ein Herz und erklärt ihm, warum er das Fotoalbum seiner

Mutter mitgebracht hat. War keine gute Idee. Der alte Körner schaut sich voller Begeisterung Seite für Seite, Foto für Foto an und gibt sich hemmungslos seinen Erinnerungen hin. Bemerkungen, Kommentare und ausführliche Beschreibungen nehmen Fahrt auf und befeuern sich gegenseitig. Justus läuft die Zeit davon. Deshalb blättert er zum Foto, das seine Mutter und die schwangere Gertrud zeigt.

»Wissen Sie irgendwas über sie, die Frau hier neben meiner Mutter?«

Körner senior, immerhin schon stolze sechsundachtzig Jahre alt, zögert und ist sichtlich bemüht, irgendeinen brauchbaren Gedanken in seiner Erinnerung zu finden. Er nimmt die Brille ab, um sie gleich danach wieder aufzusetzen und einen zweiten Blick auf das Foto zu werfen. Da passiert aber nichts. Schließlich sagt er: »Tut mir leid, das sagt mir ehrlich gesagt nichts. Gibt's noch ein anderes Foto von ihr?«

Justus denkt kurz nach und blättert ein paar Seiten vor zu dem Bild mit der Jagdgesellschaft. Er hält das Fotoalbum Körner senior hin. Ein kurzes Lächeln gleitet über sein Gesicht: »Ja, der Bock, ich erinnere mich genau. Ein Blattschuss auf hundertfünfzig Meter. Das muss deinem Vater erst einmal einer nachmachen.«

Justus lenkt das Interesse auf die junge Frau auf dem Foto. Körner sieht sie sich genauer an. Kopfschütteln.

»Es war damals eine größere Jagd mit viel Feierei danach. Wenn Sie mich nach dem Huckner da links neben dem Fräulein gefragt hätten, dann hätte ich etwas sagen können, aber so fällt mir nichts ein.«

Justus ist elektrisiert, vermeidet aber, das zu deutlich zu zeigen. Um sicher zu sein, fragt er nach: »Ist das Bernd Huckner?«

»Ja klar! ›Bernd‹ steht doch auch unter dem Foto. Sein Vater war Waldarbeiter bei deinem Vater. Also das sollte ich schon wissen, wer das ist. Aber das Beste war dein Vater. Ein Spießbock auf die Entfernung, das vergisst man nicht.«

Damit war alles gesagt.

Justus hat zwar nicht das erfahren, weswegen er gekommen ist, aber dass das Mordopfer Bernd Huckner auf einem der Bilder im Fotoalbum seiner Mutter ist, findet er irgendwie merkwürdig und befremdlich. In dem jugendlichen Alter hätte er Huckner nie erkannt. Verrückt.

Wieder im elterlichen Forsthaus angekommen, bleibt kaum Zeit, denn er will ja noch die Försterin seines Vertrauens im Wald treffen. Es geht um eine Aufforstung und die Frage, welche Baumsorte dafür genutzt werden solle. Früher wäre das einfach gewesen, aber heute. Klimawandel! Und dann will er sie auch noch etwas anderes fragen.

Friederike machte ein paar vernünftige Vorschläge für die Anpflanzung neuer Bäume, die erkennen lassen, dass sie knietief in der Materie ist.

»Kannst du dir vorstellen, dass ich jetzt immer wieder erklären muss, warum ›fremde‹ Baumsorten gut für den Wald sind?«

Justus schaut ungläubig. Der *deutsche* Wald!

Nicht einfach nur neue Baumsorten aus dem Süden Europas seien sinnvoll. Besonders im Osten gibt es Baumarten, die auch einen späten Frost im Frühjahr aushalten. Allerdings müsse die Wiederaufforstung auch finanzierbar bleiben. Nicht ganz einfach, wenn das finanzielle Ergebnis erst achtzig bis hundert Jahre später feststeht. Okay, warum nicht also einen lockeren Versuchsmix aus Zerreiche, die aufgrund ihrer mediterranen Herkunft gut mit Hitze umgehen kann, Griechischer Tanne, die gut in kargen Felsböden wurzelt, und Rosskastanie, die sich wacker in unserem Klima schlägt und die man bis jetzt eher als Park- und Alleebaum kennt? Daneben natürlich auch Hainbuchen und Bergahorn als verlässliche Größen.

Nur gut zehn Minuten von der aufzuforstenden Fläche entfernt ist die Lichtung am Taubenkopf mit der bekannt baufälligen Kanzel. Die ist, typisch Justus, noch immer nicht repariert, aber er erklärt, dass er sonst die Polizeiarbeit behindert hätte, wenn er daran herumgewerkelt hätte.

Er bittet Friederike, sich genau an die Stelle zu stellen, an der Huckner tödlich getroffen wurde.

»Darf ich dich mal was fragen?«

»Jetzt bin ich aber gespannt ...«, entgegnet Frieda.

»Wenn du hier jemanden treffen willst?«

»Ja?«, kommt es zweifelnd von der Försterin, die nur auf das schießt, was ein Fell hat.

»Wenn du siehst, wie die Stelle hier eingewachsen ist, da der Ahorn, da die Buchengruppe, da die Ebereschen« – dabei fährt Justus mit dem Arm einen Halbkreis nach –, »dann denke ich, dass der Huckner dort absolut still gestanden haben muss. Genau an der Position. Sonst wäre der Schuss von irgendeinem Ast abgelenkt worden.«

»Ja, sehe ich auch so«, kommt es wie selbstverständlich von der Försterin.

»Aber wie bekomme ich es hin, dass da jemand superexakt steht, sodass ich«, Justus erschrickt bei dem Wort »ich«, aber egal, »so gezielt meinen Schuss abgeben kann?«

»Festbinden?«, kommt es, mit ironischem Unterton garniert, zurück.

»Ich mein schon, ohne dass es jemand merkt?«

»Na, vielleicht genau wie wir jetzt. Du erzählst mir was von dem Superschuss, und ich stehe hier wie festgenagelt.«

»Aber dann wäre ja derjenige, der neben dem Opfer gestanden hätte, nicht der Mörder, oder?« Justus merkt, dass er sich mit seinen Vermutungen verläuft. Also bläst er zum Rückzug. Friederike ist sichtlich froh, den Platz, an dem sie als Mordopferattrappe gestanden hat, unverletzt verlassen zu können.

»Und an die Reparatur des Hochsitzes denkst du noch?!?« Ganz die Frieda, wie er sie kennt, und die nun in aller Ruhe in ihren dunkelblauen Kombi einsteigt. Bei ihr passt alles zusammen, denkt Justus anerkennend. Bis hin zum Auto: geräumig, wenig auffällig, aber so zuverlässig.

Kapitel 32

Nach dem Frühstück will Justus etwas für die Umsiedlung seiner Mutter ins Heim tun. Konkret. Die Zeit drängt! Er beschließt, einmal durch ihr Zimmer, die Küche und den Wohnraum zu gehen, um in Augenschein zu nehmen, was sie unbedingt mitnehmen sollte, damit sie dort so viel Vertrautes wie möglich um sich hat. Die Kaffeekanne? Nein, Kaffee wird dort bestimmt aus der Großküche lauwarm gebracht. Welche der Bücher aus geschätzt zehn Metern Bücherregal? Soll sie selbst entscheiden? Schwierig, findet er. Der Tisch mit den Fotos, Kerzen, Vasen, Untersetzern und dem Serviettenhalter? Den Tisch kann er schon mal vergessen. Zu groß. Ein paar der Dinge würden wahrscheinlich Platz auf dem Regal aus Buchenimitat finden, das überall in Pflegeheimen links von der Tür angebracht ist. Justus merkt, dass das Problem in der Auswahl liegt. Durch die Beschränktheit des Raums wird es nur eine minimale Anzahl an Gegenständen sein können, die mit umziehen dürfen. Das sollte schnell zu leisten sein. Wenn man allerdings versucht, das Erinnerungspotenzial jedes Gegenstands einzuschätzen, um die optimale Auswahl zu treffen, könnte es doch ziemlich lang dauern. Das ist sozusagen das Stichwort. Schon das jetzt hier, dieser Rundgang mit der aufgesetzten Erinnerungsbrille, dauert ihm zu lange. Schwieriges Thema.

Zudem wird seine Zeit vor Ort knapp. Nur noch ein paar Tage, bis er sich einem neuen Schuljahr stellen muss. Er findet, dass dies Grund genug ist, um sich noch einmal mit der Kommissarin zu treffen. Noch einmal, bevor er wieder nach Frankfurt muss. Wann auch immer. Was die Morde in seinem Wald betrifft, gibt es momentan keinen Austausch mehr. Ein Anruf würde so doch ziemlich offen kenntlich machen, dass es ihm nun weniger um die Kommissarin als um Kathrin Helliger privat geht. Und mit seinen Sackgassen-Erkenntnissen, beispielsweise, wie Huckners Foto ins Album seiner Mutter gelangt ist, will er sich auf gar keinen Fall blamieren. Sosehr er auch fahndet, es gibt keinen dienstlichen Vorwand.

Bleibt als diplomatische Alternative noch das Handling des Umzugs seiner Mutter. Der steht zwar auf dem Papier, aber hier würde ihr bestimmt sehr schnell auffallen, dass es diesen so konkret gar nicht gibt. Und wenn sie sich privat vielleicht doch noch mit dem Jagdpächter Michael von Flachau trifft, besteht zusätzlich die Gefahr, dass seine Bemühungen einfach nur peinlich wirken. Sozusagen mit Zeugen. Justus dreht sich in seinen Gedanken im Kreis und befürchtet, bald aus der Kurve zu fliegen. Da er das Treffen aber anscheinend unbedingt möchte, vertraut er auf seinen Improvisationsmodus. Erst einmal die Nummer wählen, dann die Stimme hören – ja, und dann wird sich schon etwas ergeben. Sonst Notbremsung einleiten und auflegen. Er weiß, dass er kein Stratege ist, mag sich deshalb aber auch ein wenig.

Gesagt, gewählt. Die Tatsache, dass sie direkt dran ist

und wahrscheinlich seine Nummer auf dem Display identifiziert hat, kostet wertvolle Zeit. Kaltstart.

»Hier ist Justus Hauer …«

»Ich weiß.«

»Ich dachte, bevor ich wieder nach Frankfurt muss, hätten wir vielleicht noch einmal Zeit, uns zu treffen.«

Schweigen ihrerseits. Nun war er stolz, direkt so weit gekommen zu sein, und jetzt ist hier diese lähmende Stille.

Endlich sie: »Ja gerne, aber …«, das Wort »aber« mag Justus in diesen Zusammenhängen gar nicht, »… bei mir geht es nur heute, allerdings erst am frühen Abend.«

Justus ist von seinem unerwarteten Glück überrascht.

»Am Samstag muss ich zu meiner Familie.«

Wie … Familie?, arbeitet es in Justus.

»Ja, gut, wie sieht es aus um sechs bei mir im Forsthaus?«

»In Ordnung.«

»Bis dann!«

Justus ist froh, dass das Gespräch vorbei ist. Mit dem Ergebnis kann er allerdings gut leben.

So motiviert eilt sein organisatorisches Ich von Etappensieg zu Etappensieg: Ordner für das Haus Odilie anlegen, Planung für den Lehrplan des neuen Schuljahrs anfangen, Termin für George II. (Tierarzt, Knie rechter Hinterlauf, teuer) machen und To-do-Liste für den Wald nach den Aufträgen der Försterin anlegen. Justus ist mit sich und seiner Systematik zufrieden.

Kapitel 33

Jetzt steht als Belohnung für die organisatorische Meisterleistung ein Gang mit George II. in den Wald an. Ein Pfiff, und er ist nicht mehr allein. Obwohl die Post schon da gewesen war, bemerkt Justus beim Schließen der Haustür deutlich sichtbar einen Brief im Briefkasten. Er fingert ihn heraus. Schwarzer Rand, keine Briefmarke. So werden wichtige persönliche Briefe in Lahnberg ausgetragen. Da geht man selbst, da steht keine anonyme Organisation zwischen dem Schreibenden und dem Empfänger.

Justus reißt den Umschlag auf. Es ist die Einladung zur Trauerfeier und Urnenbeisetzung von Herbert Eisel. Sie ist in knapp zwei Wochen. Da ist er schon wieder in Frankfurt. Ein guter Grund, abzusagen, bemerkt er sein eigenes Einflüstern. Okay, der Tote kann auf seine Anwesenheit wahrscheinlich gut verzichten. Aber die Familie? Er mag nicht schreiben. Die gewählten Formulierungen würden sich wahrscheinlich von denen anderer Kondolenzbriefe nicht sehr unterscheiden. Und Herbert Eisel kannte er zwar, aber auch nur, weil er der Vater der Freundin seiner Schwester war. Bianca heißt sie, erinnert sich Justus. So gab es einen losen Kontakt, wenn zum Beispiel im Hause

Eisel fröhliche Kindergeburtstage oder später Partys gefeiert wurden. Justus will eine Entscheidung treffen, um im Wald nichts mehr durchdenken zu müssen. Ja doch! Er wird versuchen, noch vor seiner Übersiedlung nach Frankfurt einmal kurz bei Bianca vorbeizuschauen. Damit ist der Weg in den Wald frei, in dem sich George II. bereits, wie Justus feststellen muss, befindet. Er geht Richtung Rotbach, vorbei an einer kleinen Gruppe aus Robinien oder, wie sein Vater sie bezeichnete, Scheinakazien, was immer danach klang, als wären sie Hochstapler. In der vordersten haben Elstern in circa sieben Metern Höhe ein Nest gebaut, das, obwohl seit bestimmt fünf Jahren verlassen, allen Witterungseinflüssen standgehalten hat und immer noch wie bezugsfertig stabil in den Ästen verankert ist. Justus hat das Staunen nicht verlernt, wie Vögel ohne Grundschulabschluss das geeignete Material für den Nestbau finden und dann auch noch so zusammenfügen, dass daraus ein gemütliches Eigenheim wird. Wie ist so etwas möglich?

Dieser Art sind die Fragestellungen, in denen er sich bei seinen Waldspaziergängen verlieren kann. Er würde das natürlich anders nennen. Etwas weiter deutet Sägemehl neben dem Weg darauf hin, dass Frieda hier eine marode Esche hat fällen lassen. Die war wahrscheinlich nicht das letzte Opfer eines Pilzes, der sein tödliches Treiben mit dem poetischen Namen »Falsches weißes Stängelbecherchen« tarnt. Vom Stamm ist in der weichen Erde nur noch die Spur vom Abtransport zurückgeblieben. Dem Anschein der Spur nach muss es sich um ein stolzes Exemplar gehandelt haben, das da wie eine Leiche im Leichensack weggezogen worden ist. Justus geht zum Baumstumpf, um einen Blick auf die Jahresringe zu werfen. Da gibt es gute Jahre mit breiteren Streifen und sehr magere mit nur dünnen Linien. An den Rändern des Stamms zu sehen die Folgen der Fäule, einer graubraunen, gefräßigen Fäule, die verdeckt im Inneren des Stamms wütet. An abgestorbenen Trieben, häufig in großer Höhe, ist zu erkennen, dass der Pilz begonnen hat, sich von den Blättern aus über die Triebe Zugang zum Stamm zu verschaffen. Das mörderische Werk beginnt.

Wenn er bedenkt, dass bei den Eschen die Senkwurzeln gerade einmal anderthalb Meter in den Boden reichen ... Bei so hohen Bäumen eigentlich eine ziemlich instabile Angelegenheit, verglichen mit der tiefen Pfahlwurzel einer Eiche. Vielleicht gut, dass die Wanderer davon keine Ahnung haben.

Am Rotbach angekommen, steht George II. bereits mitten darin. Aber was ist das? Auf der anderen Seite, keine fünf Meter entfernt steht eine Ricke, maximal drei bis vier Jahre alt, bewegungslos. Justus ruft George II. im Flüsterton zu sich. Keine Reaktion auf der anderen Seite. Justus geht vorsichtig ans Bachufer, um das Reh besser betrachten zu können. Das ist doch nicht normal, keine Flucht! Dann kann Justus es sehen: Die Augen (sein Vater hätte ihm jetzt ein wenig zurechtweisend erklärt, dass es die »Lichter« des Rehs sind) sind matt. Da fällt ihm ein, Frieda hat ihm erzählt, dass sie ein blindes Reh gesehen und beschlossen habe, es in Ruhe zu lassen, da sie nicht sicher sei, ob es ein Kitz führt. Wenn die Ricke so lange überlebt hat, dann sollte das Kitz seine Chance haben. Mit etwas Mühe konnte sie auch den Jagdpächter Michael von Flachau davon überzeugen, ebenfalls den Finger am Abzug gerade zu lassen.

Justus setzt sich auf einen Stein und verfolgt die Ministrömungen und kleinen Wirbel des Rotbachs vor seinen Füßen. Seine Gedanken nehmen unmerklich die gleiche Form an.

Kapitel 34

Fünf vor sechs. Wie lange hat er die Kommissarin nicht gesehen? Sind wohl schon einige Tage. Ob zu viele oder zu wenige, das kann er nicht beantworten, staunt aber ein wenig über die Frage an sich.

Letzter Rundgang: Küche, Kühlschrank, Tablett, Wiese, Tischdecke, Stühle, Anordnung unter der alten Eiche. So könnte das jetzt auch Monet malen. »Das Frühstück« im Frankfurter Städel gehört für ihn bei jedem Rundgang zu den Highlights. Ihm fällt beim Blick über die Wiese noch Manets »Frühstück im Grünen« ein; das wird aber augenblicklich wieder zensiert. Bei Manet hat die Dame zwischen den beiden elegant gekleideten Herren nichts an.

Zwei Minuten vor sechs: kurzer Gang zu seiner Mutter, die zufrieden in ihrem Sessel sitzt und anscheinend den Blick durch das Fenster in den angrenzenden Wald gerichtet hat.

Sechs Uhr: nichts.

Um Viertel nach sechs endlich das bekannte Motorengeräusch, der bekannte Parkplatz. Kathrin Helliger scheint direkt vom Dienst zu kommen. Harter Gang, Jeans, Lederjacke und ein angespannter Gesichtsausdruck, der durch das streng nach hinten gekämmte Haar noch etwas kantiger wirkt. Sie entschuldigt sich. Der leitende Kollege, Herr Reber, habe kurzfristig einen anderen Job in Mainz übernehmen müssen. Deshalb bekam sie noch eine ganze Liste an kleinen Routineaufgaben bei den laufenden Ermittlungen. So etwas macht jeden Freitag zu einem perfekten Freitag. Justus findet den Ausdruck »laufende« Ermittlungen nicht so ganz passend. Sind doch eher »kriechende« Ermittlungen. Er behält das für sich, denn er will ihre Stimmung nicht zusätzlich trüben.

Da sie vom Dienst kommt, will Justus mit einer Frage eine Brücke bauen. Es fällt ihm nichts Besseres ein als: »Gibt's denn was Neues?«

Die Kommissarin, leicht genervt: »Nur Kleinkram: Bei der DNA in dem Wagen handelt es sich nun zu hundert Prozent um die von Vater und Sohn. Aber das habe ich vielleicht schon mal erwähnt. Was die Drohne betrifft, so ist diese schon höchst raffiniert gebaut. Extraleise Rotoren, die Halterung für die Pistole so präzise und solide, wie von einem Uhrmacher gefertigt, und bei der Pistole war alles weggefeilt, was auf ihre Herkunft hätte schließen lassen.«

Klingt wirklich nicht nach dem großen Wurf, denkt Justus insgeheim. Wenn jetzt der Kollege für etwas anderes abgezogen wurde, kann das auch bedeuten, dass im Augenblick bei den Lahnberger Morden die Erfolgsaussichten, den Mörder in absehbarer Zeit zu finden, eher gering eingeschätzt werden. Justus überlegt kurz, um dann zu fragen: »Ist es richtig, dass sich so eine Drohne aus etwa fünfhundert Metern steuern lässt?«

Kommissarin Helliger ist von der Frage überrascht, das entgeht Justus nicht. »Ja, das ist das, was ich in Erfahrung gebracht habe.«

»Die Drohne muss aber beim Absturz zwischen achthundert und tausend Metern von der Jagdhütte entfernt gewesen sein.«

Die Kommissarin stützt das Kinn auf die linke Faust. »Ist das wahr? Wie ist das möglich? Wie kommen Sie darauf?«

Justus erklärt ihr, wie er neulich versucht hat, den Weg zwischen Jagdhütte und Absturzstelle abzugehen.

»Stimmt, wenn der Pilot sie zu sich zurückgesteuert hätte, damit er sie wieder fein säuberlich ins Auto packen kann, dann wären nicht mehr als die fünfhundert Meter als Entfernung drin gewesen. Schon merkwürdig!«

Justus fühlt sich ernst genommen. Und das von diesem Gegenüber! In dem Fall meint er mehr die Kommissarin als die Frau, die sehr manchmal privat mit ihm sprach.

»Vielleicht wollte er sie ja gar nicht zu sich zurücklenken.«

»Das heißt, er hat sie abstürzen lassen?«, fragt die Kommissarin erstaunt nach. Sie schaut Justus mit fragenden Augen an.

Er ist kurz irritiert, schafft es aber rechtzeitig, wieder den Gesprächspfad zu betreten. »Na ja, vielleicht nicht exakt an dieser Stelle, er wollte sie vielleicht einfach bloß weit weg fliegen lassen.«

»Und warum?« Kathrin Helliger sucht wieder eine Strähne, die sie mit dem Zeigefinger – heute mit rosa Nagellack verschönert, wie Justus bemerkt – zur Locke umarbeiten kann. Stille. Kathrin Helliger steht unvermittelt auf. »Da gibt es eigentlich nur eine Möglichkeit. Der Mörder war irgendwo bei der Jagdhütte, also direkt in unserer Nähe, um die Drohne präzise steuern zu können. Es war immerhin Abend und dunkel. Deshalb konnte das Ding nicht wieder bei ihm landen. Außerdem brauchte er ja noch Zeit, um das Auto von Eisel mit Blut zu beschmieren und den Tannenzweig unter den Scheibenwischer zu klemmen. Und überhaupt, warum diese ganze Inszenierung?«

»Und jetzt?«, fragt Justus, dem es gerade etwas zu kompliziert wird. Außerdem wieder nur der Mörder als Thema. Da sind doch die braunen Augen und der verspielt wirkende Zeigefinger, der auch mal ohne einen Abzug auskommt.

»Wir müssen schauen, ob jemand vor Ort war, der nicht zu den Jägern gehörte. Ich meine, wir haben ja die ganzen Listen wegen der Jagdberechtigung, der Versicherung und so weiter. Aber wer war noch vor Ort, der nicht gejagt hat?«

»Na, ich zum Beispiel, und Sie ja auch«, kann es sich Justus nicht verkneifen zu bemerken, vermeidet aber, das Bild mit dem Hinweis, dass sie ja bestimmt auch nicht auf der Pirsch gewesen sei, zu überdehnen.

»Wahrscheinlich sollte ich mir die Listen daraufhin noch einmal genauer anschauen, oder waren das alles Leute, die man hier kennt?«

Justus denkt nach. Nach einem kurzen Augenblick sieht er Kathrin Helliger direkt an: »Die Gäste der Jäger wechseln natürlich ...« Er schmunzelt, hält aber ihrem Blick stand. »Die Helfer kommen alle aus dem Ort.«

»Und das Catering, der Koch und das Personal, sind die aus Lahnberg?«

»Nein, dieser Caterer war zum ersten Mal dabei. Ich glaube, er kommt aus Nassau. Ich kann das aber gerne bei dem Jagdleiter in Erfahrung bringen. Den kenne ich ganz gut.«

»Ja, das ist im Augenblick vielleicht einfacher und schneller, als wenn ich das so hochoffiziell mache.«

Justus hilft gerne. Da ist er sehr gerade, da muss er nicht lange nachdenken. Aber nun will er endlich die Information loswerden, deretwegen er in Bad Ems gewesen ist.

»Im Fotoalbum meiner Mutter befindet sich übrigens ein Bild vom ersten Mordopfer, Bernd Huckner.«

»Wie kommen Sie denn darauf?«, kommt es etwas lauter als erwartet von der Kommissarin zurück.

»Ich zeig es Ihnen. Ich hole kurz das Fotoalbum.«

Seine Mutter nickt wohlwollend, als er das Fotoalbum aus dem Stapel der Bücher auf dem Beistelltisch zieht.

Er blättert das Foto von der Jagdgesellschaft in Dausenau anno 1967 auf.

»Warum sind Sie sich sicher, dass der ›Bernd‹, wie es hier steht, tatsächlich Bernd Huckner ist?«

»Das hat mir ein Freund meines Vaters gesagt.«

»Wer sind denn die anderen Personen?«

»Links mein Vater, dann meine Mutter und hier rechts Bernd – wie wir jetzt wissen Huckner –, dann Gertrud, eine Freundin meiner Mutter, und schließlich der Typ mit dem Jagdhorn.«

»Und wie haben Sie das mit dem Huckner in Erfahrung gebracht?«

»Das war Zufall. Mir ging es eigentlich um die Frau in der Mitte.«

Kathrin Helliger kräuselt die Stirn. Ihr Zeigefinger sucht erneut eine Strähne in ihrem Haar, um sie mit einer schon automatisierten Drehbewegung zu einer Locke zu formen. Sie sieht Justus fragend an.

Justus bemerkt es und erklärt, dass diese junge Frau später noch einmal auf einem anderen Foto auftaucht. »Soll ich es Ihnen zeigen?«

»Ja, gerne!«, antwortet sie routiniert.

Justus blättert weiter. »Sehen Sie hier. Links, das ist meine Mutter, und rechts daneben ihre Freundin, auch schwanger.«

»Was mir nicht klar ist, warum beschäftigen Sie sich überhaupt mit den Fotos?«

Justus erklärt mit großem Ernst: »Sehen Sie die Brosche auf dem Kleid?«

»Ja! Was ist mit der?«

»Die Pflegerin meiner Mutter, ich weiß nicht, ob Sie sie hier schon einmal gesehen haben, sagt, dass sie die gleiche Brosche hat. Sie ist in einem Heim aufgewachsen und weiß nichts über ihre Mutter. Deshalb habe ich den ehemaligen Freund meines Vaters gefragt. Hätte ja sein können, dass er etwas über diese Gertrud weiß. Der kennt sie nicht, aber den Huckner hat er erkannt.«

Kathrin Helliger nimmt Justus das Fotoalbum mit einer energischen Bewegung aus der Hand, wofür sie sich nachträglich jedoch mit einem »Sorry!« entschuldigt. Sie blättert zurück zum Foto der Jagdgesellschaft. »Sehen Sie das, Herr Hauer?«

»Was?«, kommt es mit ehrlichem Erstaunen von Justus zurück. Sie zeigt auf den Mann mit dem Waldhorn rechts neben der jungen Frau. Dann fährt ihr Finger zum unteren Rand des Fotos und dort zur Beschriftung. Justus versteht immer noch nicht.

»Hier, der Name ›Herbert‹.«

Ist ja nun kein besonders schöner oder auffälliger Name, denkt Justus, doch sie liefert ihm noch einen Hinweis:

»Das zweite Opfer heißt Herbert Eisel.«

»Und was bedeutet das?«

»Es könnte hier zumindest einmal einen Zusammenhang zwischen den beiden Mordopfern geben, vorausgesetzt, der Nachname ist wirklich Eisel. Ja, ob das bedeutsam ist, keine Ahnung, aber ich bin dankbar für jeden Hinweis. Können wir das einmal überprüfen? Das wäre wichtig.«

Justus freut sich über das »wir« und meint für seine Verhältnisse ziemlich kühl: »Kein Problem!«, um sich dann doch noch einmal den mit »Herbert« bezeichneten jungen Mann genauer anzuschauen. Kommt er hier von Herbert Eisel, wie er ihn als Vater von Bianca kennt, irgendwie im Zeitraffer zurück zu dem Mann auf dem Foto? Er könnte es sein. Ja. Aber sicher ist Justus nicht. Deshalb belässt er es beim kurzen Blick.

Immerhin aber hat er den Eindruck, dass er heute gleich zwei Mal etwas richtig gemacht hat. Und das, ohne es angestrengt gewollt zu haben. Es gibt schlechtere Gefühle. Und gerade hier bei der Kommissarin.

»Dürfte ich Sie im Gegenzug auch um etwas bitten?«

Die Kommissarin wirkt erstaunt und nickt.

»Ja, das wäre toll. Und zwar wüsste ich gerne, ob es im Kinderheim in Diez, das war eins nur für Jungen, ein Kind mit Geburtsdatum 12. März 1968 gab. Tut mir leid. Ich komme da als Privatmann nicht weiter, da das Heim seit 1986 geschlossen ist. Aber es wäre für Gerda gewiss gut zu wissen, ob sie einen Bruder hat.«

»Stopp, jetzt komme ich nicht mit!«, hört Justus die Kommissarin eine Spur energischer.

Er versteht, dass es tatsächlich Erklärungsbedarf gibt. »Ich kenne das Geburtsdatum von Gerda. Sie ist in einem Heim für Mädchen in Montabaur groß geworden. Wenn also Gertrud mit der Brosche Gerdas Mutter ist, müsste es noch ein zweites Kind geben. Warten Sie, ich zeige Ihnen das Foto. Sehen Sie, hier ist notiert: ›Zwillinge‹! Und wenn es ein zweites Mädchen gewesen wäre, dann wäre es bestimmt im selben Heim herangewachsen. Da es aber ein Heim ausschließlich für Mädchen war, wäre ein Junge unter Umständen in das Heim in Diez gekommen. Das wäre das im wahrsten Sinne Nächstliegende.«

»Und da kann man nichts finden, keine Akten oder so?«

»Wer weiß, was mit denen nach der Schließung gemacht wurde. Das ist über dreißig Jahre her!«

»Okay, ich verstehe. Ich schaue mal, was ich tun kann.«

Justus tut es leid, ihr nun seinerseits auch noch einen Auftrag mitzugeben. So viel Zeit wieder nur mit den Morden in seinem Wald verbracht, denkt Justus an dieser Stelle leicht resignierend.

»Und Sie fahren zu Ihrer Familie?«, wagt er einen Vorstoß ins private Niemandsland. Kathrin Helliger braucht einen kurzen Moment, um von professionell auf privat umstellen. Ob sie das gerne macht, kann Justus im Augenblick nicht feststellen.

»Ja, meine ältere Schwester feiert am Sonntag ihren Vierzigsten. Sie wohnt mit ihrer Familie in unserem alten Elternhaus.«

»Auf dem Bauernhof?«

»Ja, bei Biedenkopf. Da sie vier Kinder hat, passt das ganz gut.«

»Chapeau!«

»Ja, wenn ich da bin, bewundere ich das auch, allerdings gibt es auch immer wieder Momente, wo ich mit meiner Situation – ich habe keine Kinder – dann doch eher zufrieden bin.« Es folgt ein Lächeln, das selbst hohe Wellen beruhigen könnte. Genug Informationen für Justus für den Augenblick.

»Und bei Ihnen?«

Justus könnte jetzt von seinem Kind, Tochter Rebecca, erzählen, die unter der Trennung ihrer Eltern wahnsinnig gelitten hat und nun in Nottingham studiert, aber das will er nicht. Er antwortet deshalb lieber: »Bei mir beginnt in zwei Wochen wieder die Schule.«

»Und Ihre Mutter?«

»Gerda ist noch bis Ende August da. Danach hätte ich den Platz im Heim in Nassau.«

»Das klingt ja super geregelt!«

»Na ja, wäre es, wenn meine Mutter davon wüsste.«

»Oh!?!«

»Ja, ich weiß, aber ich habe ja noch etwas Zeit bis dahin.«

Kathrin Helliger als größte Systematikerin vor dem Herrn kann diese Haltung offenkundig nicht verstehen. Dennoch kann sie sich nicht ganz von einer Bewunderung frei machen. So locker mit allem umzugehen, das hat bestimmt auch etwas – allerdings nicht für sie.

Auf Justus' Frage, ob sie noch einen Wein mit ihm trinken mag, legt sie ihre rechte Hand über die linke und erwidert nach kurzem Zögern: »Nein. Ich hatte einen langen Tag und muss morgen früh raus. Brauche noch ein Geschenk für meine Schwester. Aber gerne ein anderes Mal.«

Justus schaut auf ihre Hände und merkt, dass sie entschlossen ist. Also verabschieden sie sich, obwohl es noch früh am Abend ist. Beide etwas zögerlich und wortkarg. Jeder ist wohl in seinen Gedanken. Manchmal ist es besser, etwas zu beschweigen als zu zerreden.

Kathrin Helliger ist weggefahren. Justus geht zurück zum Platz auf der Wiese am Forsthaus. Er beschließt, ein Glas Wein – dann eben allein – zu trinken, oder auch zwei. Nachdem er eingegossen hat, lehnt er sich auf dem alten Holzstuhl zurück und hört den Vögeln beim Abendkonzert zu. Eben hat eine Amsel ihr Solo. Mehr braucht er nicht. Justus wartet, bis die Waldkäuze mit ihren lange nachhallenden Schreien übernehmen.

Kapitel 35

Es ist Montag, ein Monat Sommerferien sind vorbei, und in nur zwei Wochen wird er exakt um diese Zeit die zweite Stunde beginnen. Dann regiert der Schulgong wieder jeden Vormittag und leider auch einige Nachmittage. Das ist heute irgendwo zwischen nah und doch noch ganz fern, reicht aber für Justus aus, um für einen Moment zu erschrecken.

Er beschließt, gleich nach dem Frühstück nach Bad Ems zu fahren, um Friedrich Körner senior nach dem zweiten Mann auf dem Foto zu fragen. Hat das zweite Mordopfer auch Quartier im Fotoalbum seiner Mutter bezogen? Außerdem kann die Präsenz dem Junior zeigen, dass Justus ihn notfalls noch einmal ansprechen wird, wenn der Waldweg nicht rechtzeitig repariert wird. George II. darf dieses Mal mit.

Bevor sich Justus auf den Weg macht, fällt ihm ein, dass er nachfragen sollte, wer der Caterer bei der denkwürdigen Treibjagd gewesen ist. Noch auf dem Weg zum Auto ruft er deshalb Jagdleiter Röhler an, der alle Treibjagden der letzten mindestens zehn Jahre geleitet haben muss. Sein Vater hat ihn sehr geschätzt. Das kam nicht allzu häufig vor. Er bringt bei ihm in Erfahrung, dass es *Nudel Up* aus Nassau war. Röhler kennt den Koch persönlich, die Servicekräfte, er sprach von dreien, seien ihm neu gewesen. Das ist schon eine ganze Menge für Justus. Ab hier wäre die Kommissarin gefragt. Justus fühlt sich von Frauen gesteuert. Einerseits die Kommissarin und andererseits die Försterin mit ihren – natürlich berechtigten – Aufträgen.

Trotzdem genießt Justus die Fahrt. Der Wechsel von Höhen und lichten Tälern, dazwischen immer wieder einsame Wiesen, ganz unterschiedliche Walddächer und das Lahntal mit seinen Zuläufen und Ausblicken, das alles macht es zu einem guten Morgen. Außerdem kommt er wieder an dem Burgturm vorbei, dem einzigen Überbleibsel einer mittelalterlichen Anlage in einem kleinen Wald, der aber bewohnt wird. Ein älteres Ehepaar aus England hatte sich darin verliebt und zusammen mit dem Denkmalschutz und unglaublicher Eigenleistung dafür gesorgt, dass der Burgturm erhalten wurde. Der Plan, es als Hochzeitslocation zu vermieten, scheiterte zwar an der Form des Turms, zu hoch, wenig geräumig und zu viele Treppen, aber irgendwie ist es ihnen gelungen zu bleiben. An der Außenanlage gäbe es wahrscheinlich noch für ein Jahrhundert Arbeit, aber Justus mag Menschen, die sich für eine Sache – und hier sogar eine, die im Wald beheimatet ist – begeistern können.

In Bad Ems bei der Bauunternehmung Körner angekommen, wundert sich der Senior zwar ein wenig, dass er nun schon zum zweiten Mal in kurzer Zeit Fotos anschauen soll, aber für einen Schlenker auf dem Pfad in die Vergangenheit ist er auch diesmal nur zu gern zu haben.

Justus bedankt sich artig dafür, dass er sich noch einmal Zeit nimmt, und verspricht, nicht lange zu bleiben. Er öffnet inzwischen routiniert das Album an der richtigen Stelle mit dem Foto der Jagdgesellschaft und kommt gleich zur Sache. »Lieber Herr Körner, können Sie mir den Nachnamen zu diesem Herbert hier«, er zeigt auf den Waldhornbläser neben Gertrud, »sagen?«

»Ja natürlich!«, kommt es für Justus denn doch etwas unerwartet direkt und schnell zurück. »Keine Zweifel! Es ist zwar bestimmt fünfundzwanzig Jahre her, dass ich ihn das letzte Mal gesehen habe, aber er hat bei der Hochzeit meiner Tochter Ursel die Orgel gespielt.«

»Und wie ist sein Name?«

»Das ist der Herbert Eisel, kein guter Schütze, aber ein großartiger Musiker. Waldhorn, Orgel, Gitarre, der konnte einfach alles. Eine Tragödie, dass er bei der Jagd ermordet wurde.«

Justus möchte jetzt nicht auf den Mord eingehen. Hier geht es um eine Privatsache, seine Suche nach den Beteiligten auf dem Foto.

»Sie haben mir sehr geholfen!«

»Ja, wenn das alles ist, gerne.«

Justus packt das Album ein, bevor der alte Körner wieder in jagdlichen Erinnerungen abtaucht, und geht deutlich sichtbar an der Glastür des Büros von Körner junior vorbei. Das sollte zur Beschleunigung der Baumaßnahme reichen. Justus ist ein großer Freund von Andeutungen. Dinge direkt anzusprechen findet er platt und auch zu bedrängend für sein Gegenüber.

Zu Hause angekommen, hätte er nach dem Aussteigen beinahe George II. im Auto vergessen. George II. ist da eher der direkte Typ. Ein kurzes Bellen, und er wird befreit.

Nun noch schnell Frieda anrufen und über die Umsetzungen seiner forstlichen Hausaufgaben zumindest informieren, bevor das schlechte Gewissen die Belastungsgrenze überschreitet. Nach einem kurzen Blick ins Wohnzimmer und einem stillen Drücken seiner Mutter, bei der so weit alles in Ordnung zu sein scheint, wählt Justus, im Arbeitszimmer angekommen, noch im Stehen Friedas Nummer. Er verspricht ihr, dass der Weg noch innerhalb der nächsten Woche fertiggestellt wird, und um die Kanzel werde er sich selbst kümmern. Jawohl! Die Försterin findet den Anruf zumindest nett, will aber nicht durch Worte, sondern lieber durch Taten überzeugt werden. Sie werde schon sehen! Dann ruft er Kathrin Helliger an. Nach einem kurzen Moment der Sammlung lässt er der Verbindungstechnik der Telekom freien Lauf.

»Hallo!« Bevor er weitersprechen kann, hört er schon ein: »Ach Sie sind's, Herr Hauer.« Hat sie jemand anderen erwartet, hätte sie jemand anderen vielleicht lieber gesprochen? Justus ist verunsichert, arbeitet sich aber irgendwie doch wieder in die Situation zurück. »Wie war denn das Wochenende bei Ihrer Schwester?«

Justus bemerkt eine kurze Pause. War die Frage nun auch nicht recht? Seltene Übellaunigkeit wird bald bei ihm übernehmen, das fühlt er in sich hinaufziehen.

»Also, ich mach es kurz. Ja, ich war bei dem Geburtstag meiner Schwester in Biedenkopf. Ja, alles war fein.«

Justus wagt nicht, eine Zwischenfrage zu stellen. Kommt da noch mehr?

»Nur, dass da ihr Mann war, das bekomme ich zwar hin, aber es löst nicht gerade gute Gefühle aus.«

Justus denkt nur: Frau Helliger und Gefühle, jetzt wird's spannend.

»Ja, vor vielen, nein, vor sehr vielen Jahren war ich mit ihm mehr als ein Jahr zusammen. Dann haben sich meine Schwester und er gefunden, und ich war draußen. Vielleicht verstehen Sie es jetzt ein wenig, dass das Wochenende keine Entspannung in Reinkultur war.«

»Au Backe«, ist der einzige Kommentar, zu dem Justus fähig ist.

Da er nichts Außergewöhnliches vom Wochenende vermelden kann (wer hat schon Interesse an der Schilderung von Spaziergängen im Wald und Abenden auf einer Wiese unter einer Eiche), kommt er direkt auf seine Aufträge zu sprechen. »Ich habe wegen des Fotos nachgefragt.«

Ein kurzes Schweigen lässt den Eindruck entstehen, dass sie nicht recht weiß, um welches Foto es geht. Das findet er aber verständlich und verzeihlich. Das Ganze hat ja mit einer privaten Angelegenheit von ihm zu tun. Justus hilft nach und macht noch einmal klar, dass es um den Namen des zweiten Mannes auf dem Foto nach der Jagd geht.

»Und wer ist der zweite Mann auf dem Foto?«, kommt es nach einem kurzen Augenblick.

»Friedrich Körner sagt, dass es der Herbert Eisel ist.«

»Sicher?«

»Hundertprozentig!«

»In Ordnung! Von wann ist das Foto eigentlich?«

Dank der Akribie seiner Mutter kann er das nach dem Öffnen des Fotoalbums präzise beantworten – was eher selten bei Justus und seiner selektiven Erinnerung ist.

»Das Datum war der 14. Juni 1967.«

»Mhm«, ist das Einzige, was Justus durchs Handy hört.

Und dann hat er ja noch etwas zu verkünden: »Ich habe auch mit dem Jagdleiter Röhler gesprochen.«

Ein »Ja genau!« zeigt Justus, dass sie bei diesem Thema sofort weiß, worum es geht. »Also es war ein Caterer namens *Nudel Up* aus Nassau. Den kennt der Jagdleiter persönlich. Die drei Servicekräfte waren neu.«

»Halt!«, kommt es unvermutet laut von der Kommissarin.

Justus schreckt ein wenig aus seinen im schönen Erzählton vorgetragenen Informationen auf.

»Hat er von drei Servicekräften gesprochen?«

Justus überlegt kurz. Aber ja, er ist sich sicher. »Röhler sprach von drei Servicekräften.«

»Merkwürdig, ich bilde mir ein, dass bei der Aufnahme der Personalien nach dem Mord nur drei Personen beim Catering waren: der Koch und lediglich zwei Hilfskräfte. Ich muss dem mal nachgehen, denn ich habe das nicht persönlich gemacht, bilde mir aber ein, das Protokoll ganz gut im Gedächtnis zu haben.«

Daran hat Justus nicht den geringsten Zweifel.

Er hat das gute Gefühl, dass er nun seinerseits nach dem Ergebnis seiner Bitte – er würde es nie Auftrag nennen – fragen kann, obwohl er ahnt, dass es vielleicht am Montagmittag noch etwas früh für eine Antwort ist.

»Gibt's denn schon was Neues wegen des Kinderheims für Jungen?«, fragt er dann doch direkt.

»Nein, aber unsere Anwärterin ist dran.«

Justus weiß nicht recht, wie er sich bedanken soll. Er denkt auch nicht darüber nach. Stattdessen hört er sich die Kommissarin fragen, ob sie in der Woche noch einmal Zeit habe. Ein, wie er findet, zögerliches »Ja« ist die Antwort. Justus merkt, dass er es nun nicht im Vagen belassen darf, im Vagen, das irgendwo zwischen Privatem und dem Fall seinen Platz sucht. Jetzt hilft nur die Flucht nach vorne: »Ich würde Ihnen gerne im Wald etwas zeigen. Um genauer zu sein, bei der Stelle, wo der Mord passiert ist. Ich war neulich mit Frau Mahr da, und da hat sich bei mir etwas zusammengesetzt. Das muss ich aber vor Ort zeigen.«

Sofort brechen die Bedenken bei ihm herein, dass er etwas ankündigt, was da noch nicht bis zum Schluss und auch nicht beweiskräftig zu Ende gedacht ist. Aber es sind jetzt sowieso die letzten beiden Wochen seiner großen Sommerferien. Da ist es auch nicht mehr so wichtig.

Die Kommissarin antwortet verbindlich: »Ja, das können wir gerne machen. Wenn morgen achtzehn Uhr nicht zu spät ist und wir danach noch etwas zusammen trinken können, dann sehr gerne. Wo wollen wir uns treffen?«

»Am besten bei mir im Forsthaus, dann können wir von da aus gemeinsam hingehen?«

»So machen wir's.«

Es folgt eine kurze Verabschiedung. Justus legt das Handy zur Seite. Er ist überrascht. Ob von sich oder von ihr, das mag er nicht entscheiden.

Kapitel 36

Justus will es möglichst rasch hinter sich bringen und merkt, dass sich der Zeitpunkt heute Morgen um 10:27 Uhr gut dafür anfühlt. Das kann um 10:30 Uhr schon wieder ganz anders sein. Also verlässt er das alte Forsthaus Richtung Lahnberg, nicht ohne vorher noch drei Sonnenblumen abzuschneiden, die sich ihm an der Front des Forsthauses aufgrund des Sonnenstands huldvoll zuneigen, und mit einer grün-weißen Kordel zusammenzubinden. Er verlässt das Haus nie, ohne etwas Schnur und ein praktisches, kleines Klappmesser mit Buchenholzgriff in einer der Hosentaschen stecken zu haben. Man weiß ja nie …

Es geht zu den Eisels. Wenigstens ein kleines Stück kann er zum Glück durch den Wald gehen. Überall im Unterholz sieht er die rot gebündelten Perlen des Aronstabs, die wie Lollis auf ihren grünen Stielen stehen. Erst letztes Jahr stand an einem Samstagnachmittag eine vollkommen aufgelöste Familie vor dem Forsthaus, nachdem ein kleiner Junge eine Kinderhand davon in den Mund gesteckt hatte. Nicht nur, dass die kleinen Beeren süßlich schmecken, auch schon Stiel und alle anderen Pflanzenbestandteile können beim Berühren zu heftigen Hautreaktionen führen. Zum Glück hatte der Vater eine Pflanze, sozusagen als Beweismittel, vorsichtig eingepackt. Die Lippe des Jungen zeigte unverkennbar eine deutliche Schwellung. Justus wusste durch eigene Erfahrungen, zum Beispiel mit den schwarzen Beeren der Ligusterhecke, die er als Kind einmal im Winter abgepflückt und dann gegessen hatte – waren ja die einzigen, die noch da waren –, dass hier unbedingt eiligst ein Arzt aufgesucht werden muss. Seine Mutter gab ihm in solchen Fällen allerdings vorher immer noch ein paar Schluck Leitungswasser zum Trinken. Genauso passierte es mit dem kleinen Jungen. Was für ein Schrecken für die ganze Familie!

Nun noch über die Wiese kurz vor Lahnberg, die er letztes Mal mit den Interessenten für den Waldkindergarten überquert hat, und vorbei an der Weihnachtsbaumkultur, die sein Vater hier in der Abteilung 23 angelegt hat. Da gibt es nur die gewöhnlichen Weißtannen, keine Nordmanntannen, Blaufichten oder Edeltannen. Nur Tannen, wie sie an so vielen Stellen im Revier zu finden sind. Noch stehen sie in den verschiedensten Größen kreuz und quer wie Kinder auf dem Schulhof. Ab Oktober, so ist es im Hauer'schen Revier Brauch, hängen dann Familien aus Lahnberg an den Bäumen, die sie sich für Weihnachten ausgesucht haben, kleine Schilder mit ihrem Namen an einen Zweig. Manche beschriften ein Stück Pappe, auf das sie den Namen geschrieben haben, und machen es mit durchsichtigem Paketklebeband wetterfest, um es dann mit einem Stück Schnur an einem hervorstehenden Ast zu befestigen. Andere haben ein stabiles kleines Holzschild, das sie jedes Jahr neu aufhängen. Zu gegebener Zeit darf sich dann jeder selbst den Baum absägen und nach Hause tragen. Dafür ist die Lage am Ortsrand natürlich ideal. Jeder bestimmt selbst, was ihm der Baum wert ist, und wirft einen Briefumschlag mit dem Geldbetrag in den Briefkasten des Forsthauses.

Justus' Vater teilte dann jedes Jahr seinen Kindern stolz mit, dass er mehr für die Weihnachtsbäume erlöst hatte als erwartet. Dies glich ein wenig die Tannen aus, die klammheimlich im Revier, meistens in der Nähe der Landstraße, abgesägt wurden. Kein Jahr, in dem Justus' Vater nicht auf ein paar vereinzelte Baumstümpfe mit dem verräterischen Sägemehlkreis stieß. Wie ein gestohlener Weihnachtsbaum im Wohnzimmer zum Christfest passt, das blieb Justus seine ganze Kindheit über ein Rätsel.

Da er sich nicht vorstellen konnte, Preisschilder an die Bäume zu hängen (und nach Weihnachten dann Winterschlussverkauf?), beließ Justus es bei der von seinem Vater eingeführten Tradition. Er ließ lediglich von einem jungen Forstwirt ein zugegebenermaßen leicht angerostetes, trichterartiges Metallgestell neben den Weg stellen, mit dem man ein grünes Plastiknetz über den Baum ziehen konnte. So ließen sich die Bäumchen leichter transportieren, und im Auto hatte man auch endlich wieder frische Tannennadeln.

Noch zwei kleine Gassen, und dann biegt er in eine etwas größere Straße ein, die der Hauptstraße versucht Konkurrenz zu machen. Noch weniger als fünfzig Meter, dann steht er vor der mit einem Alurahmen versehenen Haustür, deren geriffeltes farbiges Glas immer zum Rätseln auffordert, wer sich wohl von innen nähert. Im Edelstahl-Klingelschild ist sauber der Name »Eisel« eingraviert.

Die letzten Millimeter, bevor die Fingerkuppe des Zeigefingers den kleinen schwarzen Knopf erreicht, bedeuten, dass es für ihn jetzt gleich akustisch unwiderruflich kein Zurück mehr gibt. Er hat sich nichts zurechtgelegt, was er sagen könnte, und so ist es vollkommen ungewiss, was der nächste Augenblick bringen wird. Schwierig für Justus.

Er hört den Türgong. Drei Töne, die versuchen, einen halligen Akkord zu bilden. Danach Stille. Eine Chance zur Umkehr? Nein, jetzt will Justus sein Vorhaben nicht infrage stellen. Also drückt er den Klingelknopf ein zweites Mal in der Hoffnung, dass das nicht zu schnell hinter dem ersten Klingeln war und so vielleicht als unhöfliche Ungeduld würde verstanden werden können. Langsame Schritte nähern sich der Tür. Das glaubt Justus zu hören. Dann ein Schatten, der durch das bearbeitete Glas der Tür erkennbar wird. Es folgt eine erwachsene weibliche Stimme aus der Gegensprechanlage: »Ja, bitte?«

In Justus arbeitet es, wer könnte das sein? Die Frau von Herbert Eisel, eine der ältesten Töchter? »Hier ist Justus Hauer. Ich komme, um Ihnen mein Beileid auszusprechen. Das wollte ich gerne persönlich tun.«

»Warte, ich mach auf!« Das klang entfernt nach Bianca. Gut, sie wird auch ein paar Jährchen älter geworden sein. Nach einer Minute öffnet sich die Tür. Wahrscheinlich ist noch etwas in eine gutbürgerliche Ordnung gebracht worden. Ja, es ist Bianca, zwar nicht so, wie er sie in Erinnerung hatte, aber selbst mit Brille und natürlich angegrauten Haaren erkennt er sie. Für Justus, der Gesichter innerhalb von Sekunden vergessen kann, eine Leistung, die er dankbar registriert.

»Hallo, Bianca, da ich nicht zur Beisetzung kommen kann, denn da bin ich wieder in Frankfurt bei der Arbeit, wollte ich dir beziehungsweise euch sagen, wie leid es mir tut, was passiert ist. Es ist einfach schrecklich.«

»Bitte komm rein. Magst du einen Kaffee?« Bianca geht voraus, während Justus ihr folgt. Kann er sich im Wohnzimmer noch an Einzelnes von früher erinnern? Das ist nicht möglich. Das Wohnzimmer ist ein familiäres Hiroshima. Nichts lebt mehr, keine Farbe, keine Blume, keine Zeitung. Auf dem großen Eichentisch ein Stapel von noch nicht abgeschickten Einladungskarten für die Urnenbeisetzung und ein anderer Stapel mit Kondolenzbriefen. Im Zentrum des Tisches eine Installation von Fotos, die in ihrer Anordnung ein wenig an Stonehenge erinnert. Herbert Eisel als Kind, als Waldhornspieler, als Tenor bei einem Solo vor dem Chor, ein Hochzeitsbild, viele Vater-Kind-Bilder, beim Holzhacken und ein etwas größeres Porträtfoto mit Krawatte im Goldrahmen in der Mitte.

Justus sieht Bianca an. Ihm fallen die Sonnenblumen ein, die er in der Hand hält. Ist es genau das Richtige oder eher genau das Falsche, was er da gleich übergibt? Er reicht sie unbeholfen Bianca. Kein Text. Die müssen jetzt für sich selbst sprechen. Sie lächelt und nimmt sie entgegen. Durch das Holen einer Vase gewinnt Justus wertvolle Sekunden, um das richtige Thema zu finden.

Bianca kommt mit den drei Sonnenblumen und einer Vase zurück. Das Lächeln ist geblieben. Es wirkt wie ein einsames Stück Treibholz im Meer. »Ich finde es sehr nett, dass du hier bist. Du kannst dir vorstellen, dass bei uns die Trauer alles bestimmt. Einfach alles.«

Erst jetzt fällt Justus auf, dass Bianca ein schwarzes T-Shirt zu einer schwarzen Jeans trägt. »Wir fühlen uns alle allein, obwohl wir eine Familie sind. Eine gute Familie.«

Justus hört regungslos zu. Mit der Situation, als sein Vater verstorben war, hat das hier nichts zu tun. Hier herrscht nur Kälte, nichts als Kälte kurz vor der Frostgrenze, die jeden Quadratzentimeter Haut vereist.

Bianca fährt indes fort: »Zum Glück hat der Kindergarten noch geschlossen, sodass ich da nicht jeden Tag hinmuss. Aber jetzt, wo vieles, was zu regeln war, erledigt ist, bewege ich mich im Leeren.« Sie schaut dabei auf eine Eichentür. »Hier geht's zu seinem Arbeitszimmer mit den vielen Instrumenten.« Ihr Blick sagt: Die wird nie mehr von meinem Vater geöffnet. »Kein Klavierklang, keine vertraute Stimme beim Telefonieren, keine Schritte auf dem Holzboden. Aber das Erdrückendste ist die Frage: warum? Das war kein Zufall. Das kann kein Zufall gewesen sein. Das hat uns die Polizei auch immer wieder versichert. Es war«, und hier muss sie anscheinend erst ein inneres Hindernis überwinden, »es war Mord.«

»Das heißt, es gab nie einen Hinweis, dass er sich bedroht fühlte oder es irgendeinen großen Konflikt gab?«

»Nein, nichts!«

»Und dein Vater war so wie immer?«

»Zumindest, wenn ich da war. Mit seiner Musik hatte er viel zu tun. Als ich das letzte Mal hier war, ging es ihm wirklich wieder gut.«

»Was war vorher?«

»Als ich zwei Wochen vorher zu Besuch war, stand eine Flasche Schnaps auf dem Tisch. Das hatte ich noch nie gesehen. Er hat gesagt, er wäre müde. Dann bin ich auch bald wieder gefahren. Fällt mir aber auch jetzt erst ein, wo du danach fragst.«

Ein »du«, das trotz so wenig Gelegenheit zur Anwendung eine so lange Zeit überdauert hat, zeigt Justus auch, dass da eben viele Jahre vergangen sind. Bei jedem. Bei ihm und bei Bianca. Auf der ganzen Welt.

»Und wie geht's deiner Mutter?«

»Schlecht. Sie liegt den ganzen Tag im Bett.«

Justus merkt, wie ihn die Situation einkesselt. Er sieht

das Bild »Der Schrei« von Edvard Munch vor sich. Der Schmerz als Schrei. Der Mensch auf dem Bild konnte wenigstens weglaufen.

Justus steht auf. Ob das unvermittelt auf sein Gegenüber wirkt oder nicht, er kann es nicht bedenken. Er formuliert Sätze voller Mitgefühl. Es werden die gleichen sein, wie sie viele andere auch verwendet haben. Es stört ihn nicht mehr. Bei der Verabschiedung fallen ihm dann keine richtigen Worte mehr ein. Er drückt Biancas Hand und bestellt den anderen Familienmitgliedern seine herzlichen Grüße. »Ich werde an dem Tag, an dem ihr auf dem Friedhof seid, eine Kerze bei mir anzünden.« Das fällt ihm gerade so ein. Vielleicht etwas viel, aber angesichts der Trauer im Hause Eisel hätte er gern eine ganze Kathedrale mit Kerzen ausgeleuchtet.

Justus ist froh, als er wieder an der Wiese und danach im Wald ist. Bei der Birkengruppe liegt ein toter Buntspecht auf der Seite des Wegs, wo sich Kiesel mit Erde mischt. Justus kann nicht anders; er legt ihn etwas abseits ins Gras und bedeckt das immer noch farbenfroh schöne Tier mit ein paar Zweigen. Justus schweigt nun auch innerlich. Das Forsthaus ist zum Glück nahe.

Justus will nach seiner Mutter sehen. Das ist eine liebevolle Routine geworden. Egal, wann und woher Justus kommt, da ist zunächst das vorsichtige Schauen, wo sie sich gerade befindet – ohne dabei zu rufen. Einfach nur nachschauen. Bevor er das Wohnzimmer erreicht, klingelt das Haustelefon. Das ist in letzter Zeit ziemlich selten geworden. Es klingelt wirklich noch und macht keine große Welle mit einer schick designten digitalen Melodie. Ein solides, zum Heraneilen mahnendes Klingeln.

Justus hebt ab. Noch bevor er seinen Namen nennen kann, hört er ein »Justus, bist du das?«. Er bejaht ruhig und versucht dabei zu benennen, wer am anderen Ende der Leitung ist. Die Stimme ist fremd. Das steht im Gegensatz zum »du«. Das Gegenüber vor dem anderen Telefon scheint dies zu spüren. Er hört: »Justus, ich bin's, Bianca ... Bianca Eisel.«

»Sorry, durch das Telefon habe ich deine Stimme nicht gleich erkannt.« Justus ist froh über die gewonnene Klarheit der Situation, auch wenn er sich wundert, dass Bianca ihn anruft. Sie haben doch vor nicht mal einer halben Stunde bei ihr zu Hause miteinander gesprochen.

»Ich wollte dir etwas sagen, obwohl ich gar nicht so recht weiß, ob dich das interessiert.«

»Überleg doch nicht lange, sag mir einfach, was dir durch den Kopf geht.« Das klang ein wenig nach der Aufforderung an eine Schülerin, die nicht so recht weiß, mit welchem Motiv sie die Bildbeschreibung beginnen soll. Aber egal. Man kann nicht jeden Satz neu erfinden.

»Du hast mich gefragt, ob mir bei meinem Vater in letzter Zeit etwas aufgefallen ist. Das hat die Polizei auch. Wir sind seine Kontakte durchgegangen, seinen Terminkalender und so weiter und so fort. Aber da war nichts. Als du eben hier warst, ist mir dann ja eingefallen, wie überrascht ich war, als ich ihn mit einer Flasche Schnaps am Tisch sitzen sah. Das wollte ich noch zu deiner Frage ergänzen. Ist mir auch eben erst wieder eingefallen. Bei einer Feier oder bei der Jagd hat er bestimmt auch mal einen Schnaps mitgetrunken. Aber zu Hause? Nie. Es gab zwar eine Schnapsflasche mit Himbeergeist im Gläserschrank im Wohnzimmer, die war aber immer nur für Gäste da. Höchstens einmal im Jahr, und zwar nach einer fetten Weihnachtsgans, wurde die herausgeholt. Dieselbe Flasche konnte so jahrelang im Schrank stehen.«

»Und ihr habt nie den Grund dafür erfahren, warum er

da vor dem Schnaps gesessen ist? Habt ihr in der Familie mal darüber gesprochen?«

»Keine Ahnung, und mir war das auch peinlich, ehrlich besagt. Das sitzt der Vater am späten Nachmittag beim Schnaps.«

»War denn in der Flasche noch etwas drin?«

»Nein. Er hat ja erklärt, er wäre müde, und ist dann wohl auch ins Bett gegangen. Ich habe sie sofort weggeworfen und war auch ziemlich froh, als das Ding weg war.«

Justus bekommt nur ein leises »Seltsam ...« heraus. Nach kurzem Überlegen fragt er noch: »Hat er denn am Tisch irgendetwas gemacht? Die Zeitung gelesen oder sonst was?«

»Es lag da nur noch sein Gesangbuch. Das war für ihn als Organist bei der Vorbereitung von Gottesdiensten natürlich wichtig. An dieser Stelle ist er häufig gesessen, bevor er mit der Pfarrerin den Ablauf des Gottesdienstes durchgesprochen hat. Du weißt, die Auswahl der Lieder für besondere Anlässe. Es lag da noch sein Bleistift zwischen Seiten. Ich habe das Gesangsbuch dann in seinem Arbeitszimmer aufs Klavier gelegt.«

Justus wird unruhig. »Könntest du bitte gerade mal das Gesangbuch holen?«

»Klar, warte bitte einen Augenblick.« Justus hört sich entfernende Schritte durch das Telefon. Kurz darauf ergreift sie wieder den Hörer. »So, bin wieder da. Warum sollte ich es holen?«

»Ich weiß auch nicht so recht, aber ist denn der Bleistift noch an der gleichen Stelle zwischen den Seiten?«

Die kurze Pause bedeutet wohl, dass Bianca auf das Gesangbuch schaut. »Ja, ich hab's ja wirklich nur genommen und weggeräumt.«

»Könntest du mir einen Gefallen tun?«

»Ja klar«, kommt es mit leichter Verwunderung in ihrer Stimme.

»Könntest du bitte mal schauen, an welcher Stelle der Stift steckt?«

»Warte, ich muss es dazu gerade mal hinlegen.« Ein Rascheln ist durch das Telefon eher zu vermuten als zu hören.

»Was ist an der Stelle, wo der Bleistift ist?«

»Da ist das Lied 144.«

»Wie heißt es?« Mit einer Zahl kann er nun rein gar nichts anfangen.

»*Aus tiefer Not lasst uns zu Gott …*«

Justus kann auch damit nur wenig anfangen, deshalb fragt er nach: »Wie geht es weiter?«

»*Aus tiefer Not lasst uns zu Gott von ganzem Herzen schrein.* Es ist übrigens, das steht hier, das Wochenlied zum Buß- und Bettag.«

Justus vermutet, dass dieses Kirchenfest erst so im November sein dürfte und definitiv nicht im Sommer.

»Bianca, fällt dir sonst irgendetwas bei dem Lied auf?«

»Nur, dass um die Fünf vor der fünften Strophe ein Kringel mit Bleistift gezogen ist.«

»Wie heißt es denn in der Strophe?«

Bianca räuspert sich und liest zögernd und langsam: »*Vergib, vergib und hab Geduld, mit uns Armen und Schwachen.*«

»Ich danke dir! War nur so eine Idee, aber ist wahrscheinlich ein Zufall, dass gerade da der Bleistift lag.« Justus findet, dass er zu weit nach vorne geprescht ist. Erst die arme Bianca nach dem Gesangbuch schicken und dann, für was?

Er verabschiedet sich und betont noch einmal, wie viele

hier in Lahnberg die Musik ihres Vaters geschätzt haben. Besonders auch bei den Gottesdiensten. Bianca ist ihm nicht gram wegen der Gesangbuchaktion. Da ist er sich sicher.

Er legt den Hörer vorsichtig auf und macht sich auf den Weg zu seiner Mutter, die wie erwartet in ihrem Sessel sitzt. »Hallo, Mutter!«

Kapitel 37

Justus möchte sich nicht noch einmal blamieren. Nicht vor Kathrin Helliger als Kommissarin. Deshalb macht er sich noch einmal auf den Weg in den Wald, sozusagen eine Generalprobe. Nur zu gerne beteiligt sich George II. an dem Spaziergang am Waldarbeiterwagen vorbei zur Kanzel am Taubenkopf. Dort angekommen, stellt er sich genau an den Platz unter der Kanzel, wo er beim letzten Mal mit Friederike Mahr gestanden hatte. Er verfolgt eine Idee, die sich bei ihm eingeschlichen hat. Ist es möglich, dass von dem Baum mit dem angebrachten Metallwinkel eine ungehinderte Luftlinie bis exakt zu dieser Stelle unter der Kanzel führt, und, falls ja, wie groß ist die Entfernung? Wie das herausfinden? Da er nicht mehr weiß, welcher Baum es von der gegenüberliegenden Baumgruppe ist, muss er zunächst dorthin laufen und ihn suchen. Zur Freude von George II. geht es nun querbeet. Justus findet mittlerweile routiniert den Baum mit dem Metallhaken, auch wenn dieser in der Zwischenzeit zur Beweissicherung abmontiert worden ist. Vielleicht sollte er der Buche einen Namen geben, so häufig, wie sie sich sehen.

Es folgt jetzt die eigentliche Aufgabe: auf direktem Weg

zurück zur Kanzel. Das Unterfangen stellt sich schwieriger dar als zunächst angenommen. Da gibt es immer wieder Büsche und Bäumchen, die zu umrunden sind, ohne die gedachte gerade Linie aufzugeben. Außerdem ist der Boden, was der Grasbewuchs arglistig verdeckt, unebener, als er aussieht. Dazwischen immer wieder die Kanzel anpeilen. Und dann noch auf die Schrittlänge achten, denn die Meterzahl soll am Ende ja auch feststehen. Der Plan artet in eine ernst zu nehmende Anstrengung aus.

Als Justus wieder am Ausgangspunkt angekommen ist, haben seine Beine hundertfünfundsechzig Meter gezählt. Eine ganze Menge, aber aufbauend auf seiner Kenntnis von Sichtachsen bei Gemälden kommt er zu dem Schluss, dass zwischen dem Metallwinkel am Baum und dem Hochsitz kein Baum oder Strauch steht, der ein Hindernis darstellen könnte. Das bestätigt seine Vermutung: Es könnte vom Baum aus geschossen worden sein. Gut, dessen hat er sich nun erfolgreich vergewissert, auch wenn Zweifel angesichts der Entfernung bleiben, stattliche hundertfünfundsechzig Meter bei so einem präzisen Schuss!

Aber immerhin stapft er mit überprüfbaren Informationen und daher gut gelaunt mit George II. zurück zum Forsthaus. Es ist inzwischen Mittag. Es wird jetzt selbst im Wald heiß.

Pünktlich um 18:10 Uhr kommt Kathrin Helliger am Forsthaus an.

»Wie schön!«, begrüßt Justus sie beim Aussteigen. Er ist sich nicht sicher, ob sie direkt vom Dienst kommt, aber der dunkelblaue Baumwollrock steht ihr. Die Schuhe hätten für einen Waldspaziergang etwas kräftiger sein können, aber wie auch immer, alles passt zusammen bis hin zum ärmellosen T-Shirt, das eng am Hals anliegt.

Justus genießt ihr Lächeln. Selten!

Es ist heute richtig voll auf dem Platz vor dem Forsthaus, denn neben Justus' Mini Clubman steht da auch noch das Auto mit Aufschrift »Pflegedienst Mona Schwarz – immer für Sie da!« von Gerda. Während Kathrin Helliger auf Justus zugeht, der an der Haustür auf sie wartet, schlängelt sich Gerda an Justus vorbei, um Kurs auf ihr Auto zu nehmen.

»Alles okay bei meiner Mutter?«, fragt Justus, als sie auf seiner Höhe ist.

»Ja, aber sie sollte bei dieser Hitze mehr trinken. Vielleicht können Sie darauf ein Auge haben.«

Justus bedankt sich. Beim Weitergehen muss Gerda an der Kommissarin vorbei.

»Ich grüße Sie, Frau ...?«

»Meier, Gerda Meier.«

»Ich finde es so toll, wie Sie sich um die Frau Hauer kümmern.«

»Mache ich doch gerne, ist so eine liebe Frau.« Schon hat sie den Autoschlüssel gezückt und geht zielstrebig auf ihr Auto zu.

»Wollen wir gleich losgehen, oder möchten Sie etwas Kaltes trinken?«, fragt Justus, wobei ihm nicht entgeht, dass die Kommissarin in Gedanken ist.

»Sorry, aber ein Kaffee wäre toll.«

Justus ist etwas erstaunt, schwirrt ab in die Küche. Dauert jetzt ein Weilchen. Kaffee will im Hause Hauer von Hand gebrüht sein. Wahrscheinlich seit Jahrhunderten. Immerhin muss er nicht mehr die hölzerne Kaffeemühle zum Einsatz bringen. Die Kommissarin ist selbstständig zum Holztisch unter der Eiche gegangen, das sieht Justus durchs Küchenfenster. Sie hat sich den Stuhl herangezogen und faltet sorgfältig ein Blatt Papier auf. Als Justus sich zu ihr setzt, kann er sehen, dass sich handschriftliche Notizen darauf befinden. Er stellt den Kaffee vorsichtig vor sie hin, wobei er den Griff der Tasse so ausrichtet, dass er auf ihre rechte Hand weist. Sie bemerkt es nicht.

»Ich bin etwas überrascht«, beginnt sie. »Hier habe ich das Ergebnis der Recherche unserer Anwärterin, die im Übrigen aus der Gegend kommt. Also: Im Heim in Diez hat sie keinen Eintrag bezüglich eines Jungen mit dem Geburtsdatum 12. März 1968 gefunden. Sie hat aber noch andere Heime gecheckt. Ergebnis: In Nassau gab es seit den Fünfzigerjahren ein Heim für Jungen. Die meisten waren Waisen. Dort hat sie einen interessanten Eintrag gefunden. Demnach lebte dort in der Zeit von März 1968 bis Dezember 1984 ein Junge, dessen Geburtsdatum exakt das gleiche ist, das Sie mir genannt haben: 12. März 1968. Es stand ja wohl auf der Brosche der Pflegerin Ihrer Mutter. Und wissen Sie, unter welchem Namen der Junge geführt wurde?«

»Keine Ahnung!«, kommt es hastig von Justus.

»Laut Heimakte heißt er Gerd Meier.«

Justus kommt nicht so richtig nach.

»Also gibt es eine Gerda Meier und einen Gerd Meier, die am selben Tag geboren wurden und die in jeweils unterschiedliche Waisenhäuser kamen.« Ab hier bestimmt jetzt die Kommissarin das Tempo. »Dürfte ich Sie noch einmal um das Fotoalbum bitten? Ich möchte etwas nachschauen.«

»Klar, gerne, kein Problem.« Justus ist schon auf dem Weg ins Wohnzimmer. Er biegt noch einmal kurz in die Küche ab, um ein Glas Wasser für seine Mutter zu holen. Dann geht er, etwas schneller als sonst, zum Tisch auf der Wiese.

»Darf ich mal?«, bittet ihn die Kommissarin um das

Fotoalbum. Sie sucht die beiden Bilder: das Foto von der Jagd und das Foto mit der schwangeren Gertrud, die, wenn man dem handschriftlichen Zusatz folgt, Zwillinge erwartete.

»Die wirkt aber nicht glücklich – im Vergleich zu Ihrer Mutter. Als Datum steht da Februar 1968.« Jetzt blättert sie zum Bild von der Jagd vor. »Hier ist das Datum genau notiert: 14. Juni 1967. Es liegen also ungefähr acht Monate zwischen den beiden Fotos. Merkwürdig.«

Justus staunt über den plötzlichen Eifer der Kommissarin. Das ist doch sein sehr privates Anliegen, der Pflegerin zu helfen, und nun hat Kathrin Helliger irgendetwas vor, dem er noch nicht so recht folgen kann.

Sie scheint zu merken, dass sie Justus mitnehmen muss. »Also: Wenn es Zwillinge gibt, könnte die Gertrud auf den Fotos tatsächlich die Mutter von Gerda sein. Sie heißt doch Meier!?«

Justus zuckt mit den Schultern. »Ja, ich denke schon.«

»Also!«, fährt sie fort. »Wir haben die DNA von Huckner und von Eisel. Zwischen den beiden Fotos liegen ungefähr acht Monate. Das könnte die Zeit einer Schwangerschaft sein. Wir wissen dank der DNA, dass Huckner einen Sohn hatte, was niemandem bekannt war. Nicht einmal seinen Angehörigen. Vielleicht ist einer der beiden der Vater der Zwillinge. Ich fürchte, wir brauchen die DNA von Gerda. Vielleicht ist sie ja wirklich die Schwester von Huckners unbekanntem Sohn. Sehen Sie da eine Möglichkeit? Ich würde sie zum jetzigen Zeitpunkt ungern direkt darauf ansprechen.«

»Wie soll ich das denn machen?«, kommt es schnell von Justus, der sich in seiner neuen Aufgabe als Hilfssheriff sofort unwohl fühlt, noch bevor er den Stern angesteckt bekommt.

»Hat sie beispielsweise eine Handtasche mit einer Bürste oder einem Kamm dabei, dann wäre das super. Wir brauchen im Prinzip nur ein Haar.«

»Oh, schwierig – aber ich kann es gerne versuchen.«

Kapitel 38

Kathrin Helliger und Justus machen sich auf den Weg zur Kanzel. Sie nehmen denselben Weg wie Justus zuvor alleine. Nach einem kurzen Blick auf den Waldarbeiterwagen befinden sie sich am Tatort des ersten Mordes. Sie stehen genau dort unterhalb der Kanzel, wo vorher Bernd Huckner mal sehr lebendig gestanden hat.

»Und was gibt es denn Neues?«, fragt die Kommissarin mit – so kommt es Justus vor – vorweggenommener Nachsicht.

»Also: Ich habe mir das noch einmal genau angeschaut.«

»Was?«

»Na, die Verbindung zwischen diesem Platz hier und der Metallhalterung am Baum dort hinten.« Justus weist zur Verdeutlichung mit dem Zeigefinger auf die Buche in der Ferne.

»Und warum?«

»Ich habe mich gefragt, von wo aus jemand den Schuss hätte abgeben können, ohne dass er durch ein Hindernis wie einen Busch oder Baum hätte abgefälscht werden können. Und ich bin die Strecke abgegangen. Nach meiner Zählung ungefähr hundertfünfundsechzig Meter, also ganz schön weit für einen Präzisionsschuss.« Justus staunt beim Sprechen über die Expertise, die seiner Beschreibung unweigerlich innezuwohnen scheint.

»Und wie sind Sie darauf gekommen?«

»Ich war vorgestern hier mit der Försterin. Okay, sie findet die Kanzel zu marode und fordert mich auf, hier für eine Sicherung, also schlicht für eine Reparatur zu sorgen. Dabei ist uns aufgefallen, dass nur an genau diesem Punkt – also exakt da, wo Sie jetzt stehen – ein tödlicher Schuss möglich gewesen ist. Keine fünfzehn Zentimeter weiter rechts, links oder nach hinten oder nach vorne.«

Die Kommissarin verfolgt während Justus' Ausführungen die gedachte Bahn zwischen der Buche und der Stelle des Mordes mit ihrem Blick und führt seinen Gedanken weiter: »Nehmen wir mal an, der Schuss wurde ferngesteuert abgegeben. Unser Mörder hat schon beim zweiten Mord mit der Drohne seine technische Kompetenz unter Beweis gestellt.«

»Stimmt, der Akku im Waldarbeiterwagen war ja für industrielle Fernsteuerungen geeignet«, pflichtet Justus im Ton der Fachkenntnis bei.

Darauf Kommissarin Helliger, konkret wie immer: »Was bedeutet das für die praktische Ausführung des Mordes?«

Ja, darüber hätte er ja mal nachdenken können, geht es Justus durch den Kopf. Vielleicht fällt ihm noch spontan etwas ein. Er nimmt die Hand ans Kinn und mustert nachdenklich den entfernten Baum.

»Vielleicht war der Huckner nicht allein. Vielleicht hat jemand den Huckner genau an dieser Stelle in ein Gespräch verwickelt. Genau so, wie wir jetzt sprechen. Er hätte dazu von seinem Mörder genau hierhin gelockt werden müssen. Wie auch immer.«

Die Kommissarin sieht Justus ungläubig bis zweifelnd an. Justus merkt, dass seine Kurzzeitexpertise schon wieder in Gefahr ist.

»Oje«, beginnt Kathrin Helliger den Satz, was Justus als krachende Bewertung seiner klar unprofessionellen Gedanken wahrnimmt, um dann fortzufahren: »Vielleicht stand Huckner neben seinem Mörder, und der hat im entscheidenden Moment den Schuss per Fernsteuerung abgegeben.«

Justus versucht, sich das vorzustellen. Er schaut abwechselnd auf die Kommissarin und auf den fernen Baum. »Ich glaub's nicht. Da steht jemand direkt neben einem anderen Menschen und baut darauf, dass der Schuss nicht ihn, sondern das Opfer trifft.«

»Ja, das klingt schon sehr speziell«, setzt die Kommissarin nach, »aber ich würde das jetzt mal nicht ausschließen. Allerdings verstehe ich überhaupt nicht, warum der Mörder zu dieser technisch aufwendigen Lösung gegriffen hat, das ist rätselhaft. Das ist wohl ein Geheimnis, das nur der Mörder kennt, aber wie auch immer, es könnte vom Ablauf her so gewesen sein.«

»Okay, das war's, was ich Ihnen zeigen wollte«, bläst Justus zum Aufbruch. Immerhin steht da noch ein gemeinsames Glas Wein als Abendstern am Himmel. Sie nehmen den schon vorher beschrittenen Weg, nun in der entgegengesetzten Richtung. Ein angenehmer Wind nimmt dem frühen Abend die Hitze. Sie gehen nebeneinander.

Als der Waldarbeiterwagen in Sicht kommt, schlägt sich die Kommissarin an die Stirn. Justus vermutet ein stechendes Insekt. »Mensch, Herr Hauer, wenn Huckners

Sohn gemeinsam mit ihm im Wagen war, dann könnte er theoretisch auch sein Mörder gewesen sein. Der eigene Sohn als Mörder ...«

»Ja, aber warum?«

»Keine Ahnung!«

Den Rest des Wegs gehen sie schweigend in Gedanken, aber durchaus einander zugewandt.

Am Forsthaus angekommen, setzen sie sich an den Holztisch auf der kleinen Wiese. Sie trinken ein, zwei Gläser gut gekühlten Chardonnay. Sie dreht wieder mit lockerer Handbewegung ihre Haarsträhne zu einem lockenähnlichen Gebilde. Zwischen seltsam stecken gebliebenen Sätzen überwiegt das Schweigen.

Nach einer unbestimmt wahrgenommenen Zeit die Verabschiedung. »Ich muss jetzt leider fahren, muss morgen früh raus.«

Justus muss erst in die Welt der Worte zurückfinden. »Klar, ich verstehe!« Er versteht nicht, wie er die Situation so sich selbst überlässt.

Beide stehen langsam auf. Eine Amsel hat ihr letztes Solo.

»Es war wieder mal nett bei Ihnen.«

Dieses Wort »nett« mag Justus gar nicht. Jetzt im Stehen mag er aber auch nicht weiterreden. Er begleitet sie zum Auto. Sie zieht den Autoschlüssel aus der kleinen Leinenhandtasche. Justus' Fingerspitzen berühren vorsichtig die Fingerspitzen ihrer freien linken Hand. Einen Moment nur. Sie sieht ihn an, schließt für einen Augenblick die Augen – und steigt ein. Justus schaut dem abfahrenden Auto nach. Den Rückspiegel im Inneren des Fahrzeugs kann er leider nicht erkennen. Waldesdunkel – endlos.

Kapitel 39

Am nächsten Tag lauert Justus in seinem Arbeitszimmer. Endlich hört er Gerdas Stimme, die durch ein deutliches, aber nicht zu lautes »Hallo« informiert, dass sie im Haus ist. Eine kurze moralische Überprüfung seinerseits besteht er mühelos, denn was er vorhat, tut er ja für Gerda. Natürlich hat sie keine Handtasche dabei, sondern nur die praktische Tasche für ihre Utensilien, die sie bei der Pflege benötigt. Und nun? Gerdas Auto steht dort, wo sie immer parkt. Also nur einsichtig von seinem Arbeitszimmer.

Es gelingt ihm, quietschende Türen, knarrende Dielen und andere akustische Hindernisse zu umspielen. Gerdas Auto scheint zum Glück nicht abgeschlossen zu sein. Auf der Rücksitzbank liegt ihr Rucksack. Die praktische Gerda! Justus hasst, was er tut, besonders, weil es ihn so aufregt, aber nun ist die Tür geöffnet, die Tasche schnell herangezogen. Beim näheren Hinsehen entdeckt er in einer kleinen Innentasche eine Bürste. Hastig packt er ein paar eilig von den Plastikspitzen abgestreifte Haare und steckt sie in eine schwarze Plastiktüte. Ist von George II., wenn sie in die Stadt gehen, aber Tüte ist Tüte. Schnell noch die Tasche zurückgeschoben und die Autotür lautlos – gar nicht so einfach – geschlossen. Der Weg zurück ins Arbeitszimmer gelingt fehlerfrei. Durchatmen! Fertig!

Beim Verabschieden von Gerda ist er betont freundlich, ohne es sich vorgenommen zu haben. Muss das schlechte Gewissen sein.

Er beschließt, seinen Fund umgehend zur Kommissarin zu bringen. Also macht er sich kurz entschlossen, was sonst nicht seine Art ist, auf in Richtung Bad Ems. Anstatt seinen Unterricht vorzubereiten, fährt er nun durch die zugegebenermaßen zauberhaft harmonische Landschaft, um ein paar Haare abzugeben. Justus muss den Kopf schütteln.

Beim Empfang der Polizeistation hinter der schweren Eichentür sieht man ihn merkwürdig an: ein Mann mit einem schwarzen Tütchen für Hundekot zwischen den Fingern. Die Kommissarin wird angerufen, und er darf zu ihr (zweiter Stock, drittes Zimmer rechts). Als freundliche Geste weist man ihn – mit Blick auf das Tütchen – darauf hin, dass sich am Ende des Korridors ein Abfalleimer befindet. Justus drückt sie daraufhin nur heftiger an sich. Gut, dass er das Kopfschütteln der Beamtin nicht mitbekommt. Etwas atemlos nach zwei Stockwerken klopft er an die Tür des Büros, das für Kathrin Helliger und Herrn Reber anscheinend eher provisorisch hergerichtet worden ist. Die Kommissarin ist allein. Gut! Justus schaut sich um. Die reine Funktionalität. Weißliche Schreibtische in einem Farbton, der leicht ins Kariöse gleitet. Kein Bild, keine Farbe: gar nichts. Nur Stühle, Schreibtische und Computer. Sieht aus wie die Katalogseite eines Büroausstatters – vor zehn Jahren, findet Justus.

Kathrin Helliger ist sich unsicher – das begreift Justus rasch –, ob sie ihn nun professionell korrekt oder doch privat begrüßen soll. Sie versucht eine Mischform: »Hallo, Herr Hauer, wirklich schön, dass Sie hier sind.«

Justus geht zum Schreibtisch und steht nun stolz vor ihr. Dabei schwenkt er unverkennbar mit Begeisterung das schwarze Tütchen vor ihren dezent geschminkten Augenlidern. Ein schöner Gegensatz. Sie fährt auf ihrem Bürostuhl spontan ein wenig zurück.

»Wissen Sie, was ich hier habe?«

»Ich hoffe, es ist nicht das, wonach es aussieht. Was ist denn da drin?«

»Gerdas Haare.«

»Viele?«

»Na ja, für eine Perücke reicht's nicht – aber im Ernst, ich hoffe, das hilft weiter.«

Justus übergibt das Tütchen feierlich der Kommissarin.

Sie öffnet es, indem sie vorsichtig den Rand auseinanderbiegt. »Ja, sieht gut aus. War's schwer?«

Justus antwortet »Nein«, aber seine Mimik kündet eher von einem nur gerade so geglückten Abenteuer.

»Gut, ich schau mal, mit welcher Begründung ich das ins Labor bekomme.« Und, mit einem konspirativen Blick: »Ein Segen, der Überkommissar ist nicht da, ich denke, das läuft geschmeidig.«

Justus ist erleichtert. Mission erfolgreich erfüllt. Die professionelle Atmosphäre des Büros nistet sich nun auch bei ihm ein. Er entschließt sich, den Rückzug ins Private anzutreten.

»Ich melde mich, wenn ich ein Ergebnis habe!«

Das hört Justus gerne. Es bleibt ihm nichts anderes übrig.

Ein kurzes Abschiedszeichen per Hand, und er ist draußen, geht den Gang entlang zum Treppenhaus, um den Ausgang anzusteuern. Nun vermisst die Polizistin am Empfang das schwarze Tütchen.

Kapitel 40

Justus beschließt, sich zu Hause dem nächsten Schuljahr zu widmen. Es gibt sogar einen Leistungskurs Kunst. Der wird ihn wahrscheinlich mehr fordern als die Schülerinnen und Schüler. Das Schlimmste für ihn sind immer die vielen neuen Gesichter und die Namensflut! Am liebsten würde er nur kreativen Unterricht machen, aber irgendwie ist es ihm auch gelungen, die Themen wie Gattungen, Epochen et cetera mit Leben zu füllen. Das stand zumindest neulich in der Abizeitung – passenderweise neben dem Foto, bei dem er als Aufsicht führender Pädagoge bei einer Klassenarbeit eingeschlafen war. Immerhin hatte man sein Gesicht digital bearbeitet, aber leider auch nicht so gründlich, als dass nicht auch wirklich jeder wissen oder erschließen konnte, dass es sich bei der pädagogischen Fachkraft im Dämmerzustand um Kunstlehrer Hauer handelte.

Justus klappt den Computer auf und vergibt zumindest schon einmal neue Ordner für die Klassen/Kurse und sonstigen Aktivitäten.

Am Freitag steht noch ein Videochat mit den Geschwistern an. Stress macht sich breit.

Justus überlegt gerade, ob er beim Thema Impressionismus eine Zusammenarbeit mit der Musiklehrerin angehen soll. Bei den *Préludes* von Debussy und Monets »Mohnfeld« gibt es da schon interessante Parallelen: unscharfe Konturen und flächige Anordnungen, Farben und Klänge sind wichtiger als das Motiv ... Dieser didaktische Höhenflug wird jedoch durch einen Anruf der Kommissarin jäh zum Absturz gebracht.

Ohne Umschweife vermeldet sie: »Wir haben das Ergebnis von der DNA-Analyse. So schnell habe ich das noch nie bekommen. Und was da drinnen steht, ist sehr merkwürdig. Können wir sprechen?«

»Aber nicht in Ihrem Büro!«, bittet Justus in Erinnerung der totalen Funktionalität nahezu flehentlich.

»Kein Problem. Wann kann ich zu Ihnen kommen?«

»Ich habe noch einiges vorzubereiten, aber ab siebzehn Uhr bin ich zu haben.« Justus beißt sich auf die Zunge. Das war nicht nötig gewesen. Die Schulvorbereitungen können noch ein wenig warten.

Er schafft es gerade so, vorher noch die Kanzel zu reparieren (sogar mit Farbe!). Gut, es ist nicht der zu hundert Prozent gleiche Farbton wie der Rest der Kanzel, und als das etwas zu helle Grün nicht mehr reicht, kommt noch etwas schwarze Farbe ins Spiel. Aber die Försterin wird staunen. Justus ist stolz. Eine Arbeit mit einem richtigen Ergebnis. Auch wenn die Sprossen nicht ganz den gleichen Abstand haben, und für die Abstützung mussten mehrere Bretter eher unkonventionell miteinander verbunden werden, um auf die richtige Länge zu kommen, aber das sollte halten, und, am wichtigsten: fertig ist fertig!

Er macht sich auf den Rückweg. Noch ein stolzer Blick auf die frisch bearbeitete Kanzel. Es ist nun wahrscheinlich die einzige Kanzel Deutschlands im grünen *Tigerenten*-Look. Aber da ist Justus in Gedanken schon weiter.

Noch schnell unter die Dusche, bevor der kriminale Besuch einläuft. Seine Gedanken kreisen zwischen Duschgel und Shampoo um die sehr bald bevorstehende Abreise nach Frankfurt. Freut er sich darauf?

Die Duschzeit reicht nicht aus, dies endgültig zu klären. Die Wahl des Hemds (Leinen) gelingt dafür in Rekordzeit. Es ist das einzig saubere.

Er hört, wie der Motor von Kathrin Helligers Auto abgestellt wird. Justus ist merkwürdig nicht gespannt.

Er öffnet, bevor sie klingeln kann. Er findet das höflich. Sie folgt ihm in den Flur, weiß aber, dass sie sowieso gleich wieder durch die Seitentür auf die kleine Wiese gehen werden. Doch kurz vor dem Abbiegen sieht sie Justus' Mutter im Wohnzimmer sitzen.

»Darf ich?«, fragt die Kommissarin spontan.

»Ja, klar doch!«, antwortet Justus, um schon in die Küche vorzugehen, da er etwas zu trinken holen möchte.

Als er hinausschaut, ist der Platz unter der Eiche leer. Vier leere Stühle kreisen einen Tisch ein. Also geht er vorsichtig ins Wohnzimmer. Er hört seine Mutter reden, sie, die sonst das Schweigen zur inneren Landessprache ausgerufen hat. Er hört, wie Kathrin Helliger sich nach ihrem Mann und ihrer Jugend erkundigt. Justus bleibt im Türrahmen stehen. Die Antworten sind gewohnt einsilbig, aber immerhin.

Justus spielt kurz mit dem Gedanken, ob er die Situation nicht nutzen könnte, um seine Mutter von den Vorzügen des Hauses Odilie zu überzeugen. Ihre Stimmung scheint aktuell gut zu sein. Gerade sind sie beim Thema »schöne Erinnerungen«. Charlotte Hauers Gesichtsausdruck zeigt zarte Freude. Als sie gerade antworten will, dreht sie den Kopf zur Tür. Im Augenblick, als sie Justus sieht, stockt sie und setzt dann neu an: »Ihr wollt doch bestimmt noch sprechen.«

Auch wenn Kathrin Helliger und ihr Sohn andere Zeichen geben, so ist für Charlotte Hauer das Gespräch beendet.

Frau Helliger und Herr Hauer setzen sich an den Tisch auf der Wiese. Justus lehnt sich gemütlich zurück. Er nimmt den Genuss des Augenblicks wahr, ohne sich dessen bewusst zu sein. Kathrin Helliger hat eine Haltung eingenommen, als würde sie an ihrem Schreibtisch im Kommissariat sitzen. Justus fällt das erst auf, als sie mit den Worten beginnt: »Wir müssen reden! Ich kann vielleicht Ihre Hilfe gebrauchen.«

Justus stutzt. Worum kann es jetzt gehen? Er muss nicht zu lange warten. »Wir haben ja die DNA von Gerda analysiert.«

»Oh, das ist wirklich nett«, möchte sich Justus bedanken, kommt aber nicht dazu, da die Kommissarin schon fortfährt: »Die DNA belegt eindeutig, dass sie die Tochter von Herbert Eisel, also unserem zweiten Mordopfer ist. Soweit wir das sehen: eine uneheliche Tochter. Ob er von ihr gewusst hat, konnten wir nicht in Erfahrung bringen. Die Zeit im Heim spricht dagegen.«

»Halt!«, unterbricht sie Justus. »Das könnte heißen, der Mörder von Huckner ist, wie Sie sagten, eventuell sein Sohn. Das zweite Mordopfer hat eine Tochter, und von beiden wusste man nichts.«

»Zumindest kennen wir den Namen und die Identität der Tochter. Es ist tatsächlich Ihre Gerda, aber es geht noch weiter«, übernimmt nun die Kommissarin. »Da beide Datensätze von derselben Mitarbeiterin im Labor analysiert wurden, fiel ihr sofort etwas auf.«

»Was?«

»Der unbekannte Sohn von Huckner und Gerda sind verwandt. Sie haben dieselbe Mutter.«

»Ich fass es nicht!«, kommt es ungebremst von Justus.

»Ich verstehe es auch noch nicht so ganz«, ist die knappe Erwiderung der Kommissarin, und schon fährt sie fort: »Da gibt es diesen verrückten Zusammenhang, nämlich zwei Kinder, von denen keiner etwas wusste, von zwei Mordopfern.«

»Und die Mutter dieser beiden hat Zwillinge erwartet«, fügt Justus ein.

»Richtig, aber wenn wir mal annehmen, dass der unbekannte Sohn der Zwillingsbruder von Gerda ist, wieso gibt es zwei Väter? Da kann doch was nicht stimmen.«

Justus schüttelt kurz den Kopf, bevor er irritiert weiterfragt: »Und warum wusste keiner von ihnen? Kein Mensch in Lahnberg weiß was von diesen Kindern, und Gerda selbst hat ja auch keine Ahnung. Was steckt dahinter?«

Er schaut in die Krone des Baums über ihm. Für ihn ist die Frage zu direkt. Die Kommissarin merkt, dass eine Pause für alle Beteiligten gut ist. Also wieder gemeinsam schweigen, denken, Blicke ohne Ziel wandern lassen.

Unvermittelt steht Justus langsam auf. Er nimmt Kathrin Helliger bei der Hand. Sie weiß wohl kaum, wie ihr geschieht, folgt ihm aber schnell aufstehend. Sein Blick signalisiert ihr, dass Reden jetzt nichts bringt.

Sie betreten das Forsthaus eilig durch die offen stehende, leicht verwitterte Seitentür. Justus steuert mit ihr das Wohnzimmer an. Die Tür ist nur angelehnt. Vorsichtig öffnet er sie. Zeitgleich wendet seine Mutter den Blick zu ihm, und er lässt die Hand der Kommissarin los.

Justus steht schweigend im Raum. Er macht zwei

Schritte auf den Sessel zu, in dem seine Mutter sitzt. Sie blickt ihn unbewegt an. Die Stille hat sich unbemerkt in jeden Winkel des Raums ausgebreitet. »Mutter, darf ich dich mal etwas fragen?«

Kopfnicken.

»Dazu müsste ich dir was zeigen.« Er greift vorsichtig nach dem Fotoalbum und öffnet es. Er blättert das Bild der fröhlichen Jagdgesellschaft auf und kniet sich neben seine Mutter, um es ihr aus der Nähe zeigen zu können.

Justus' Mutter schaut vom Bild, von ihm und von der Kommissarin weg. Kathrin Helliger bewegt ganz kurz den Kopf. Ihre Augenbrauen rücken zusammen.

Justus legt die freie linke Hand auf den Unterarm seiner Mutter. »Mutter!«

Sie dreht den Kopf leicht in seine Richtung, aber noch nicht ganz.

»Was ist da passiert?«

Keine Reaktion. Er blättert mit ruhigen Bewegungen seiner Hand weiter zum Bild der beiden schwangeren Frauen, das seine Mutter und die schwangere Gertrud zeigt. Justus, noch einmal etwas lauter: »Was ist passiert? Bitte!«

Der Kopf von Justus' Mutter senkt sich nach unten. Sie schaut das Foto nicht an. Dann hebt sie den Kopf und sieht Justus direkt an. Erst voller Angst, dann voller Trauer: »Hinter der Hütte ... Gewalt ... die beiden haben ihr Gewalt angetan.«

Danach ist sie stumm. Das wenige Blau ihrer Augen hat sich vollständig aufgelöst, und das Grau beherrscht nun ihren Blick.

Justus steht auf und umarmt seine Mutter, so gut es geht. Er sieht, wie die Kommissarin von der anderen Seite die Hand auf die Schulter seiner Mutter legt.

»Das ist schlimm«, sagt Justus sehr langsam, seiner Mutter in die Augen schauend.

Sie schließt die Augen.

»Warten Sie, ich bringe ein Glas Wasser«, übernimmt die Kommissarin.

Charlotte Hauer hat das Glas Wasser getrunken.

»Magst du dich raus zu uns setzen?«, fragt Justus vorsichtig.

Sie schüttelt energisch den Kopf. Drei Mal.

Justus weiß, dass sie nun nicht mehr zu erreichen ist.

»Ich hole uns auch mal etwas zu trinken. Weißwein?«, wendet er sich der Kommissarin zu.

»Ja, gerne, und etwas Wasser, bitte.«

Als Justus mit dem Wein in der Hand wieder auf die Wiese tritt, sieht er, dass Kathrin Helliger aufgestanden ist und ein paar Schritte geht. Ziellos. Einfach nur, um sich zu bewegen, aber dennoch erkennbar voller Anspannung.

Sie kommt zu ihm, als sie sieht, dass er sich wieder gesetzt hat. Justus wird immer noch von einem Entsetzen, das seine Gedanken lähmt, beherrscht.

»Eine Vergewaltigung nach der Jagd, nach einer ausgelassenen Feier. Das geht mir nicht in den Kopf. Zwei Männer fallen da über eine junge Frau her. Und das hier auf dem Land. Den Huckner kannte ich nicht wirklich, aber der Eisel, der Vater von Bianca, Petra und Ulrike. Unvorstellbar!«

Die Kommissarin mustert ihn ruhig. Justus vermutet, dass sie sich solch eine Bestürzung in ihrem Beruf nicht leisten kann – aber wie kann man so etwas hinbekommen? Ihre Ruhe überträgt sich allmählich, vielleicht auch dadurch, dass er ihre Hand auf seinem rechten Unterarm spürt, sie aber in seiner Aufgewühltheit nicht bemerkt.

Nach einer Pause des Schreckens versucht Justus weiterzudenken – möglichst sachlich, was sich fremd anfühlt, aber die einzige Möglichkeit ist, das Geschehene zu verstehen zu versuchen. Er hebt den Kopf wieder und fragt:

»Also, was ich nicht verstehe: Kann eine Mutter tatsächlich Zwillinge von zwei unterschiedlichen Vätern haben?«

Die Kommissarin sammelt sich kurz, um dann zu erklären: »Ja, ist zwar superselten, aber biologisch ist das absolut möglich.«

»Das ist ja irre!«

Die Kommissarin senkt die Stimme: »Also nehmen wir einmal an: Gertrud hat nach der Vergewaltigung von jedem der beiden Vergewaltiger ein Kind erwartet, also Zwillinge von unterschiedlichen Vätern. Gerds Vater ist das erste Mordopfer, nämlich Bernd Huckner. Herbert Eisel ist das zweite Mordopfer und der Vater von Gerda. Wenn wir von zwei Zwillingskindern ausgehen, die nach einer Vergewaltigung in unterschiedliche Heime gekommen sind und die nicht wissen, dass sie das Ergebnis einer Vergewaltigung sind, warum sollte denn der Sohn der Mörder sein? Wo gibt's ein Motiv? Wollte der Mörder Rache nehmen? Aber dann müsste er ja um die Vergewaltigung wissen, und dann auch noch, dass es da Zwillinge gegeben hat! Und überhaupt, was ist mit der Mutter? Aber eins nach dem anderen!« Kathrin Helliger macht eine Pause, um kurz durchzuatmen, und senkt den Kopf. Einzelne Strähnen bejahen durch ihr Herunterfallen ihre Erschöpfung. Ein Moment der Stille. Justus ist ihr schweigend dankbar, dass sie diese grässliche Situation durch ihre Suche nach Erklärungen versucht zu bewältigen. Die Kommissarin redet nun weiter, jetzt aber betont ruhig, als würde sie beim Sprechen jedes Wort noch einmal kontrollieren – »Erst mal der Huckner-Mord. Vielleicht hat der Sohn es irgendwie mitbekommen oder selbst in Erfahrung gebracht, und die Taten waren seine Rache.«

Justus folgt nun ihren Gedanken: »Das könnte auch zum *›#Done‹* bei dem Drohnenmord-Video passen.«

»Ja, stimmt! Da werden wir nur weiterkommen, wenn wir Gerd Meier finden. Das bedeutet vor allem eins: Wir müssen ihn jetzt zur Fahndung ausschreiben.«

Justus möchte noch wissen: »Könnte er es vielleicht gewesen sein, der bei der Treibjagd beim Catering mitgearbeitet hat und dann rechtzeitig weg war, bevor die Personalien nach der Tat aufgenommen wurden?«

»Nein, das haben wir geprüft. Danke noch mal, dass Sie sich beim Jagdleiter wegen des Caterers schlaugemacht hatten. Das war in dem Fall eine junge Frau. Wahrscheinlich war die nicht richtig gemeldet oder so.«

»Aber was ist mit Gerda? Ist sie ahnungslos, oder hat ihr Bruder es ihr vielleicht gesagt?«

»Werde ich versuchen zu klären. Ihr gegenüber aber bitte kein Wort davon.«

Justus hört stumm zu. Warum sollte er Gerda etwas sagen? Sie ist die Kommissarin – jetzt anscheinend wieder einmal im maximal professionellen Modus.

»Ich hoffe, Sie haben Verständnis dafür, dass ich nun unbedingt ins Büro muss! Und danke für den Wein.«

Justus zuckt mit den Achseln. »War ja nicht viel!«, murmelt er in sich hinein und kann nur noch sehen, wie Kathrin Helliger, von Dienstgedanken getrieben, die Wiese durch das Gartentörchen verlässt, das kurz nachschlägt. Die entgegengesetzte Richtung wäre ihm lieber.

Beim weiteren Nachdenken muss er sich eingestehen, dass es nur noch sehr wenige Tage bis zum Schulanfang sind UND bis zum Umzug seiner Mutter ins Haus Odilie in Nassau. Es ist noch so viel zu erledigen: Vorbereitung der Kurse und Klassen, Reparatur der Kurve am Dachsbau, das Warnschild für die Schranke, den Waldguru anfragen und entscheiden, ob er dem Waldkindergarten zustimmen soll. Obwohl, zumindest hierzu ist seine Entscheidung gefallen. Er merkt, dass er in diesem Fall nicht weiter nachdenken muss, denn ihm gefällt das zu gut. Dennoch: Die Uhr tickt. Ziemlich laut und schnell. Nur George II. sorgt durch sein Erscheinen für eine Absenkung der Geschwindigkeit.

Kapitel 41

Justus hat sich einen Plan gemacht. Nach dem Frühstück beschließt er, nun endlich jeden Tag eine genaue Zeit einzukalkulieren, und zwar für: Schule, Forst, Mutter. Das sieht beherrschbar aus. Irgendwie wie ein Stundenplan in der Schule – fällt ihm kurz darauf ein.

Punkt neun legt er los. Um zehn nach neun hört er Gerda das alte Forsthaus betreten. Plangemäß weitermachen? Viele Gedanken schießen ihm durch den Kopf und löchern seine Konzentration, bis sie sich wehrlos auflöst.

Gerd kennt er nicht, kann kein Gesicht, noch nicht einmal ein Adjektiv zuordnen, und Gerda? Kann er mit ihr privat so sprechen, wie es ihm in den Sinn kommt, oder sollte er abwarten, bis die Kommissarin ihren Teil der Untersuchung, was Gerda betrifft, abgearbeitet hat? Und dann ist sie ja auch nur noch die paar Tage bis Ende des Monats da. Konfusion füllt, obwohl es noch früh ist, seinen Kopf aus. Justus mag nicht denken.

Er steht auf und öffnet die Tür zum Flur, als Gerda diesen betritt. Er überlässt es ihr zu sprechen. Was weiß sie? Was sollte er wissen, was darf er fragen? Eine merkwürdige Situation, umzingelt von sich kreisförmig bewegenden Fragezeichen.

Justus entscheidet sich fürs Beobachten, wobei das keine Entscheidung ist. Es ist so. Nicht direkt eingreifen, aber behutsam schauen, wie sich eben diese Situation darstellt, wie sie sich entwickelt.

Gerda grüßt ihn herzlich, aber auch keine Sekunde länger, als es ihr Arbeitsauftrag zulässt. Okay. Dann vielleicht beim Rückweg, wenn sie seine Mutter versorgt hat. Ob das nicht auffällt, wenn er da schon wieder im Flur herumlungert?

Plötzlich hört er Gerda rufen. Sie ruft ihn. Laut, aber nicht panisch.

Justus nimmt sofort Kurs auf das Wohnzimmer. Gerda sieht ihn Hilfe suchend an und lenkt dann seinen Blick hinunter zu ihrem Arm. Jetzt bemerkt Justus, dass seine Mutter Gerdas Unterarm festhält, ja, ihn umschlossen hat wie eine Handschelle. Mit beiden Händen. Die Finger seiner Mutter sind zwar weiß, aber ihr Griff ist fest. Bleibt fest.

Justus legt seiner Mutter die Hand auf die Schulter. »Aber Mutter, was ist denn?«

Sie blickt ihn an, ohne die Hand zu entspannen.

»Was machst du denn mit Gerda?«

Justus ahnt, dass sich bei seiner Mutter Gedanken formieren. Er bleibt ruhig und still.

»Hilf Gerda!«, kommt es kurz und tonlos von seiner Mutter.

Justus bekommt nur ein kurzes »Wie?« heraus.

Charlotte Hauer gibt Gerdas Unterarm frei. Auf einmal ist alles vollkommen normal. Drei erwachsene Personen unterschiedlichen Alters stehen beziehungsweise sitzen wieder beieinander und schauen sich an. Stille. Atemholen. Keiner muss sofort etwas sagen.

Justus sagt nach einem Augenblick zu seiner Mutter nur: »Tu ich!«

Er bittet Gerda unter einem Vorwand hinaus in sein Büro, merkt aber sehr schnell, dass das kein Ort zum Sprechen ist. Also hinaus unter die Eiche. Was dieser Baum schon alles gesehen und gehört hat, denkt er, während er sich setzt und Gerda bittet, es ihm gleichzutun.

In Justus rumort es. Bloß keinen Fehler machen und nichts offenbaren, was Gerda womöglich gar nicht wissen kann oder soll. Die Kommissarin sitzt unsichtbar mit am Tisch.

»Gerda, es ist an Ihnen …«, beginnt Justus, um danach, bewusst den Infinitiv aussparend, eine Pause zu machen.

Gerda schaut sich um und beginnt dann zögernd: »Ich habe keine Ahnung. Ich weiß nur, dass mich Ihre Mutter in den letzten Tagen mehrfach nach der Brosche gefragt hat. Und da war sie immer angespannter als sonst.«

»Aber wo wir gerade sprechen, können Sie mir vielleicht sagen, warum Sie gekündigt haben? Sie können sich vorstellen, dass das für meine Mutter echt schwer wird, wenn Sie nicht mehr kommen.« Dass sich Charlotte Hauer zukünftig der gediegenen Obhut des Hauses Odilie erfreuen wird und Gerda somit überhaupt nicht mehr ins Forsthaus kommen muss, das bemerkt Justus nicht einmal. Dafür gibt es noch keinen Platz in seinem Kopf.

Gerda sieht auf den Boden, hebt dann vorsichtig den Kopf, um allmählich zu sprechen zu beginnen. Justus kann sie dabei nicht anschauen.

»Ich habe vor ungefähr, ja, es werden wohl drei Monate sein, einen Anruf bekommen. Einen Anruf von einem unbekannten Mann. Ich weiß noch, ich war gerade vom letzten Hausbesuch zurückgekommen und wollte mir etwas zu essen machen. Da hat das Telefon geklingelt. Dieser Mann schien mich aber zu kennen, und er wollte mich treffen. Eine ›familiäre Angelegenheit‹, hieß es. Für jemanden, der keine Familie hat, nie eine hatte, eine merkwürdige Situation. Das werden Sie verstehen. Er wusste von meiner Kindheit in einem Heim. Er selbst war auch in einem Heim. Vieles kann man nur verstehen, wenn man selbst so aufgewachsen ist. Irgendwo klang er überzeugend. Deshalb habe ich ihn dann in Bad Ems getroffen. Im *Café Kesseler*. Er hat mir dort verraten, er sei mein Zwillingsbruder. Seine Geschichte mit dem Aufwachsen in einem Heim und allem danach hat er dabei nur umrissen. Am Schluss seiner Ausführungen hat er die Manschette seines Hemds nach oben geschoben. So kam sein Armband zum Vorschein. Er hat gesagt, ich solle es mir gut anschauen, und mir das Handgelenk mit dem schmalen Band entgegengestreckt. Es bestand aus kleinen, silberfarbenen Kettengliedern. Daran befestigt war ein schmales, ovales Metallplättchen aus dem gleichen Material. Und dann hab ich es mit eigenen Augen gesehen: eingraviert darauf war ein ›G‹ und 12.3.1968. Das Gleiche wie bei mir: ein ›G‹ und 12.3.1968. Die gleiche Schrift, die gleiche Schriftgröße wie bei meiner Brosche. Das hat mich überzeugt. Es war mir nun klar: Vor mir sitzt mein Bruder, mein Zwillingsbruder. Unglaublich! Um es kurz zu machen, nach einem zweiten Treffen mit ihm haben wir noch mehrfach telefoniert und überlegt, was wir machen könnten, wo wir uns jetzt doch wiedergefunden hatten. Die einzige Bedingung für ihn war: Ausland. Hier in Deutschland könne er sich nicht vorstellen zu leben. Das hat mich zunächst erschreckt. Warum nicht hier in der Gegend oder irgendwo in Deutschland etwas suchen, was man gemeinsam machen könnte, wohin man gemeinsam gehen könnte? Aber da war er stur. Für ihn kam nur Ausland infrage. Er begründetet das damit, dass ihm das beim Vergessen helfen würde und es wirklich ein Neuanfang wäre. Außerdem versprach er mir, dass das mit dem Ausland gar nicht so kompliziert würde und er sich um alles kümmern würde. Für mich sollte das einfach sein, und er würde für mich sorgen. So etwas hatte mir in meinem ganzen Leben noch niemand gesagt. Er hat mir dann einen Arbeitsvertrag, ein Visum und ein Flugticket geschickt. Für alles Weitere wolle er auch sorgen. Zum ersten Mal hat sich so jemand um mich gekümmert. Deshalb habe ich dann auch gekündigt.«

»Und was jetzt?«

»Ich werde am 28. August, also am nächsten Samstag, wegfliegen.«

»Wohin?«

»Ecuador.«

Justus ist perplex, fängt sich aber, um zu fragen: »Ganz kurz nur: Hat er irgendetwas von seinen beziehungsweise Ihren Eltern erzählt?«

»Seine Mutter hatte er da nicht gefunden. Beziehungsweise er wusste, dass sie gestorben war und deshalb die Suche nach ihr zwecklos war. Er wollte aber trotzdem versuchen, wenigstens das Grab zu finden. Seinen Vater war er dabei ausfindig zu machen. Er sagte, er sei ganz nahe dran. Deshalb war er auch hier in der Gegend. Er wollte ihn unbedingt zur Rede stellen, warum er nie etwas von ihm gehört hat und warum er im Heim aufwachsen musste. Er war da schon ziemlich verbittert und zornig.«

»Das kann ich verstehen. Aber wie ist er dabei auf Sie gekommen?«

»Er hatte als Kind seine Karteikarte aus dem Büro der Heimleiterin geklaut. Da standen neben dem Namen und dem Hinweis auf einen Fundort viele Abkürzungen und Zahlen. Er sagte etwas von ZW weibl., Waise, an den Rest kann ich mich nicht mehr im Detail erinnern. Das Ergebnis war aber, dass er dann zwar nicht die Heimleiterin, aber eine ehemalige Sekretärin des Heims in einem Altersheim in Süddeutschland ausfindig gemacht hat. Bei einem Telefonat konnte die sich wohl erinnern. Sie wollte er unbedingt treffen. So ist er auf mich gestoßen. Es war aber wohl nicht einfach.«

Justus braucht kurz Zeit, um sich zu sammeln. In solchen Situationen kann er sehr schnell denken und sicher entscheiden. »Gerda, ich will Ihnen da nicht reinreden, aber wenn Sie möchten, können Sie ins Forsthaus einziehen und sich komplett um meine Mutter kümmern. Sie bekommen eines der ehemaligen Kinderzimmer, das Zimmer, das früher das Bügelzimmer war, und in der Aktenkammer kann ich ein kleines Bad nur für Sie einbauen. Sie müssen dafür nichts bezahlen, und der Pflegesatz geht komplett an Sie. Von mir aus ab dem ersten September.«

»Das ist nett, Herr Hauer, aber alles ist jetzt so vorbereitet, und meine Koffer sind so gut wie gepackt. Mein Bruder ist auch schon kurz vor der Abreise nach Santo Domingo. Hier ist nichts, was mich hält. Verstehen Sie: Ich hatte keine Mutter, keinen Vater, keine Familie, bis mein Bruder kam, mein Zwillingsbruder!«

Justus merkt, dass er nichts mehr ausrichten kann. Er gibt Gerda ein Zeichen, dass er sie nicht festhalten oder aufhalten möchte. Sie verabschieden sich.

Danach ist an die planwirtschaftliche Erfüllung der selbst gestellten Aufgaben für die letzten verbleibenden Ferientage nicht zu denken. Zurück zu George II. Zurück in den Wald. Verwirrt. Er ist vollkommen mit dem Schicksal Gerdas beschäftigt, während er vom breiten Weg rechts auf einen kleinen Pfad abbiegt, der sich in leichten Kurven und von Bergahorn mit seinen fein gezackten Blättern gesäumt dem höchsten Punkt des Reviers nähert. Dort steht auf einem Felsvorsprung eine Bank. Der Ausblick in das Lahntal ist inzwischen zugewachsen. Da war eine kleine Gruppe von Wildkirschen ziemlich fix im Wuchs gewesen. Justus setzt sich nachdenklich hin und kreuzt die Füße übereinander. Innehalten – was hier heißt, den Blick schweifen und die Gedanken folgen zu lassen. Bis jetzt hat er den Schilderungen Gerdas und ihrer Wirrungen der letzten Monate nachgegeben. Sie hat ihren Zwillingsbruder gefunden, hat aber schlicht keine Ahnung, dass er an den Morden beteiligt ist. Das ist die Unschuld der Freude, Justus kann es kaum fassen.

Aber jetzt denkt er an die Kommissarin. Auch wenn er sich so fühlt, als würde er Gerda verraten, so wird ihm doch klar, dass er sie über das Gespräch informieren muss. Ein Muss ohne Alternative. Das ist bei Justus äußerst selten. Ab hier liegen alle Aktivitäten bei der Kommissarin. Er bleibt also nicht lange auf dem splittrigen Holz der Bank sitzen, sondern geht auf demselben Weg zurück zum Forsthaus. Nach dem Öffnen der Haustür steigt er die Treppe hoch in den ersten Stock, um im leer stehenden ehemaligen Bügelzimmer Ruhe zum Telefonieren zu finden. Er wählt die Handynummer von Kathrin Helliger. Ohne Freude.

Kapitel 42

Jetzt zwingt sich Justus zur Arbeitsroutine. Er ist stolz auf sich, dass er die zu erledigenden Aufgaben so ungewohnt gradlinig angeht. Gerda kommt und geht in den folgenden Tagen, ist dabei nett wie immer. Nur einmal, gleich am Anfang der Woche, berichtet sie, dass sie etwas später einträfe, da sie zur Kommissarin nach Bad Ems müsse. Dort habe sie alles erzählt, was sie weiß. Routine für die sorgfältige Kommissarin, denkt Justus.

Die lässt konsequent nichts von sich hören. Klar, jetzt läuft es ja für sie. Am Mittwoch ist ein großer Artikel in der *Rhein-Lahn-Zeitung*.

Kommissarin Helliger und der Pressesprecher des LKA informieren darin umfänglich über den Fall. Die Theorie und die Fakten, die diese unterstützen. Der mutmaßliche Mörder hat in Erfahrung gebracht, dass er eine Zwillingsschwester hat, von der er vorher nichts wusste. Er findet beim Treffen mit seinem Vater in einem ehemaligen Waldarbeiterwagen heraus, dass die gemeinsame Mutter nicht nur von seinem Vater, sondern auch noch von einem weiteren Mann vergewaltigt worden ist. Dass er und seine Schwester in Heimen aufwuchsen, lag daran, dass sich die Mutter einige Tage nach der Geburt das Leben genommen hatte, nachdem sie zuvor die Säuglinge in einem Korb vor einer Kirche abgelegt hatte.

Kaltblütig und mit äußerster Präzision geplant erschießt er nacheinander beide Männer. Erst seinen Vater und dann den Vater seiner Zwillingsschwester. Zwei unterschiedliche Väter bei Zwillingsgeschwistern sind eine absolute Seltenheit, aber biologisch möglich, so wie in diesem Fall. Das konnte aufgrund der DNA zweifelsfrei festgestellt werden. Nichts hat er bei seinem Rachefeldzug dabei dem Zufall überlassen: Beim ersten Mord wurden die Wildkameras mit einem als Wildkamera getarnten Störsender ausgeschaltet, und der tödliche Schuss wurde ferngesteuert abgegeben. Die Waffe war dazu an einem Baum in großer Entfernung verdeckt montiert worden.

Beim zweiten Mord bestückte er eine Drohne mit einer Pistole und einer Minikamera und stabilisierte diese so, dass sich während des Flugs per Videosteuerung ein präziser Schuss abgeben ließ. Es war darüber hinaus festgestellt worden, dass beim Bau der Drohne Uhrmacherwerkzeug zum Einsatz gekommen war. Was die einzelnen Bauteile betrifft, so ließ sich kein einziges zweifelsfrei zurückverfolgen. In beiden Fällen wurden die Morde äußerst umsichtig und mit sehr großem technischem Geschick präzise vorbereitet. Das bestimmende Motiv bei beiden Morden: Rache.

Insgesamt ein besonderer Fall, in allem sehr komplex, technisch wie menschlich. Klar, es gibt noch keine Festnahme, und viele Details der Biografie des Mörders müssen noch aufgeklärt werden, aber es besteht kein Zweifel daran, dass diese Klärung nur eine Frage der Zeit sei, und so weiter und so fort.

Das ist die Abfolge der Fakten, präzise und erklärend.

Justus gehen im inneren Nachhall aber die Familien der Ermordeten durch den Sinn. Sie sind jetzt ja auch Opfer geworden, Opfer der Tat, einer Tat der beiden Männer, einer davon sogar ein Familienvater. Justus fragt sich, ob es in solchen Situationen bei den Angehörigen einen Unglauben gibt, der genauso stark sein kann wie der Glaube an etwas. Er wünscht es ihnen, ohne zu wissen, warum. Die Toten haben unter der Erde ihre Ruhe gefunden. So heißt es so schön. Die Kinder, Partnerinnen und Verwandte sind ohne jegliche Schuld. Wer verschafft ihnen Ruhe? Justus hofft verschwommen, dass sich für sie durch den Verlust, den täglich erlebten Verlust, die Waagschale in eine ruhige, ausgeglichene Position bewegt: Schuld gegen Verlust. Zumindest für Momente.

Er ist froh, dass auf ihn jetzt eine konkrete Aufgabe wartet, die seine ganze Konzentration erfordert, und so macht er sich erleichtert auf den Weg in den Schuppen, um die Heckenschere mit den dunkelbraunen Holzgriffen und den Struwwelpeter-mäßig langen Klingen für die Arbeit zu verpflichten.

Justus ist gerade dabei, die obere Kante der Hecke an der kleinen Wiese mühsam und schwitzend per Hand zu schneiden, als sein Handy, akustisch als Harfe verkleidet, einen eingehenden Anruf anzeigt. Kathrin Helliger! Bei einer Motorheckenschere hätte er das nicht mitbekommen, befindet Justus jetzt nicht unzufrieden.

»Es tut mir leid, dass ich mich nicht mehr gemeldet habe, aber es war in den letzten Tagen so vielen Hinweisen nachzugehen, so viele Fragen zu beantworten. Sorry.«

Justus zeigt Verständnis, was nicht schwerfällt, ist er doch froh, sie wieder einmal zu hören.

»Ich weiß, Sie haben sich viel Mühe gegeben, der Pflegerin Ihrer Mutter zu helfen.«

Justus hört erstaunt zu.

»Meinen Sie, es wäre möglich, dass Sie und Gerda am Freitag um sechzehn Uhr Zeit hätten? Ich möchte Ihnen etwas zeigen. Es würde mich wirklich freuen, wenn das möglich wäre.«

Justus kann das Anliegen nicht einordnen, verspricht aber, sich bei Gerda zu erkundigen. Nachdem Gerda bei seiner Mutter gewesen ist und er sie gefragt hat, kann er der Kommissarin grünes Licht für den Freitag geben.

Kapitel 43

Das Forsthaus liegt in schönstem nachmittäglichem Sonnenlicht. Kathrin Helliger entsteigt dem Auto, lässt aber im Gegensatz zu sonst die Tür offen stehen. Nach der Begrüßung lädt sie Gerda und Justus ein, einzusteigen, da sie ihnen, wie angekündigt, etwas zeigen möchte. Aber was? Nachdem Justus' Mutter versorgt ist, fahren die drei los. Auf der Fahrt berichtet die Kommissarin, dass die Fahndung bis jetzt nicht erfolgreich ist. Von Gerd Meier ist sowieso sehr wenig bekannt, das vereinfacht die Verhaftung nicht unbedingt. Sie macht aber sogleich klar, dass das nicht Gerdas Schuld sei. Aber zumindest die Morde seien nun im Grundsatz geklärt. Das sei im Augenblick das Wichtigste. Der Rest sei normale Polizeiarbeit.

Nach einer zwanzigminütigen Fahrt nähern sie sich einem von Wald und Feldern umgebenen Dorf mit Blick auf die Lahn, Oberanger. Die Kommissarin hält vor dem Friedhofstor, dessen schwarz gestrichene, ornamentreiche Eisenstreben allmählich den Kampf gegen den Rost verlieren. Der Friedhof liegt am Ortsrand. Alle drei steigen aus. Justus und Gerda folgen der Kommissarin, die sich kurz orientieren muss. Dann gehen sie nebeneinander auf einem Kiesweg zu einem älteren Teil des Friedhofs. Dies ist an den Sterbedaten und der Gestaltung der Grabsteine einfach abzulesen.

»Wir haben recherchiert, viel recherchiert. Den Auftrag haben wir sozusagen von Herrn Hauer erhalten, der Ihnen weiterhelfen wollte. Wir wissen jetzt, wie Ihre Mutter heißt. Einiges zu ihrer Biografie, was wir herausfinden konnten, habe ich aufgeschrieben.«

Die Kommissarin überreicht Gerda einen braunen DIN-A5-Briefumschlag.

»Und jetzt möchte ich Ihnen das Grab Ihrer Mutter zeigen. Das habe ich nach den Vorarbeiten einer Mitarbeiterin hier entdeckt.«

Wo die Gruppe nun geht, stehen hauptsächlich verwitterte Holzkreuze, denen der Regen und die Sonne beinahe jede Farbe genommen haben. Keine Bepflanzung, kein Blumenschmuck. Nur eine alte Bruchsteinmauer, die sich gegen den steil ansteigenden Hügel auflehnt. Nicht mehr lange, wenn man die Verschiebung der Steine ernst nimmt.

Nach zehn Metern stehen sie vor dem ausgebleichten Holzkreuz mit der verblassten Aufschrift »Gertrud Walther«, darunter das Geburtsdatum »25.2.1950« und das Todesdatum »19.3.1968«.

Zu Gerda gewandt, sagt sie: »Wundern Sie sich bitte nicht wegen des Nachnamens. In den Heimen hat man bei Findelkindern häufig erst einmal sehr verbreitete Namen verwendet. In Ihrem Fall kam es so zu Meier.«

»Ja, aber warum Findelkind?«, kommt es tonlos von Gerda, die den Blick weiterhin starr auf das von den Jahren gezeichnete Holzkreuz richtet.

»Ihre Mutter hat heimlich entbunden, wahrscheinlich zu Hause. Eine Woche nach der Geburt hat sie wohl keinen Ausweg mehr gesehen und sich umgebracht. Sie und Ihren Bruder hatte sie kurz davor, nur ausgestattet mit der Brosche und dem Armband, vor der Kirche in Böhmtal, eingewickelt in Decken, in einem Wäschekorb abgelegt. Dort sind Sie dann gefunden worden.«

Gerda bedeckt mit der Hand ihre Brosche. Justus schaut sie an. Er sieht nur Leere und Verwüstung in ihrem Blick. Dieser geht nach innen, die Außenwelt scheint in diesem Moment nicht vorhanden.

Die Kommissarin und Justus bedeuten Gerda, dass sie gerne noch etwas bleiben kann. Sie entfernen sich auf dem Kiesweg, ohne mehr Geräusche zu machen als unbedingt nötig. Justus löst den Blick von dem kargen Weg und sieht die Kommissarin an, um zu fragen: »Wenn sich das alles bestätigt, wenn der Mörder festgenommen sein wird, dann gibt es einen klaren Tathergang und auch ein starkes Motiv: Rache – oder nennen wir es Selbstjustiz, aber warum diese höchst komplizierten Morde?«

»Sie meinen, das wäre auch einfacher möglich gewesen?«

»Ja!«

»Ganz ehrlich, ich weiß es nicht. Sie kommen mir wie Rituale vor, die einer inneren Gesetzmäßigkeit folgen. Ich denke, da werden unsere Psychologen gefordert sein.«

Am Fuß des Kreuzes liegen zwischen wild wucherndem Efeu die verblichenen Reste eines bescheidenen Blumenschmucks aus Rosen und Tannenästen. Gerda bückt sich, greift das dünne, verblichene Samtband mit dem ausgefransten Saum, das den kleinen Strauß beziehungsweise das, was davon noch übrig ist, immer noch zusammenhält, und dreht es um. Sichtbar werden ein Herz und dreimal der Buchstabe G, jeweils miteinander verwoben. Langsam und unbemerkt dreht sie das Band wieder ein.

Nach einer halben Stunde verlassen Kathrin Helliger, Justus und Gerda gemeinsam den Friedhof. Kein Platz für Worte. Die Kommissarin fährt Justus und Gerda zurück zum Forsthaus. Alle steigen aus. Sie verabschiedet sich zunächst von Gerda, um sich dann Justus zuzuwenden. Gerda macht sich ohne große Umstände auf den Weg nach Hause.

Justus merkt, dass er sich in dieser Situation dem Blick von Kathrin Helliger nicht die ganze Zeit entziehen kann. Er sieht sie an: »Danke!« Das ist das Einzige, was die Kommissarin von Justus hört, während er ihre Hand mit beiden Händen kurz drückt, um sich sofort danach auf den Weg ins Haus zu machen. Beim flüchtigen Gruß mit der erhobenen Hand kurz vor der Haustür schaut er nicht zurück.

Kathrin Helliger wendet sich ihrem Auto zu, steigt ein und fährt behutsam los. Justus hat im Inneren des Forsthauses noch die Türklinke in der Hand. Der Metallgriff verliert seine Kälte. Er hält kurz inne und versucht, seine Gedanken in eine Ordnung zu bekommen. Er drückt die Klinke wieder hinunter, um danach sofort die wieder freigegebene Tür mit Schwung zu öffnen. Er tritt nach draußen in das Nachmittagslicht. Der Platz an der Ligusterhecke vor dem Forsthaus ist leer. Er sieht nur in der ersten Kurve das Auto der Kommissarin, wie es den schmalen Betonweg durch den Wald abwärts zurück auf die Landstraße fährt, die gemeinsam mit der Lahn den gleichen Weg nimmt.

Kapitel 44

Am Samstag klingelt es um halb acht an der Tür des Forsthauses. Justus öffnet müde. Gerda steht vor ihm. Wie sie zu ihm gekommen ist, weiß er nicht. Es steht kein Auto da. Gerda trägt einen kurzen, beigen Popelinemantel. So hat er sie noch nie gesehen. In der linken Hand hält sie eine für ihre Verhältnisse eher modische Sonnenbrille.

Justus braucht eine kleine Weile, bis er seine Gedanken aus dem Schlummerland in sein Gehirn beordert hat. Gerade als er sie fragen will – ja, was eigentlich? Warum sie hier ist, wie sie hergekommen ist, warum sie anscheinend nicht auf Reisen ist und so weiter, ergreift Gerda das Wort. Nicht laut, nicht schnell, aber mit einer Bestimmtheit, die durch den moderaten Ton und die Stille um sie herum sogar noch verstärkt wird.

»Ich habe beschlossen, bei meiner Mutter zu bleiben.«

Noch bevor Justus einen Satz mit »Aber!« beginnen kann, greift Gerda in die Manteltasche und zieht ein Flugticket hervor. »Und das brauche ich jetzt nicht mehr.«

Sie knickt es vorsichtig und schiebt es in die Manteltasche zurück.

Justus versucht ohne Erfolg, sich einen Reim auf diese Situation zu machen. Gar nichts gelingt ihm.

Gerda erklärt: »Ich stehe jetzt alleine da. Die Wohnung ist gekündigt, und die Reise hat viel gekostet, auch wenn ich sie jetzt nicht antrete. Darf ich deshalb auf Ihr Angebot zurückkommen, hier für Ihre Mutter zu sorgen?«

Justus kürzt das Denken ab. Bringt sowieso nichts – schon seit einigen Minuten, wie er feststellt. Justus nickt stumm und bittet Gerda mit einer knappen Geste herein. Bevor Gerda die Schwelle überschreitet, tritt sie kurz einen Schritt zur Seite, um hinter der Hausecke einen mittelgroßen anthrazitfarbenen Hartschalenkoffer zu greifen. Dann schließt sich die Tür.

Justus bittet sie, in der Küche Platz zu nehmen, und startet die Vorbereitungen für einen Kaffee für sie. Das gibt beiden Gelegenheit, etwas Ordnung in ihre Gedanken zu bringen.

Als Justus mit dem Kaffeebecher zu ihr kommt, muss er sie nichts fragen.

Sie beginnt: »Ich will es Ihnen gerne erklären. Das haben Sie verdient.«

Justus verneint mit einer angedeuteten Kopfbewegung und setzt sich auf die gegenüberliegende Seite, um mit auf der Tischplatte aufgestützten Ellenbogen und unter dem Kinn gefalteten Händen zuzuhören.

»Ich hatte, das müssen Sie mir glauben, keine Ahnung, was mein Bruder für einen Racheplan ausgebrütet hatte. Schrecklich. Ich habe ihn so total anders kennengelernt. Nach den Telefonaten und dem Treffen war ich unendlich froh, endlich so etwas wie eine Familie zu haben. Ja, und wenn es nur ein Bruder ist, das ist Familie. Er hat ganz ähnliche Heimerfahrungen gemacht wie ich. Ich habe also sofort verstanden, warum er mich in seiner Zukunft an seiner Seite haben wollte. Ich wollte das genauso. Das mag anderen vielleicht etwas merkwürdig erscheinen, aber auf eine gewisse Art haben wir uns, glaube ich, aneinander festgehalten. Er war dann auch so fürsorglich und umsichtig bei der Planung. An alles hat er gedacht. So etwas hatte ich noch nie erlebt. Er hatte für uns Arbeit bei einem deutschen Unternehmer in Ecuador gefunden, für mich als Servicekraft für das große Privathaus, er selbst sollte als Fahrer für das Unternehmen arbeiten. Fürs erste Jahr hatte er Zimmer in einer von Österreichern geführten Pension angemietet, damit das mit der Sprache nicht zu hart würde. Papiere, Tickets, Verträge, er hatte sich um alles ganz perfekt gekümmert. Ich musste nur noch Ja sagen. Klar habe ich mir das überlegen müssen. Ein neues Land, dafür die Heimat, die Lahn und viele vertraute Plätze verlassen, das ist natürlich schwer. Aber hatte ich denn wirklich eine Heimat hier? Nicht mehr, nachdem mir mein Bruder sagte, dass unsere Mutter nicht mehr lebt und kein Vater sich je für uns interessiert hat.«

»Ja und jetzt?« Justus ist so sehr mit dem Verarbeiten der Informationen und noch viel mehr mit dem Aufspüren der unterirdischen emotionalen Wasseradern und Seen Gerdas beschäftigt, als dass er einzelne Aspekte hätte gezielt ansteuern und nachfragen können.

»Ich habe mich gestern Nachmittag in der Nähe von Frankfurt mit ihm getroffen. Im Café eines Supermarkts. Wir haben uns mehrere Wochen nicht gesprochen, deshalb war ich gespannt, ihn noch einmal kurz vor der Abreise zu sehen. Der Plan war ja, dass ich von Frankfurt aus nach Ecuador fliege. So war es vorgesehen. Er selbst wollte nicht von Deutschland aus in unsere neue Heimat fliegen. Er hatte da für sich einen günstigeren Flug gefunden, allerdings mit einigen Zwischenstopps. Ich hatte so viele Fragen, denn was da alles berichtet wurde, nein, das kann ich einfach nicht glauben. Als ich ihn sah, wusste ich plötzlich, dass wir einen Neuanfang brauchen. Das war einfach da. Einen gemeinsamen, aber einen ohne Verstecken und Verbergen. Einen, den unsere Mutter für uns gewünscht hätte – auch nach allem, was war. Dann haben wir einen langen Spaziergang durch den Kelsterbacher Wald am Flughafen gemacht. Über uns die startenden und landenden Maschinen, die anscheinend jeden überall hinbringen können. Und wir: zwei einsame Menschen, die die geraden und von einem dichten Wald eingefassten Wege abschritten. Sehr lange!«

»Hat er Ihnen dabei noch was zu den Morden gesagt?«

»Ja, zum ersten Mal. Er wollte das rächen, was unserer armen Mutter angetan worden war. Da es nach einer Jagd zu der Vergewaltigung kam, sollte es bewusst im Wald geschehen. Er hat wohl erst seinen Vater ausfindig gemacht und ihn zur Rede gestellt. Das war in dem alten Waldarbeiterwagen. Da hat er dann erfahren, dass auch Herbert Eisel an der Vergewaltigung beteiligt gewesen war, und hat daraufhin mit ihm gesprochen.« Bei Justus stellt sich unweigerlich das Bild von Herbert Eisel mit der Schnapsflasche vor sich und dem Gesangbuch neben sich ein. »Er wollte bei der Tat den Männern ganz nahe sein, so, wie sich die beiden die Nähe zu unserer Mutter als Verrat an ihr erschlichen haben. Und dann sollte alles mit großer Geste auf die Vergewaltiger zeigen. So oder so ähnlich hat er's mir beschrieben.«

Justus hört zu. Von ihren Worten geht trotz aller Dramatik des Geschilderten eine große Ruhe aus.

So kann er frei von Hektik verbreitender Neugier mit Bedacht noch einmal nachfragen: »Wo ist Ihr Bruder? Jetzt?«

Gerda hebt den linken Unterarm leicht an, um auf ihre Armbanduhr zu schauen: »Er ist jetzt in Bad Ems.«

Justus schweigt. »Sie meinen, er hat sich gestellt?«

»Ja, das ist richtig.« Und sie fügt hinzu: »Er wird mich jetzt brauchen.«

»Sie wissen, was jetzt alles auf Sie zukommt?«

»Ja, natürlich! Aber meine Mutter, er und ich. Wir sind wieder zusammen. Zwar nicht alle an einem Ort, aber wir sind zusammen. Nicht mehr einsam, sondern gemeinsam.«

Justus nickt nachdenklich.

Gerda wirft einen Blick durch den Flur zur Wohnzimmertür, die leicht angelehnt ist. »Ist Ihre Mutter schon auf?«

»Nein, aber ich kann ihr gerne Bescheid sagen, dass Sie hier sind. Da wird sie sich bestimmt freuen.«

Für Frau Hauer ist es nichts Außergewöhnliches, dass um diese Zeit Gerda da ist.

Deshalb kann er Gerda, ohne Erklärungen geben zu müssen, in das Zimmer seiner Mutter bitten. Im Flur fällt sein Blick auf die drei unzertrennlichen Umzugskisten mit den mühsam für seine Mutter ausgesuchten Gegenständen und ihrer Garderobe für das Haus Odilie. Adieu, Odilie.

Kapitel 45

Am Sonntag fährt Friederike Mahr abends vom Ansitz kommend aus dem Wald. Das Büchsenlicht ist vorbei. Graue Dunkelheit stürzt sich auf den Wald. Nur noch an der fahl beleuchteten Mondwiese vorbei, dann ist sie auf der Landstraße. Sie könnte trotz der Entfernung schwören, es sind Justus und die Kommissarin, die da Hand in Hand über die Mondwiese Richtung Rotbach gehen. Sie beschließt, sich getäuscht zu haben.

Danksagung

Bei Försters bleibt ja vieles in der Familie. So danke ich Julius Stoll für die kritisch-kreative Sichtung, Sebastian Stoll für die forstliche Beratung und Andrea Stoll für das unversiegende Mutmachen.

Darüber hinaus gilt mein Dank Dagmar Gillmann-Blum für die tapfere Erstleserschaft, Regine Weisbrod für ein kritisch-inspirierendes Lektorat und dem gesamten Piper-Team, das mich so wunderbar begleitet.

Langsam und mörderisch fallen die Bäume

Coveränderungen vorbehalten

Christoph Stoll

Baumsterben

Kriminalroman

Piper Taschenbuch, 304 Seiten

ISBN 978-3-492-32072-6

Ein Krachen in der stillen, sternlosen Nacht. Ein mächtiger Baum fällt mit brutaler Wucht auf ein Einfamilienhaus. Da Justus Hauer als Waldbesitzer für den Baum, der das Haus der Ortsbürgermeisterin getroffen hat, verantwortlich ist, muss er sich zum Forsthaus aufmachen. Der Baum war so gefällt worden, dass er das Haus treffen sollte. Ein Mordversuch oder eine Einschüchterung? Justus und Kommissarin Helliger nehmen die Ermittlungen auf … und kommen sich noch etwas näher.

Neugierig geworden? Dann lesen Sie weiter …

PIPER

Leseproben, E-Books und mehr unter www.piper.de

Kapitel 1

Eine dunkle, sternenlose Nacht im Lahntal. Aus dem Nichts wird die Stille durch ein zunächst kaum wahrnehmbares Geräusch gestört. Ein leises Knistern steigert sich mit rasender Geschwindigkeit zu einem großen, krachenden Geräusch. Mit infernalischer Lautstärke stürzt eine gewaltige Fichte um. Pfeifende Geräusche orchestrieren das Kippen des Baumes mit seinen mächtigen Ästen. Die gewaltige Spitze lässt beim Auftreffen Dachziegel eines Wohnhauses splittern und mit klirrendem Geräusch auf dem Boden einer Terrasse zerplatzen. Der riesige Stamm, der mehr als dreißig Meter misst, liegt zitternd quer über Terrasse und Garten des Einfamilienhauses.

Um drei Uhr nachts klingelt bei Studienrat Justus Hauer das Handy am Bett. Der Klingelton ist hartnäckig. Muss er auch sein, denn Justus Hauer befindet sich im Schlummerland. Als er im Halbschlaf bemerkt, dass Ignoranz keine Option ist, gehen ihm mögliche Anrufer durch den Kopf: Ist was mit seiner Mutter im einsamen Forsthaus, ist es ein Schülerstreich oder die Kundenzufriedenheitsumfrage seines Waschmaschinenherstellers? Endlich findet er das

Handy. Auf dem Display steht unmissverständlich *Friederike Mahr.* Warum ruft ihn die Försterin seines bescheidenen Waldstücks mitten in der Nacht an? Jetzt ist Justus hellwach. Auch ohne eine Lampe einzuschalten, ohne Kaffee, ohne alles.

»Was gibt's denn? Hat sich in meinem Revier der Dachs verlaufen, der Hirsch Husten oder der Fuchs Liebeskummer?« Justus erschrickt ein wenig, als er sich so sprechen hört. Dafür kennen sich die beiden eigentlich viel zu lange. »Nein, sorry, also ehrlich, warum rufst du mich an? Du weißt schon«, verstohlener Blick aufs Handy, »dass es mitten in der Nacht ist?«

»Justus, ich reiß mich auch nicht darum, aber wenn es dir hilft, ich bin schon seit halb zwei auf den Beinen.«

Schweigen im Schlafzimmer Hauer.

»Also, ich erklär's dir kurz. So um kurz nach eins ist heute Nacht eine große Fichte umgestürzt.«

Justus denkt nur: So was kann in der Natur und besonders in einem Wald vorkommen. Baum krank, Wind stark, Schwerkraft im Einsatz, da bleibt das nicht aus.

Justus gähnt. »Also, ein Baum ist umgefallen?«

»Der Baum steht oder, besser gesagt, stand in deinem Waldstück direkt oberhalb der Wagners in Lahntal.«

Justus fühlt sich bemüßigt, das von seinem Vater – Förster in elfter Generation – vermittelte Wissen gegenüber der Revier-Fachkraft ins Spiel zu bringen: »Na ja, das sind ja auch nur Flachwurzler.« Er findet das ziemlich fachmännisch. Gerade wenn man kein Lodengrün trägt, sondern sich als Kunstlehrer mit Bildern, Perspektiven und Epochen beschäftigt.

Justus bemerkt, dass die Försterin für solche Einlassungen nicht in Stimmung ist.

Nach einem etwas zu langen Atemholen von Friederike

Mahr, was wohl als ein Anflug von Verzweiflung bei dieser nächtlichen Kommunikation zu verstehen ist, findet sie zu ihrer klaren Linie – die ihr ganzes Leben begleitet – zurück. Für Justus sind gerade Linien so ziemlich das Langweiligste, was er sich vorstellen kann, aber für ihre Klarheit liebt er Friederike schon. Deshalb ist sie auch die »Frieda« für ihn.

Friederike legt nun los. Ihr Ton signalisiert: kein weiterer Stopp auf dieser Strecke!

»Also, die Fichte hat beim Umstürzen das Haus unserer Bürgermeisterin gestreift. Der Dachvorsprung hat ganz schön was abbekommen. Jetzt liegt das Monster halb auf der Terrasse und halb im Garten. Zumindest sind das Klettergerüst und die Schaukel der Kinder noch ganz. Aber du kannst dir vorstellen, da war die Aufregung groß. Sie, ihr Mann und die beiden Kinder haben im Dachgeschoss geschlafen, als der Baum umgestürzt ist, also das war schon knapp!«

»Ich versteh immer noch nicht ...«, will Justus gerade einfügen, da fährt Friederike Mahr schon fort:

»Die Wagners haben mich dann angerufen. Wahrscheinlich hatten sie Angst, dass noch ein anderer Baum durch den Sturz gestreift und gelockert wurde und nun auch Richtung Haus fallen könnte. Na ja, und im Dunkeln ist die Angst natürlich auch noch mal größer. Außerdem war es zu der Zeit vollkommen windstill. Klar ist da ein umstürzender Baum ziemlich unheimlich!«

Nun kann er Friedas aufgeregten Tonfall ein Stück weit verstehen. Das hört sich nicht nach einer friedlichen Waldansicht à la Caspar David Friedrich an. So weit kann er zumindest folgen.

»Ich bin dann sofort nach Lahntal runtergefahren, habe die erst einmal beruhigt. Dann habe ich mir meine Taschenlampe geschnappt und den Baumstumpf angeschaut.«

»Ja und?«, kommt es matt von Justus, der innerlich schon einmal den Weg Richtung Weiterschlafen eingeschlagen hat.

»Du wirst dich wundern!«

Justus merkt, dass er absolut nicht bereit ist, sich zu wundern.

»Der Baum ist abgesägt worden. Ganz klar. Wahrscheinlich keine Motorsäge, damit's keiner hört. Und jetzt kommt das Größte!«

Bei Justus werden die Gehirnströme immer noch nicht fluide. Warum nachts sägen? Klar weiß er, dass es in alter Tradition gute Zeiten fürs Fällen gibt wie zum Beispiel zwischen Weihnachten und Neujahr, denn da ist nur noch sehr wenig Feuchtigkeit in den Stämmen, aber jetzt ist Oktober, und es ist mitten in der Nacht. Immer noch.

»Die Fallkerbe war exakt so ausgerichtet, dass der Baum auf das Haus der Bürgermeisterin fallen musste. Du weißt, was das bedeutet?«

»Nichts Gutes?«, kommt es stimmlos von Justus.

»Ich habe dann die Polizei gerufen, die haben sich das auch angeschaut. Und deswegen rufe ich dich an, es soll heute Nachmitttag um vierzehn Uhr einen Termin mit der Polizei, den Wagners und der Versicherung von den Wagners geben. Die Presse wird dann bestimmt auch da sein. Die haben ja ihre Connections zur Polizei. Und du müsstest dich bitte auch herbemühen. Immerhin ist es dein Baum.«

Mit solchen Bäumen will Justus eigentlich nichts zu tun haben. Aber der Wald gehört nun mal den Hauers. Warum können sie nicht einfach eine dauervermietete Dreizimmerwohnung am Stadtrand Frankfurts anstatt eines Forsthauses im fernen Lahntal besitzen?

»Schaffst du das?«, fragt die Försterin schnell nach.

Wahrscheinlich hat sie Angst, dass ich gleich wieder einschlafe, denkt Justus müde.

»Ja, das bekomme ich hin. Muss ich ja wohl.«

»Gut, dann bis heute Nachmittag«, hört Justus Frieda sagen. Präzise wie ein Befehl.

Das Gespräch hat Labrador George II überzeugt, dass die Nacht nun zu Ende ist und er jetzt mit Fressen und einem Spaziergang rechnen kann. So sitzt er aufmerksam und Schwanz wedelnd vor Justus´ Bett. Justus starrt in die braunen Augen seines Hundes, die ihn liebevoll fixieren. Es ist immer noch mitten in der Nacht, aber der Magen eines Labradors kennt keine Ruhezeiten. Warum eigentlich nicht? Justus ist zu müde zum Denken. Er macht das Licht aus und wartet darauf, dass George II sich wieder zu seinem Weidenkörbchen (Handarbeit aus Yorkshire!) trollt. Im Einschlafen hört er nichts. Alles ist gut. Das kurze Geräusch eines Hundes, der Anlauf nimmt und exakt eine Sekunde später ein kleines Matratzenbeben mit der Stärke sechs auf der Richterskala auslöst, gehört wieder einmal zu den typischen Fehleinschätzungen des Justus Hauer. George II hat seinen standesgemäßen Schlafplatz gewählt. Damit muss Justus nun schlafen können.